浮生若梦

美人作仵

MEI REN WU ZUO

云吉锦绣 著

贵州出版集团
贵州人民出版社

图书在版编目（CIP）数据

美人仵作 / 云吉锦绣著. -- 贵阳：贵州人民出版社，2017.5（2020.3重印）

ISBN 978-7-221-14110-1

Ⅰ.①美… Ⅱ.①云… Ⅲ.①长篇小说－中国－当代 Ⅳ.①I247.5

中国版本图书馆CIP数据核字(2017)第096251号

美人仵作

云吉锦绣 著

出版人：苏 桦
出版统筹：陈继光
选题策划：大鱼文化
责任编辑：黄蕙心
特约编辑：李文诗
装帧设计：Insect
封面绘制：槿 木
出版发行：贵州人民出版社（贵阳市观山湖区会展东路SOHO办公区A座 邮编：550081）
印　　刷：三河市华东印刷有限公司
开　　本：880×1230毫米 1/32
字　　数：237千字
印　　张：9
版　　次：2017年7月第1版
印　　次：2017年7月第1次印刷
　　　　　2020年3月第2次印刷
书　　号：ISBN 978-7-221-14110-1
定　　价：45.00元

目录

卷一
双生子杀人案
001

1. 绑架
2. 初见
3. 遇袭
4. 穆府
5. 因缘
6. 命案
7. 求证
8. 进展
9. 信任
10. 盘问
11. 遇袭
12. 会面
13. 不配
14. 审问
15. 相救
16. 嫉妒
17. 心机
18. 真相
19. 矛盾
20. 白头
21. 刺杀
22. 赐婚

目录

第二卷
连环奸杀案
205

1. 回乡
2. 算计
3. 命案
4. 访查
5. 失踪
6. 绑架
7. 营救
8. 线索
9. 得救
10. 破案
11. 尾声

卷一

双生子杀人案

1. 绑架

腊月初一这天，盛京终于迎来了入冬后的第一场雪。

桑柔看着外面阴沉的天色，心中叹了一口气。

"爹，我去城东徐大夫那儿给您抓几服药，您有什么需要就喊张婶子过来帮忙。"

一股腥咸涌上喉咙口，秦老爹剧烈地咳嗽起来："不用去了，你把银子攒起来，日后当嫁妆。"

她急忙走过去帮她爹拍背顺气："不用攒，用不上的。"

秦老爹愣了好半天，才叹了口气道："终究是爹误了你。"

天启国女子十五及笄，便可嫁人生子。她早过及笄之年，却始终未见有媒婆上门提亲，一切皆因她仵作的身份。

在天启国，贱籍世代相传，秦家是贱籍，生在秦家的桑柔，自然一出生便是贱民。

贱民只能从事贱业，而仵作便是其中一种。仵作成天与死人打交道，十分晦气，不要说贵人、良民，就是其他贱民，都对其避而远之，所以纵使她姿色出众，却因这仵作的身份，没有婆家愿意要她。

"爹，您又胡思乱想了。"她扶她爹躺下后，又到隔壁张婶子那里交代了几句，便走出了家门。

城北到城东来回要一个多时辰，她想着早去早回，没想到走到拐弯处时，一把香粉朝她迎面洒过来，她暗道一声不好，脖颈紧接着吃了一棍，顿时两眼一黑，倒在地上。

昏暗的巷子口蹿出两个高大的男人，将她抬起来，扔进马车里，驰骋而去。

再醒来时，桑柔发现自己手中握着一把匕首，趴在一个女人身上，而她手中的匕首正好插在女人的心脏处！

她吓了一跳，一骨碌爬起来，一番检查后，才知道那女人已死去多时，胸口的匕首是死后才刺进去的。

这是什么地方？

镂空窗枢雕刻着繁复的、栩栩如生的图案，天青色六棱长颈瓶里插着几枝半开的梅花，黄梨花木制成的台案上，放着数方宝砚，整个书房内处处透着精致而富丽的格调。

忽然，外面传来一个娇滴滴的声音："来人，把门给我打开！林大人，民女发现命案后便马上令人反锁门，秦桑柔那贱民绝对跑不了！"

门"吱呀"一声被打开，拥进一群人，站在最前面的是一个年芳十八上下的女子，身穿绛红色石榴花对襟襦裙，高高的云髻上插满了做工精细的玉钿簪子，媚眼如丝，体态妖娆。

桑柔的眼风扫过眼前的人群，眉头不禁一蹙，这些人没有一个是她认识的。

"这是什么地方？你们将我绑过来有何目的？"

"什么地方？"王惜梦嗤笑一声，"秦桑柔，此时才来装糊涂未免太迟了吧？人赃俱获，就算你此刻扮失忆，也难逃律例的制裁！"

王惜梦说完转身对身穿官服的男人道："林大人，李玉妹妹和表哥两情相悦，秦桑柔心生嫉妒而痛下杀手，请大人为李玉妹妹做主。"

"王姑娘放心，本官作为一方父母官，为民伸冤做主是义不容辞的事情。来人，将罪犯拿下！"

"是，大人！"一个衙役应道，朝桑柔走过来。

桑柔不动声色地用手抓住身边的椅子，就在衙役伸手要抓她的时候，她闪电般抄起手中的椅子，朝那衙役抡过去！

衙役大吃一惊，但并未失了方寸，只见他身形一闪，躲过袭击而来的椅子，伸手抓住椅子一角，用力一拉，轻轻松松就夺回了主动权。

桑柔中了迷魂药，身上的力气还未完全恢复，原本就只是拿椅子当个幌子罢了，只见她嘴角一扬，稳住身子，抬脚就往对方的胯下踹去！

衙役心道一声不好，显然没料到眼前的女子看似柔弱，实则凶悍，用的招数也腥腥毒辣，他想弃掉椅子后退，却为时已晚……

桑柔一脚踹过去，衙役的脸色顿时就白了，用手捂住受罪的部位，在地上痛得死去活来的。

王惜梦吓得一脸煞白，大声尖叫："来人啊，快来人啊！"

桑柔自然不会给王惜梦求救的机会，她已经明显感觉到力不从心，再来几个人，她肯定打不过，所以她必须擒贼先擒王！

只见她身形一闪，快速地奔到女尸旁边，一把拔出插在心脏处的匕首，再一把抓住正准备往外跑的王惜梦，匕首抵在王惜梦的脸颊上："叫他们都退后，否则我一刀毁了你的容！"

王惜梦抖如筛子，尖着嗓音叫道："退后！退后！你们这群饭桶，全都给本小姐退出去！"

桑柔跑过去抓王惜梦时，林知县跑得比兔子还快，这会儿他已经安全退到门外去了，拉着两个下人挡在自己前面，只伸出一个头，指着桑柔怒喝道："秦桑柔，人赃俱获，你居然还抵死反抗，本官要将你就地正法！"

桑柔一声冷笑："人赃俱获？那我想问一下，所谓的人证和物证在哪里？"

"你还敢狡辩，人证物证不都在你手中吗？"

"我手中？林大人说的该不会就是这匕首以及这骚娘们？"桑柔将手中的匕首在王惜梦脸上拍了拍。

王惜梦柳眉倒竖："下贱东西，我王惜梦岂是你这种人能诋毁的？再敢说一句，看我不撕烂你的嘴！"

"那你尽管试试。"桑柔一个冷眼扫过去，王惜梦浑身打了个冷战，气得几乎吐血。

这辈子王惜梦第一次这么憋屈，被人骂作骚娘们还不能反抗！不是说好找个无父无母的贱民吗？这无花门到底给她找了个什么鬼，会武功不说，还忒嚣张！

林知县看了王惜梦一眼，最终还是点了点头。

桑柔再问："林大人是说我用手中的这把匕首杀死了地上的女人，然后杀人的过程正好被这骚娘们看到了？"

林知县再点头："就是你说的这样。"

"林大人，你这是眼瞎了吗？难道你没看到这匕首上的血只没了一寸吗？"

林知县嘴角一抽，差点破口大骂，居然敢辱骂朝廷命官，他要让衙役抽烂她的嘴，看她还敢不敢如此无法无天！只是他刚才使眼色派出去的下人这会儿还没到衙门呢，他得继续忍一下。

他看了看桑柔手中的匕首，匕首上的血迹的确只没了一寸："看到了，那又怎么样呢？"

"那又怎么样？那证明你是没脑的猪！说你是猪还侮辱了猪，难道你不知道匕首入心脏一寸根本不会致命吗？"

"你……放肆！"

林知县气得浑身哆嗦，他何时被人这么辱骂过？

外面的人群中忽然传来"扑哧"一声，好像是有人憋不住笑出声音。林知县听到这笑声，脸气成了猪肝色："谁？谁在笑？给本官站出来！"

外面一片冷寂，哪里还有笑声，只闻风声拂过树叶的声音，沙沙作响。

桑柔抬头，眼风在人群中扫过，没发现任何异常，只当是风声。

王惜梦夸张地嘲笑道："你说不会致命就不会致命，你以为你是谁，我们凭什么信你说的？"

"又是一个脑子被驴踢的！"她面无表情，"既然你不相信，那我只好试验给你看了。"

话起刀落,"哧"的一声,匕首刺进王惜梦的心脏处,王惜梦像被杀的猪一样,号叫了起来。

桑柔觉得自己的耳膜快被这魔音穿破了,她翻了翻白眼,毫不怜香惜玉地将匕首再次拔出来。

王惜梦痛得眼泪直飙:"秦桑柔,你这下贱东西,我要杀了你!我要杀了你!"

桑柔对林知县扬了扬手中的匕首:"林大人,都看到了吧?这骚娘们的心脏被匕首刺入一寸,还能这么鬼哭狼嚎、中气十足,证明这点伤根本死不了人。"

眼前的女人简直就是魔鬼!说刺就刺,连眼睛都不眨一下。

林知县生生打了个冷战:"那……你说她是怎么死的?"

"说你瞎你还真瞎,你难道没看到尸体咽喉处的勒痕吗?那勒痕紫中带赤,死者双眼紧闭,脸上青紫肿胀,所有的症状都表明死者是被人勒死,而非刺死。"

林知县被骂得脸都气红了,可桑柔的毒舌还没完呢:"发生了命案,你一不带件作验尸,二不带眼睛和脑,一过来便要定案抓人,如此不分青红皂白、草菅人命,你还敢自称一方父母官?这么不要脸的话你怎么好意思说出口?"

桑柔的话刚说完,就听到屋梁上方传来一个怪声怪气的声音:"不要脸!"

众人抬头一看,这才发现屋梁上不知何时站着一只黑色的鸟,形似乌鸦,只是与乌鸦不同的是,它的嘴和足皆为橙色,双眼和后颈处有鲜黄色肉质垂片。

林知县气得几乎心绞病发,被一个女子指着鼻梁骂不要脸就算了,现在连鸟都敢欺负到他头上来。

"来人啊,将这死鸟给本官打下来!"

下人听到纷纷到花坛找石头,那鸟好像听得懂人话,扑腾了一下翅膀,飞了起来,飞到林知县头上时停下来,长喙一张,再次叫道:

"不要脸!"

林知县气得跳脚,指天破口大骂,就在这时,天上掉下来一团白色的稠状物,正好落入他朝天张开的嘴巴里。

桑柔看得分明,落入林知县口中的分明是一坨鸟屎,紧绷着的嘴角终究是往上扬了扬。

林知县已经气得话都说不出了,连连朝着地上吐鸟屎和口水,等下人拿着石头赶过来时,那鸟已经飞得不见踪影。

下人连忙打水给林知县漱口。

桑柔虽愤怒不已,但心里也明白自己的身份和处境,再纠缠下去只会对她不利。

于是,她挟持着王惜梦一边往外走,一边开口道:"林大人,我已证明自身清白,只要你们答应不再为难我,我可以当今晚什么事都没有发生过。"

林知县还来不及做出反应,就听到院子中传来一个低沉慵懒的男声:"就算死者是被勒死的,你依然无法证明你的清白,我可以说是你先勒死死者,因怕死者死不干净而补上一刀,却在补刀时被人看到。"

那声音带着几分慵懒,让人忍不住联想到寒冬腊月时,围着暖炉,喝上一口烧酒,惬意到极致。

桑柔眉头一凝,原来刚才的笑声并不是幻听,而是真有其人,只是直觉告诉她——这人绝非下人那么简单。

本来还词穷的林知县听到这话,矮躯一震:"此话言之有理,秦桑柔你这贱民,本官看你还如何狡辩?"

她一声冷笑:"看这架势,今天我不证明自己的清白的话,想必是走不了了。"

"动手杀人、殴打官差、辱骂朝廷命官,秦桑柔,你以为你在做了这些事情后,还能安然无恙地离开?嗬,真是青天白日做梦!"王惜梦捂着胸口的伤口讽刺道。

桑柔冷冷扫了她一眼，意味深长道："是不是白日做梦，一会儿自见分晓，尸体会告诉我们，谁才是真正的凶手！"

一阵冷风吹来，桌上的灯火摇曳不定。

王惜梦看着地上的尸体，顿时感觉脖子背后一阵凉飕飕的，不禁打了个冷战："你少在这里危言耸听，人都死了，怎么可能开口？"

"人死了自然是不会开口，但尸体上的每一道伤痕，会明明白白地告诉我们她是怎么死的，是谁将她害死的！"

她转身对林知县道："林大人，请你让人准备两样东西——炭火盆和醋，还需要一个做笔录的人，我要验尸。"

王惜梦闻言，浑身一震，脸色顿时煞白一片："你会验尸？"

桑柔愣了，低眸沉思了一下道："不知道我是谁，你就将我绑回来，你也算胆大了。"

王惜梦一脸心虚："你、你胡说些什么！"

她看了看王惜梦的反应，心里便又明白了三分。

她原本以为王惜梦跟刚才出声那男子是一伙的，现在看来将她绑过来的人的确是王惜梦，只是王惜梦也被人摆了一道，换句话说，这是个局中局。

她刚才急着想走，这会儿改变主意了，她倒要看看设这个局的人到底是何方神圣，千方百计将她引到这里来，目的又是什么。

东西很快就被送了过来，管家也备好了纸笔充当书吏。

桑柔走到女尸旁边，蹲下去一番简单的检查后，开口道："死者女，年约十八，身长四尺八寸，身穿桃花色对襟襦裙，衣衫不整，头髻松散，面上有抓痕，指甲里充满了皮屑和血污，由此证明，死者在死前经过剧烈的挣扎或者打斗。

"死者右脚穿红绸牡丹绣鞋，左脚赤裸，房中未见鞋子踪影。我与衙役打斗之前，房间物品摆放整齐，未见搏斗迹象，可推断此房并非第一案发现场。"

她头也没抬地问道："现在是什么时辰？这里是什么地方？"

站在一边的管家应道："酉时，这里是鹿兰县林府。"

她出门时还不到未时，现在是酉时，也就是说她昏迷了差不多两个时辰。

她转头看着王惜梦道："那你看到我用匕首插进死者胸口时，又是什么时辰？"

"未时。"王惜梦一双眼睛瞅着她，看到她眉头微挑，马上改口道，"不对不对，是申时。"

"一点小事都记不住，你脑子跟旁边的花瓶一样只能当摆设吗？到底是未时还是申时？"她的语气有些不耐烦。

王惜梦愣了一下才反应过来自己被骂没脑，被呛得双颊通红，咬牙切齿道："申时，申时一刻。"

桑柔听完，想了想，却没有做任何评论，而是转头看着门口道："请在场的所有男人都转过身去，我要进一步验尸。"

人虽死，但亦有尊严，尸体同样值得被尊重。

看到屋里的男人转过身子后，桑柔这才将女尸身上的外衫里衣一一脱下，直至一丝不挂。

"尸体仰面平卧，头朝西南脚向东北。尸身已现尸斑，呈暗红色片状，尸体仰卧位，尸斑出现的位置应在枕、项、腰背、臀及四肢的后侧，可如今却出现在面、胸、腹部以及四肢前侧，说明死时是俯卧位，尸体有被人移动过的痕迹，以此证明我前面的推断是正确的[①]——此房并非第一案发现场。指压尸斑，完全褪色，尸僵而不软，结合尸斑位置，推断死亡时间为六至九个时辰，也就是今日的丑时到卯时之间。"

说到这儿，她将放在一旁的衣衫盖到尸体的隐私部位，然后站起来，对着门外道："验尸至此，已足以再次证明我的清白。首先，丑时到卯时之间，我正在盛京家中休息，有家中老父可做证……"

门外那带着几分慵懒的男声忽然插口道："有其他人证吗？"

[①]：参考《法医学》王保捷 主编 人民卫生出版社 1987年版。

她微一皱眉:"没有。"

低沉男声轻呵一声,带上几分倨傲的味道:"至亲不能做证,而且令尊身患顽疾,每天服药后会昏睡两三个时辰,盛京到鹿兰县只有四十里路,你有足够的时间往返和作案。"

寒冬腊月的天气,桑柔的后背渗出了一层冷汗。

月上柳梢头,银白色的月光如水轻洒,皑皑的雪地上映出一高一矮的两个影子,一地夜色,森冷无比。

树梢上有鸟怪叫了两声,鸟声停,那低醇如酒的男声又飘了过来:"你说了其一,这其二呢?"

她的眉头紧蹙:"死者死于丑时到卯时,我若真如你所说,杀了人后怕其死不干净,那我应该在一两个时辰内回来,而在死者死了五到八个时辰后才回来补上一刀,一不符合逻辑,二是自投罗网,以此可推翻你之前的臆断。"

"我上面的话只不过是一个猜测,你回来可以是怕人死不干净,也可以是遗落了什么重要物品,至于死后再补刀,这就更不难解释了——破坏尸体、混淆视听。"

桑柔袖子下的拳头捏紧了:"你到底是谁?你处心积虑地将这杀人之罪嫁祸到我身上,到底与我有何冤仇?"

"我是谁?"那声音带着明显的清傲和嘲讽,"目前你还不够资格知道。"

桑柔眉头一蹙,这人设局害她,却要她自证清白,目的何在?

刚才去隔壁房间包扎伤口的王惜梦一回来听到这话,赶紧煽风点火道:"林大人,民女可以做证,民女看到秦桑柔这贱民用刀插进李玉妹妹的胸口后,的确在书房里面鬼鬼祟祟的,好像在找什么东西。"

林知县心眼如针,自然不会放过这落井下石的机会,他如跳梁小丑一般挥着袖子:"记下来,快将王姑娘的话一字不漏地记下来!本官倒要看你这刁民还如何申辩!"

管家点头应是，笔下不停。

外面的雪已经停了，月光爬过窗口透进来，桑柔白皙细腻的双颊被冻得有些发红，一双美眸在月光中清亮无比。

半晌，她呵出一口白雾，转身看着地面上的尸体道："再验！"

她掀掉尸体上的衣衫："死者全身有两处明显伤口，一为左胸，二为喉咙口。左胸处伤口为刃伤，纵向，宽深各一寸，伤口皮肉没有血花，肉色干白，说明是死后才被人刺伤[2]。

"死者脖颈处有明显的勒痕，勒痕紫中带赤，现绳索花纹状和压迹状，绳痕颜色淡，颈部周围有绳索拉擦痕和片状表皮剥脱；死者颜面青紫肿胀，双眼紧闭，眼睑带有针样大的出血点；死者双拳散开，呈爪状；绳子勒在喉下，死者嘴巴、牙关皆闭合，扳开牙齿后，舌抵上颚……"

桑柔说到这里忽然停了下来，她将头朝尸体的嘴巴凑近，双眸盯着死者的牙齿，神情严肃。

"将灯拿过来！"

站在两步远背着身的管家对站在一边的丫鬟使了个眼色，那丫鬟本来就两腿颤抖，不敢看地面的尸体，这会儿摊上这苦差事，一张脸都快苦出水来，但还是颤颤巍巍地走过去。

桑柔就着灯光，用随身携带的镊子抠下上门牙齿缝粘着的东西。

她将那东西拿到灯下细细一看，嘴角往上一扬："死者上牙门粘有皮屑血污，应为打斗过程中咬下凶手的肌肤表皮，一切都表明死者是被人从背后勒死，只是房中未见作案的绳索。未穿鞋的左脚后跟有摩擦，应是移尸过程造成，全身其他部分未见明显损伤。"

这一次验完，她不是将衣衫盖在尸体身上，而是让一旁执灯的丫鬟帮忙，两人合力，帮女尸重新穿上衣衫，可因尸体僵硬，颇费了一番力气。

给女尸穿好衣服后，她走到门外净手，然后再从一早准备好的醋桶里舀了一瓢醋，往炭火盆上一浇，人来回跨炭火盆三四次后方

---

[2]：参考《洗冤录》

才停住。

　　做完这一切,她对着一屋依然背过身子的男人道:"你们可以转过身来了。"

　　夜凉如水,男音温凉:"验完了?"

　　她面无表情:"废话。"

　　"扑哧——"她话音刚落地,窗外传来一声笑声。

　　桑柔秀眉一挑,她刚才以为这设局之人只有一人,现在看来,这笑声和低醇的男声分别来自不同的人。

　　冷风吹过,一阵诡异的沉寂后,低沉的男音缓缓响起,带着几分不悦:"蛤蟆纵,五十个。"

　　"打个商量,回去我自跳一百个?这里有这么多美丽的姑娘,这蛤蟆纵实在有辱我玉树临风的形象。"有别于那低沉的男音,这个男声听上去清澈温和,犹如春泉。

　　"一百个,现在。"

　　"……"过了会儿,院子里响起了此起彼伏的跳跃声。

　　桑柔顺着窗外看出去,只见一个灰色的身影从假山后面跳出来,曲张着两条大长腿,像只蛤蟆一样,在院子里面一纵一跳的,样子滑稽得紧。

2.初见

　　"说吧,希望你这次说的不是废话,因为这是你最后一次机会了。"低沉的嗓音伴随着院子里的跳跃声响起,带着三分清高的倨傲,七分冷漠的不悦。

　　桑柔在心里冷哼了一声,他特意强调了"废话"两个字,这男人也忒小气吧啦的。

　　桑柔指着王惜梦,眸色冷然道:"你——王惜梦,就是杀死李玉的凶手!"

王惜梦神色一愕，继而声色俱厉道："你……你信口雌黄！人赃俱获的人是你，你这贱民居然还有脸倒打一耙！"

"你放心，我会让你死得心服口服的！"桑柔一脸清冷，"杀人总得有个缘由，也就是所谓的杀人动机，王惜梦你进来之前跟林大人说，我是因为嫉妒李玉和你表哥的感情而起了杀机？"

王惜梦梗着脖颈："没错，这就是你杀人的动机！你这心思歹毒的贱民，我告诉你，就算李玉妹妹死了，你也别想进林家的门！"

桑柔一声冷笑："长得丑就不要妄想攀高门，没有头脑就不要学人说谎。我跟他们俩素昧平生，何来的爱慕与嫉妒？你要学人做这栽赃嫁祸的事情，也不事先打打草稿？"

"你、你……"王惜梦气得脸上红一阵白一阵，"素昧平生？秦桑柔你才是说谎不打草稿，你是林府的丫鬟，你的卖身契还在我手中呢！"

她挑眉："哦？是吗？那倒是新奇了，敢问这卖身契是什么时候签的？"

王惜梦："半、半年前。"

桑柔："这卖身契现在在何处？"

王惜梦从怀里拿出一张折叠的纸，扬了扬："在我这里。"

桑柔："准备得还蛮周全。"

王惜梦脸上刚露出得意之色，便听桑柔手指窗外喝道："什么人？"

王惜梦转头去看的瞬间，卖身契便易主了，被桑柔一把抢了过去。

王惜梦气急败坏地吼："你……卑鄙的贱民！秦桑柔，你以为撕掉就可以不认账吗？我告诉你，林府上下的人都可以做证，按照《天启律法》，以下犯上，杀害主人，你就等着被凌迟处死吧！"

"你放心，我断然不会撕掉，这可是你伪造假证的最好证据。"说着，她展开卖身契低头一看，摇了摇被墨水染黑的手指头，嘲讽道,"我很想知道这是哪家的墨水,半年了还不干?"

王惜梦的嚣张戛然而止。

桑柔将卖身契折好放进怀里:"你能想到伪造卖身契,怎么就没想到卖身契上的手印是伪造不了的?还有,帮你出这馊点子的人难道没有告诉你,我在京兆尹府当了六年的仵作,京兆尹赵大人和府衙上下的人都可证明我的身份。"

王惜梦的脸色一下子白了,她扭头看向门外的假山,假山处却没有任何回应。

桑柔顺着王惜梦的视线看出去,冷笑道:"不用看了,事到如今,你还没想明白吗?你跟我一样被人设计了。"

王惜梦眼神闪烁:"你、你说什么?我一点都听不懂。"

桑柔挑眉:"我没时间跟你扯犊子,现在你是自己服罪,还是想继续享受被揭穿的过程?"

王惜梦满面怒色:"我服什么罪?你少在这里血口喷人了!"

"既然你选择后者,那我也就不客气了。你对你表哥林公子有情,无奈林公子和死者李玉两情相悦,你心生嫉妒,在和李玉争执的过程中错手杀人,杀人后你一边让人找贱民来做替死鬼,一边贿赂林知县,企图瞒天过海,掩盖自己犯下的滔天罪行!王惜梦,你说我说得对不对?"

王惜梦脸上一片惨白:"你……你胡说!"

"我有没有胡说,看一下你手臂便一清二楚了!"桑柔不给王惜梦任何反抗的空间,一步上前,右手闪电般扣住王惜梦的右手臂,反手一扭,再抬脚一踢。

王惜梦"砰"的一声跪倒在地上,左手撑地,桑柔一把撸起她的袖子。月光之下,王惜梦白皙的手臂上赫然出现几条红痕,手腕下方有一个带着明显牙印的伤口,表皮破损的地方,一片赤红。

桑柔将王惜梦的右臂用力一拧:"王惜梦,你现在还有什么话说?"

王惜梦痛得眼泪都出来了，可还企图做垂死挣扎："你这贱民，快放开我，来人啊，快抓住这贱民……林大人……快救我……"

桑柔冷笑："不用叫了，林大人他自身难保了。"

王惜梦心一惊，扭头望向身后，外面不知何时来了十几个衙役，中间站着一个身穿便服、四十开岁的男人。

只见他剑眉飞扬入鬓，面容威严，指着林知县厉声叱道："身为朝廷命官，你不为民做主也就罢了，反而还贪污受贿、草菅人命，陷鹿兰县的百姓于水火之中，罪行简直是罄竹难书，林万云，你可知罪？"

林知县"砰"的一声跪到地上，磕头如捣蒜："巡抚大人，下官知罪，下官知罪，还请大人开恩啊！"

王惜梦一看这架势，吓得一屁股坐在地上，面无血色……

"来人，将这两人一起押回衙门！"巡抚大人命令。

"是！"几个衙役走上前去，毫不客气地将王惜梦和林知县押着走人。

"秦姑娘请留步。"巡抚大人沈清叫住想往外走的桑柔。

桑柔转身，给巡抚大人行了个礼："不知道大人有何吩咐？"

"你是仵作，又被牵连进这个案子，所以需要你跟我们回衙门走一趟，做个人证。"

她点头应承，转头看向窗外的院子，月亮已经完全升上高空，白色的月光洒在院子的积雪上，晶莹剔透。

窗外，那做蛤蟆纵的男子，早已不见了身影。

从府衙出来，已是戌时。

黑漆漆的大街上空无一人，偶尔能听到远处传来的几声狗叫，更显得夜悄人静。

桑柔走到河岸边的一棵柳树旁，停住了脚步，淡淡开口道："出来吧。"

月亮从云层后面悄悄露出脸来，夜风寒冷沁骨，柳枝轻摆，从黑暗中走出两个男子：一人傲然独立，一人慵懒地坐在轮椅上。

站立那个，身穿灰色锦衣，面如冠玉，一对剑眉下有着一双细长的桃花眼，端的是风流倜傥。他手中执着一把折扇，轻轻摇曳着，别有一番潇洒。

坐在轮椅上那个，肩头上站着一只黑色的鸟，一袭白衫，如雪飘逸，一双修长凤眸，眸光寒射，一头青丝用紫色流苏随意束着，恰有几缕发丝垂下来，让他看起来风姿仙骨。

月光透过云层洒下来，洁白的雪光反照在他白皙如凝脂玉般的俊颜上，她的心有那么一瞬间的窒息，不知是为那过分好看的容颜，还是为那脸上比雪还要冷上三分、比孤鹰还要倨傲的神情。

她目光清亮地看着他们："你们究竟是何人？"

在府衙里面，王惜梦把一切都招供了出来。就如桑柔猜测的那样，王惜梦因嫉妒而错手杀死李玉，之后她让贴身丫鬟春桃拿着银票和珠宝去无花门求救。

无花门，一个号称能解天下事的江湖组织，拥有遍布整个天启国的势力网和情报网，不仅江湖各门各派，就是国家朝廷，也忌惮它三分。

若想无花门出手帮忙解决麻烦，是需要付出代价的，这个代价可能是银子珠宝，可能是一条胳膊或两只眼睛，也可能什么都不用付出，这一切全凭一个人的心情，那个人便是无花门的门主——花今晨。

春桃去到无花门后非常顺利，无花门收下她带去的银子珠宝后，丢给了她一个人，说那人会为她的主子解决问题的。

那人给王惜梦出了个馊主意，让她找个贱民回来做替死鬼，再贿赂知县林大人，暗中完结此案。

王惜梦听到后开心不已，以为这主意天衣无缝，谁知她跟林知县一同被设计了，俩人直到被打入天牢，依然想不透自己是怎么死的。

桑柔挑眉，这设局之人心思缜密，想必是个权谋高手，这个局中局一出，便是一石三鸟！

只是她仍然有些地方不明白，他们设计王惜梦和林知县还说得通，一个杀人偿命，一个无良狗官，两人死有余辜，可他们设局将她绑过来又是为了什么？

难道是为了引蛇出洞？如果真是为了引出王惜梦和林知县，那找个熟人，不是更万无一失？

听到桑柔的问话，萧辰羽"唰"的一声展开勾勒着泼墨山水画的折扇，将垂下来的发丝扇得随风飘扬，扬唇一笑道："江湖人称玉树临风、风流倜傥、英俊潇洒、惊才艳艳、器宇轩昂的审察司第二把手、京城四大公子之一的公子萧，萧辰羽便是在下。"

桑柔眼风上下扫了他一遍，红唇微启，慢慢地吐出两个字："有病。"

"……"萧辰羽脸上的笑容当即龟裂。

他是京城四大公子之一、天下公子榜上赫赫有名的公子萧，盛京女子无论是千金小姐，还是平民女子，哪个见到他不是小鹿乱撞的？可她无视他的魅力就算了，还说他有病！

好生气哦，可他还必须维持风度。

这么冷的天还摇扇子，不是有病是什么？矫情得像个小公主，还公子萧，她看是公主萧还差不多。

忽视一脸哀怨的萧辰羽，桑柔转头看向轮椅上的白衣男子，挑眉道："他是审察司第二把手萧辰羽，如果我没猜错的话，那你应该就是审察司的首司大人——穆寒穆大人。"

说起审察司，那可是上至花甲老太下至黄口小儿，无人不知，无人不晓的！

天启中央司法机关由刑部、大理寺和督察院构成，刑部受天下刑名，都察院纠察，大理寺驳正，统称三法司。

可在天启国，还存在着一个比三法司更有名的刑名机构，那就是审察司。

审察司直接受命于皇帝，不受三法司管辖，可以审核任何罪犯，包括皇亲国戚。

审察司始建于天启景隆十五年，由武帝萧阎所创立，成立之初是为了防范三法司结党营私、扰乱朝纲，起到监督和牵制的作用。可令审察司名扬四海的则是审察司的第四任首司周明和第五任首司穆寒。

"世间有冤情，审察找周明。"第四任首司周明铁面无私、不惧强权，他上任后，不仅监督三法司，而且为民伸冤做主，在他手中昭雪的冤案不计其数，人称"周青天"。

第五任首司穆寒，是周明的入室弟子。穆寒除了继承周明铁面无私的办案手段外，还断案如神，据说再复杂诡谲的案子，只要交到他手中，长则数月，短则数天，必定破案。

其中最让天启百姓津津乐道的，不是第五任首司大人赛诸葛的智谋，而是他胜潘安的容颜。

据说这位首司大人，容颜俊朗，身姿卓然，美如谪仙，就是再世潘安也难及其一二。

据说审察司门前，经常聚集着一些胆大的女子，见到首司大人便丢手帕、荷包表达爱慕之情。尽管这位首司大人经常面无表情，性情怪异，可盛京女子依然趋之若鹜，有一度，审察司的门槛差点让媒婆给踩烂了。

有好事之徒给天下的名门公子们做了个公子榜，排在首位的便是这位审察司的首司大人，加上他断案如神的能力，左手执生死簿，右手执判官笔，江湖赐名——阴司玉面判官。

传闻不假，这位首司大人的确长得俊逸非凡，只是……桑柔的视线不着痕迹地落到他的双腿上，只是可惜了，这般绝世无双的人，却是个双脚不能行的瘸子。

穆寒慵懒地靠在轮椅上，一双狭长的眼看着她，修长白皙的手指有一下没一下轻轻地敲着轮椅的把手。

那是一双漆黑的眼,在夜色中,深沉望不见底,就这么盯着她,让人有种窒息的感觉。

萧辰羽收了扇子,低头看看面无表情的穆寒,扭头再看看面无表情的桑柔,忽然一扫之前哀怨的表情,嘴角往上一扬,一脸看戏的神色。

穆寒还未开口,他肩膀上的黑鸟便跳到轮椅的把手上,踱着爪子,长喙一张,叫道:"废话!"

从刚才到现在始终面无表情的穆寒闻言后,俊眉终于微微动了动,樱花粉的薄唇微启:"秦吉了,说得好,有赏。"

那被唤作"秦吉了"的黑鸟甚是得意,昂着黑溜溜的小脑袋,长喙一张,怪声怪气道:"大人英明。"

萧羽辰一张俊脸已经憋笑憋得通红,一双桃花目锁在桑柔身上,想着她该怎么接招。

桑柔迎上轮椅上那双如寒星般的狭长眼睛,面无表情道:"敢问穆大人将我绑过来的目的何在?"

他挑眉:"你还没有猜出来?"

她垂眸:"没有。"

他神色倨傲:"原来也不过是个绣花枕头。"

她神色淡淡:"谢谢大人夸奖。中看和中用之间,能占上一项,也是一种本事。"

他目光幽黑:"脑子不够,心胸来替,同样也是一种本事。"

她波澜不惊:"再次谢谢穆大人的夸奖,民女很庆幸自己的心胸比大人的要宽广得多。"

穆寒长眸扫过她曲线不是很明显的胸脯,凉凉道:"都一马平川了,还能不宽广吗?"

桑柔脸上一热,袖子下的拳头捏紧了几分:"大人捕绑民女的动机,讲到现在还没有讲出来,如此不爽快的症状倒是令民女想起了一种疾病。"

穆寒:"哦?什么疾病?"

桑柔:"隐疾大便秘。"

穆寒:"……"

"噗"的一声之后,萧辰羽就一手死死地捂住自己的嘴巴,怎么办怎么办,他好想笑,还是叉腰对天狂笑那种。

我的娘亲哟,两个毒舌凑在一起,原来比唱大戏的还要精彩!

萧辰羽憋笑憋到满脸通红,眼泪差点飙出来。

想他萧辰羽旷世一大美男子,生得那是玉树临风、风流倜傥,无奈命运多舛,从小便活在穆寒这怪胎的阴影下,天天饱受穆寒的毒舌,日子那个苦啊。

这下可好了,终于有人治得了他了!

这叫秦桑柔的小娘子,样子长得如此水灵,没想到这舌头却这般毒辣,胆子这般肥腻,居然将穆寒给呛得哑口无言!

要知道,向来只有穆寒毒舌别人的份,哪有人敢不要命地跟他对呛啊?

大便秘,这比喻……扑哧……实在太生动,太恰当了!

穆寒一个眼风扫过去,萧辰羽马上举起双手:"蛤蟆纵五十个,对吧?"

穆寒面无表情道:"五百。"

萧辰羽顿时头一耷拉,左腿抬起搭在树干上,做出一副泫然欲泣的模样,丢过去一个哀怨的媚眼道:"寒……你真的舍得吗?"

穆寒脸上自始至终就一个表情,倒是桑柔起了一身的鸡皮疙瘩,脑海中忽然想起外面传审察司两位大人有断袖之癖的八卦轶事。

她眉头一蹙,掉头就走,现在已是戌时,她爹肯定很担心。

眼前两人性情虽然怪异,但审察司清正廉洁的盛名在外,她完全不担心他们会使阴招对付她爹。

看到桑柔转身走人,穆寒还是那副慵懒的样子,只是目光幽沉地盯着她纤细高挑的背影，不发一言。

所谓皇帝不急，急死太监！

正在做蛤蟆纵的萧辰羽深知倨傲的穆寒绝对不会开口做挽留的事情，这种善后的事情向来都是由他来做的。

萧辰羽一把跳到桑柔面前，挡住她的去路道："秦姑娘，请稍等片刻。我们此次设局，一是为了抓林万云那狗官，二是为了验证秦姑娘的验尸能力。"

"哦？那验证的动机又是什么呢？"桑柔转身去看穆寒。

谁知那人用幽沉的长眸盯着她，薄唇微启，无声地吐出四个字——绣、花、枕、头。

"……"桑柔真有些哭笑不得的感觉，眼前这个跟她赌气的幼稚男人，真的是那个名震江湖的审察司首司大人吗？

她非常怀疑。

萧辰羽问道："秦姑娘可有听过我们审察司？"

"那是自然的，审察司名震天下，我自小生长在盛京，岂有不知的道理？"

"那秦姑娘可有想过进审察司吗？"

有没有想过进审察司？这还用问吗？

审察司在她心里，一直是个有如泰山般存在的地方，神圣无比。

她九岁那年，盛京发生了一宗灭门惨案，城西的一名屠户，一家七口在一夜之间全遭毒手。当时的京兆尹孙大人让衙役走访左邻右舍后，很快便以山贼入室抢劫杀人，草草了结了此案。

她娘死得早，她四岁开始便跟着她爹一起到停尸房和各案发现场验尸，耳濡目染中，不知不觉就将她爹的一身本事都学了过去。当年那宗灭门惨案，她跟她爹一起到现场验尸，当场以及尸体的各种迹象都表明，那宗灭门惨案不是山贼杀人那么简单。

她将当时的心得跟她爹说，她爹一边惊讶于她超年纪的观察力，一边将她的嘴巴捂住，警告她不准再跟第三人提起，原因是当时的京兆尹孙大人已经下达命令,让她爹在验尸单上作假,以便尽快了结案件。

那年,审察司的盛名已在外,她爹偶尔也会跟她唠叨一些审察司为民昭雪的案件,于是她便将真正的验尸结果和现场情况详尽地写在字条上,偷偷地丢给了一个从审察司出来的老头儿。

当时她丢了字条后,也没抱多大的希望,可没想到审察司却在数日后重新彻查了此案,抓住真正的凶手,慰藉了屠户一家七口的亡灵。

这事之后,"审察司"三个字便深深印在了她的心底,只是天启女子不能为官,仵作虽是贱役,但也是吃朝廷俸禄,身为女子的她,根本不可能进审察司。

这些年,她在京兆尹府,并不是奉职,而是以雇佣的形式,让她在衙门里帮忙,所得收入比领朝廷俸禄少了一半。

看到桑柔发愣,萧辰羽再次开口:"审察司的仵作顾老先生年纪大了,准备告老还乡,审察司需要一个新的仵作,年俸十两,秦姑娘,意下如何?"

桑柔还未回答,慵懒靠在轮椅上的穆寒倒是开口了,他语调凉凉道:"放心,她会答应的。"

3.遇袭

桑柔回过神来,挑眉看着穆寒:"哦?不知穆大人凭什么这么自信?"

穆寒并没看她,眼皮微微垂着,月光下,他长长的睫毛在他的眼帘下投下一个扇形的弧度阴影:"因为令尊。"

简短四个字,却犹如投入湖中的石头,在桑柔心中激起了阵阵涟漪。

她爹病了好多年,身子不能过劳,且需好物养着,只是她的年俸不过三两银子,根本没有多余的银子给她爹补身子。

更糟糕的是,前些日子她不小心得罪了某个皇亲贵胄的千金小姐,数日前,赵大人迫于压力跟她解除了雇佣关系,让她失去了唯一的生活来源。

因此,就如他所笃定的一样,为了她爹,她势必会答应。

桑柔垂下弱水双瞳:"条件呢?"

穆寒:"为了方便查案,你必须住到审察司去。"

桑柔:"那我爹呢?他能跟着一起住过去吗?"

穆寒:"不行。"

桑柔蹙眉,一来她放心不下她爹的身子;二是这些年来,她爹明里暗里都劝着她不要当仵作,如果被他知道她跑去审察司当仵作,只怕他会做出罢药的举动。

美人蹙眉,别有一番风情。

萧辰羽打量着眼前的女子,虽打扮质朴,五官却甚是惊艳,肤若凝脂,眉若远黛,美目流盼,一颦一笑间有说不清道不明的风韵。

跟有厌女症的穆寒比起来,萧辰羽自认是个懂得怜香惜玉的人:"秦姑娘放心,我们会安排人照顾令尊,并安排大夫给令尊看病。"

闻言,桑柔的眉头却蹙得更紧了。

十两年俸,是她在京兆尹府年俸的三倍有余,这会儿还给安排人照顾家人,这样好的条件,请两个仵作都绰绰有余,又何必找上她呢?

她在仵作这行虽小有名气,却并非出类拔萃,再说她作为女子身份,办案过程中,总有诸多不便,所以桑柔一时倒是踌躇了起来,恐怕其中有诈。

她最担心的事情他都替她安排好了,她还有什么不满意的?难道她还想坐地起价不成?想到这儿,萧辰羽眉头不悦地动了动。

穆寒转动轮椅,对空中喊了句:"秦吉了,回去了。"

秦吉了"扑哧"扇动了一下翅膀,一双黑溜溜的眼珠煞有介事地转了转，长喙一张，叫道："遵命大人。"

桑柔从思绪中回过神来，看到已经转身走人的穆寒。

"穆大人，我……"

他带着几分倨傲的低沉嗓音，伴随着寒冷的夜风慵懒地飘过来："我给你三天时间，过期不候。至于选择你的原因，去了审察司你便能知晓。"

月照柳梢头，一地的斑驳。

桑柔站在空无一人的大街上，浑身打了个冷战，这男人的心思简直缜密到一种可怕的程度，她一句话都没讲，他却什么都猜到了，一切皆在他的掌握之中。

桑柔慢慢走上拱桥，搓了搓几乎冻僵的双手，世事变化多端，人生的无常，其实她早已尝遍。

她四岁丧母，十二岁那年父亲意外跌下阴沟，落下半身残疾之外，还染上了极难根治的寒疾。

古有花木兰代父从军，而她十二岁便进停尸房替父验尸，成为一家支柱，六个春秋的年华，她手中验过的尸体，早已数不清楚。

她未曾行过及笄礼，却早已过及笄之龄，过了这个冬季，她便是一十有九的大龄，此番进审察司，其中凶险自不必说，而寻得良人这事，只怕更加无望了。

若是叫她爹知道了，肯定不会善罢甘休，想到这儿，她心里就有说不出的烦躁和疲惫。

二更锣响，空无一人的街道响起了一串骨碌骨碌的马车声，一辆暗铜色的马车出现在街道尽头。

马车前头灯在寒冷的雪夜里散发着昏黄温暖的光，车厢里面干净简洁，放着一几两榻，桌几下面燃烧着火炉，温暖如春。

穆寒斜靠在软榻上，单手支颐，长眸微闭。秦吉了站在一个用绣着红梅暗纹绸布裹成的绣球上，认真地整理着自己的羽毛。

萧辰羽从榻下拿出一床毯子，盖到穆寒的膝盖上，打开话匣子道："深夜让一个姑娘自己坐马车回去，是不是有点不太好？"

穆寒长长的睫毛微微动了动，长眸依然闭着："她是走路回去的。"

萧辰羽一愣，随即想起秦桑柔贱民的身份："让一个姑娘在雪夜里独自徒步四十里，这更不是君子所为！"

穆寒缓缓地睁开眼睛，挑了挑眉："这会儿才想起要怜香惜玉，不觉得太晚了点？"

萧辰羽"唰"的一声展开扇子："我公子萧可是京城公认的翩翩佳公子，怜香惜玉是我的本性，温柔体贴是我的招牌，你休要胡说，砸了我的招牌。"

穆寒缓缓闭上眼睛，显然是将萧辰羽这话当耳边风。

萧辰羽气得牙痒痒的，却又无可奈何。

过了会儿，他用扇子一拍脑袋道："对了，我已经让人将信息带回无花门，就算是巡抚亲自上门去查问也不会露出马脚。"

"今晨办事，我放心。"穆寒睁开眼睛，淡淡道。

无花门是他和萧辰羽以及花今晨三人一手创建起来的，旨在收集各方信息和罪证。

这些年来，他能断案如神，无花门功不可没。

由于他和萧辰羽的身份特殊，所以至今无人知道，他才是无花门真正的门主。

外面安静地飘着雪，车厢内寂静如斯，只听秦吉了有一声没一声地啄食着矮几上的小野果。

只静了一会儿，萧辰羽"啪"的一声收拢扇面道："你当真是要让秦桑柔来审察司？"

穆寒剑眉微挑："你有更好的人选？"

萧辰羽撇嘴："我要是有人选，今天就不用陪你跑这一趟了！不过话说回来，秦桑柔这小娘子倒还真有几分巾帼风范，胆大心细、临危不乱、果断犀利，一般男子，未必能敌！"

穆寒办案铁面无私，得罪了不少权贵，也挡了不少人升官发财的路子，因此看似权倾朝野的审察司，实则暗藏杀机。

因此他们需要的作作，除去专业的验尸本领外，还必须有干净简单的身份背景以及遇事沉稳、不畏强权的性子。

当初顾老向他们推荐秦桑柔时，他震惊之余，更多的是怀疑，办案验尸不是拿针刺绣，而是要面对血淋淋的尸体和凶残的凶手，她一个女子能行吗？

所以他们设了一个局中局，挖坑诱捕贪官林知县之外，旨在考验她的应变能力。

出乎意料的是，秦桑柔今天的表现非常惊艳。

突然！

一道利箭破帘而入，带着势如破竹的力度，直指穆寒的印堂！

"小心！"萧辰羽一声断喝，手中的折扇同时掷出。

折扇疾如闪电，飞快撞上车壁，借力一弹，转个方向朝着箭头撞上去，电光石火之间，箭头生生在半空被撞偏了方向！

只听"叮"的一声，利箭直直地钉在车壁上，箭尾轻颤，入木三分！

箭入车厢，外面的车夫却没有一点动静，如果不是被杀死，那只剩下一种可能——车夫早就被人换掉了！

萧辰羽和穆寒两人交换了一个眼神，穆寒的手指重重叩在桌几上，下一刻，秦吉了便如离弦之箭飞出去，一飞冲天，很快没入黑暗当中。

车帘被高高卷起，只见车厢之外，车夫僵坐在车头上，左胸口处出现一个窟窿，血如泉涌般地流出来，刚才那箭竟是穿膛而过，车夫来不及出声便一命呜呼了！

与此同时，只听外面一阵长啸破空而起，寂静空荡的街头顿时蹿出十几个黑色的人影，直攻马车而来。

萧辰羽执扇穿帘飞出，他灰色的身影轻盈如燕，快如闪电，只见他立于马身之上，足下一点，一脚踢在马臀上，马儿吃痛，对空嘶叫一声，扬蹄狂奔了起来。

他纵身一跃，从马身飞下，手中的折扇"唰"的一声展开，银光一闪，十几把小飞刀从扇面底下飞出，直刺黑衣人。

三四个黑衣人应声倒下，剩下的黑衣人迅速分成两批，一批人将他重重包围住，剩下的那批追赶马车而去。

萧辰羽飞快地从腰间抽出一把软剑，利剑出鞘，刹那间银光闪现，刀光剑影的瞬间，他的身子已经点地纵起，一时之间，金属交碰，铿锵声四起。

萧辰羽想着速战速决，无奈这些黑衣人全都是有备而来，攻击不断，完全不给人喘息的时间，一时间，他根本无法突出重围。

拉马车的两匹马是老马，原本就跑不快，只是刚才吃痛才奋力狂奔，但终究不够矫健，渐渐就慢了下来。

穷追不舍的黑衣人很快就追了上来，银光一闪间，两匹马被齐头砍下！

马车向前倾倒，里面的人却没有被摔出来，车厢内一片漆黑，三个黑衣人围住马车，面面相觑，都不敢贸然冲上去。

飘雪如柳絮纷飞，风卷车帘，哗啦作响，时间一点一滴地流逝。

夜长，只会梦多。

三个黑衣人相互对视了一眼，有着一对阴鸷的三角眼的领头黑衣人扬声喊道："穆大人，我们兄弟今天奉命来取你项上人头，好送穆大人到阴曹地府做真正的阴司判官！"

为首的黑衣人话毕，一比手势，三个人同时点地纵身而起，亮出手中长剑直奔向马车，刹那间，剑光大盛。

就在长剑将马车劈成两半的瞬间，一声箫声乍起，箫声高亢苍凉，犹如凤鸣，伴随雪花片片，一击长空！

三个黑衣人顿时一阵头晕目眩，只觉胸膛气血翻涌，竟使不出一丝力气来，下一刻，三人相继摔落地面，各吐出一口鲜血。

"砰"的一声，马车碎成两半，风起箫停，马车上走下一人，白衣披身，长身玉立，手中执着一支玉箫，月光之下，面白如雪，恍如夺魂鬼魅。

为首的黑衣人捂住心口，双眼不可置信地看着眼前的人："怎么……怎么可能？！你、你不是武功尽失，被废掉双腿了吗？现在怎么又可以……"

"说！是谁派你们来的？"穆寒面无表情地看着地上的人，一双长眸幽黑难辨。

三个黑衣人面露恐惧，却咬紧牙关不说话。

"只要你们说出是谁指使你们的，我可以饶你们一命。"

为首的黑衣人一声冷笑："就算你愿意饶过我们，那人也不会放过我们的。"

"那人是谁？"

为首的黑衣人不再说话，眼中露出绝望的神色，穆寒眉头一蹙，上前掐住他的双颊，却为时已晚，只见黑衣人的嘴角流出一丝黑血，头歪向一边，瞬间便断了气。

穆寒转身看向另外两个黑衣人，已同样咬毒自尽。

苍穹之下，屋檐之上，一道绿色的身影，身姿飞快地掠过一座座民宅。

待看到地上那摇摇欲坠的白色身影时，那人立即飞身而下："大人，你没事吧？"

穆寒扶住卫展黎的手臂，脸色煞白："我没事，快去帮萧大人的忙！"

"不用帮，我已经搞定！"萧辰羽一身浴血，提着一把长剑翩翩而至，眼角扫过地上的死尸，笑道，"展黎，你这功夫是越来越不行了，这么久才搞定三个人。"

说完，他似乎想起了什么东西，盯着卫展黎道："这不对啊，今天跟出来的不是卫展风吗？何时变成了你？"

卫展黎眉头深蹙："萧大人，这些人不是属下杀死的，是穆大人。"

萧辰羽身子一僵，转头的瞬间，只见穆寒喷出一口鲜血，人跟着就倒了下去。

4.穆府

穆府。

辛大夫看到早上出门还好好的人，回来却是被抬着进门，顿时气得将一众人赶出去。

他从被子里抓出穆寒的手腕开始诊脉，右手诊完换左手，脉诊完之后又翻翻眼皮，再掰开嘴巴看舌头，一番望闻切后，打开诊箱，拿出一根根细小的银针，毫不客气地扎在穆寒的胸膛上。

穆寒在昏迷中下意识地蹙了蹙眉头，脸上、身上很快渗出一层层冷汗来，惨白的嘴唇慢慢变成乌青色，全身抖如筛子，半个时辰后，嘴唇的颜色才慢慢恢复成淡粉。

辛大夫将银针一一收回，放回诊箱里面后，这才放管家刘承明等人进来。

刘承明第一个冲进来："辛老头，大人怎么样了？有没有事？"

辛大夫牛眼一瞪："怎样？暂时还死不了，但再来几次，就是华佗再世也救不了他！"

盛京的人都知道，穆府的刘管家性烈如火，轻易不能惹，却鲜有人知道，穆府的辛大夫牛心古怪，两个老头年纪加起来过百，却经常直眉瞪眼，争得面红耳赤。

刘承明果然也跟着瞪起了牛眼："你这糟老头，狗嘴里吐不出象牙，现在该怎么弄？大人这是没事了吗？"

辛大夫哼了一声，胡子跟着一抖一抖的："让人马上备热水，泡足一个时辰的药澡后,将这药兑水化开喂给他喝。"

说完,他提起诊箱就走人,刘承明在后头梗着脖子喊道:"你这么急着走干吗?又不是赶着去投胎,萧小子的伤口还没有看呢!"

"你这破老头,老夫要回去睡觉,就是天塌了,都不许让人来打扰,否则老夫明天弄一服药,泻得你半个月都下不了床!"辛大夫撂下狠话,甩袖走人。刘承明在身后气得跺脚,让小厮赶紧去烧热水。

辛大夫哪里管那么多,抱着诊箱头也不回而去,只是路过萧辰羽身边时,模样甚是倨傲地丢给了他一瓶金疮药。

萧辰羽做出一脸"感激涕零"的样子:"谢谢辛大夫。"

辛大夫从鼻孔里哼了一声作为回应。

在这府里,有两个人是不能得罪的:一是眼前的辛大夫,二是掌厨的何妈。

得罪辛大夫,一剂药让你死去活来;得罪何妈?一餐饭让你一泻千里。

雪纷纷扬扬地下了整晚,直到次日清晨才停止。

桑柔推开门,只见满眼飘白,外面银装素裹,路边的枯枝被积雪压得低下了头。她呵出一口白雾,将手拢进袖子里,踩着雪咯吱咯吱地走出了家门。

她准备先去城东徐大夫那里把药给抓了,然后再去城西的审察司,跟他们说她愿意接受这份差事。

接受这差事,其实不完全为了生计,还有一个重要的原因:她很喜欢仵作这份差事。

她喜欢从死人身上找出证据,帮他们说出冤屈的感觉,那种感觉就跟将满是灰尘的屋子打扫得一尘不染般,让人无比舒爽。

天启皇朝采取街巷制,以户籍管理居民居住地带,按职业划分居住地带。

盛京规划成东南西北四区,皇城在东南隅,城东城南多是权贵宅邸，朱门绣户，城西北设有军营，城内集中设东西两市，而她居住的城北，则是出了名的穷人区。

一进东门，熙熙攘攘，一片繁荣，妙春堂门前更是被围得水泄不通。

妙春堂的徐老先生在世时悬壶济世，对穷人常施医赠药分毫不取，深得民心。

徐老先生过世后，其子徐鹤轩接手妙春堂，将其发扬光大，是以妙春堂前门庭若市是常有之事。

只是今天这场面，不似询诊，更似吵架，她远远便听到了一妇女响亮刺耳的咒骂声。

桑柔无心围观看热闹，只是要进去妙春堂必须挤过外三层里三层的人群，当她挤到人群中央时，看到一名身着紫色挑金宽袖褙子、白色云纹锦裙的中年妇人正在掌掴一个瘦小的男童。

男童被打得泪流满面，两颊肿得老高："大娘，锦儿没有偷东西。"

妇人柳眉一竖，揪住男童的耳朵往上扯："没偷？没偷这金钗又怎么会在你身上？！你跟你那下贱的妓女母亲一个德行，生来就喜欢偷，一个偷人，一个偷东西，没廉耻的狗东西！"

相比男童的瘦弱，妇人长得身材高大，身姿肥胖，男童的耳朵一下子就被揪裂了，男童痛得尖声大哭，却不敢反抗。

有不少热心的人觉得孩子可怜，忍不住帮腔劝说，却全部被妇人给呛回去了："本夫人管教自家的孩子，何时轮到你们这些外人多嘴？"

众人气不过，却也没法子，这的确是他人的家务事，只要没弄出人命来，就是官老爷来了，也不得干预。

忽然，一个身穿淡蓝色棉布直缀的男子从人群中冲出来！

蓝衣男子一瘸一拐地奔到妇人面前，一把扭住她的手臂，双眼发红地瞪着妇人，一脸阴鸷道："放开他，否则我拧断你的手！"

妇人痛得哇哇叫，肥硕的身子挣扎着："再不放手，本夫人叫你粉身碎骨！"

妇人的话刚落地，只听"咔嚓"一声，那男子竟将她的胳膊生生拧脱臼了！妇人杀猪般地叫了起来，男子却还没完，一脚将妇人踹倒在地上，还欲抬脚再踹时，妙春堂的一个伙计冲过来拉住他："徐大夫，这可是昭阳薛氏的夫人，打不得啊！"

那蓝衣男子被伙计揪住，正好身子被扳向了桑柔这边。桑柔一看，不禁大吃一惊，眼前一脸戾气的男子竟然是徐鹤轩徐大夫！

桑柔实在没办法将眼前这个一脸戾气、双眼通红的男人，跟印象中那个温润如玉的谦谦公子联想到一起。

徐大夫宅心仁厚、性情温和，她认识徐大夫四五年，还不曾见过他今天这副模样。

妇人的丫鬟买东西回来，见到此景，吓得连忙上前扶起妇人。妇人痛得脸色煞白、冷汗直流，嘴巴上却还不依不饶："你这竖子，本夫人定叫你吃不了兜着走！"

天启国有五大世家，分别为阳河郑氏、西陵卢氏、陈郡裴氏、陇安李氏以及昭阳薛氏，五大世家门第高贵，身份显赫，是世代为官的名门望族。

而这妇人的郎君薛康是薛家的庶子，虽是不受宠的庶子，但瘦死的骆驼比马大，依然不是一般平民百姓得罪得起的。

听得妇人的话，桑柔蹙了蹙眉头。围观的百姓气不过妇人的嚣张跋扈，纷纷仗义执言：

"徐大夫，你莫担忧，这毒妇要是敢寻你不是，我们定联名告到审察司，为你伸冤昭雪！"

"对，我们联名为你申冤，哪怕是要告御状，我们也敢拼了！"

妇人一嘴难敌众舌，在百姓的怒骂声中带着丫鬟愤然离去，被打得浑身是伤的男童紧跟其后。

围观的人群散去后，徐鹤轩这才看到站在一旁的桑柔，脸上闪过一丝羞赧的神色,抱拳作揖道:"在下失礼,让秦姑娘见笑了。"

眼前的男子身姿颀长、容貌俊秀,此时已经恢复了平时谦和温润的模样。

桑柔欠了欠身:"徐大夫古道热肠,何来的失礼?"

听闻桑柔的话,徐鹤轩脸上的尴尬神色这才稍稍退去了些许:"秦姑娘是过来给令尊抓药的吧,令尊身体如何,可还有咳血?"

桑柔随他走进妙春堂,微蹙眉道:"还是老样子,每到入冬便会咳血,这次麻烦徐大夫给开两个月的剂量。"

由于生活拮据,她一般只抓半个月的剂量,听到她的话,徐鹤轩不由得顿住脚步,眉头不着痕迹地蹙了蹙:"我听刘兄说你被京兆尹府给辞退了,你莫不是要离开盛京?"

徐鹤轩口中的刘兄名唤刘有才,是京兆尹府的一名小捕快。

桑柔摇头:"是要离开盛京,不过离开的人是家父,我找到了新的差事,因无暇照顾家父,所以准备送他老人家到乡下去养病。"

徐鹤轩微蹙的眉头顿时舒展开来:"原来如此,我一会儿重新开张单子,让伙计加味茯苓进去,茯苓能健胃安眠,可使令尊少些不适。"

徐鹤轩原本就生得俊朗,这一笑犹如春风拂面,惬意人心,很具感染力。饶是桑柔跟他相识了数年,也忍不住多看了一眼,跟着嘴唇弯弯道:"那就有劳徐大夫了。"

徐鹤轩走到桌几前,一边重开单子,一边道:"秦姑娘客气了,只是不知秦姑娘在何处谋差?"

桑柔微一垂眼之间,眼睛不着痕迹地扫了一眼桌几下方:"到审察司做作作。"

徐鹤轩手中的笔头一顿,墨汁浸透纸张,这纸只能作废了。

须臾,徐鹤轩回过神来,赶紧换一张纸重新写过,却不再言语。

桑柔实在有些捉摸不透徐鹤轩的意思,再看时,他脸色已恢复正常,站起来将手中的新药方交给伙计,嘴巴张了张,正欲说话时,伙计过来说有病人需要他亲诊，于是他作揖离去。直到她提着药离开，两人都没能再说上一句话。

从妙春堂出来，她马不停蹄地赶往审察司。

穆府隐月楼。

卫展风端着辛大夫开的药汤和参粥走进来。

"大人，该用膳了。"

穆寒头埋在卷宗里："知道了，先放在那里，我一会儿再吃。"

卫展风将盘子放在圆桌上，单脚跪在地上抱拳道："属下该死！大人遇刺，属下却没能尽到保护大人的责任，请大人责罚！"

穆寒这才从卷宗中抬起头来："吩咐你去送人的是我，你又何罪之有？起来吧，昨晚有没有发生什么事情？"

卫展风站起来，摇头道："没有，秦姑娘走路回去后，直到早上才出门去城东妙春堂抓药。"

他站起来，移步到圆桌旁："那么晚，城门早关了，她是怎么进去的？"

"秦姑娘没有从城门回去，岳山山头上的城墙有一处破洞，秦姑娘从那儿通过，翻过山头回到城里的。"

穆寒抬头，眸色微亮："这么说，她是钻狗洞回去的了？"

卫展风："……是。"

那破洞的确是个狗洞，刚才他觉得用"钻狗洞"来形容女子不是很好，所以才说成破洞，只是没想到大人如此直白。

穆寒慢条斯理地喝着粥："没什么事，你先下去吧。"

卫展风恭敬地作揖应道："是，大人。"

他转身离去，却在门口时又被叫住了，只听身后传来一个低沉的声音道："我吩咐你暗送秦姑娘回去的事情千万不可以跟任何人讲，尤其是萧大人。"

卫展风微微一怔："属下明白，绝对不会跟第三人说起此事！"

卫展风匆匆离去，没注意到窗沿下蹲着一个人，那人跟螃蟹似的横着走，俊朗的容颜上挂着一个得逞的笑容……

5.因缘

审察司整个格局是前朝后署，署宅相通，但各设大门，平日里私人拜访都是走穆府大门。

"桑柔姑娘是决定过来审察司当件作了吗？"萧辰羽脸上挂着一个似笑非笑的笑容。

桑柔点头，她是在审察司门口遇到萧辰羽的，她朝他揖手行礼道："是的，以后还请萧大人多多指教。"

"好说好说。"萧辰羽回了个答礼，嘴角扬起一抹诡异的弧度，"欢迎你加入审察司这个大家庭，以后这日子肯定非常好……"玩，这最后一个字却没说出口。

桑柔微抬眸扫了萧辰羽一眼，只见后者眉飞色舞，俊朗的容颜上大写着"有问题"三个字，她心中觉得微恶，但又说不出个所以然来。

桑柔跟在萧辰羽身后，穿廊走径，走廊蜿蜒曲折，亭台楼阁错落有致，跟司署的威仪庄严不同，整座府邸的建筑格局显得清新雅致，给人以清朗、幽静之感。

约莫又走了一盏茶的工夫，萧辰羽终于在一个院落前停了下来。

"你在这里等我一下。"

她点头，趁机打量着眼前的院落，院落不算太大，正面六间厢房，东面是一栋两层高的阁楼，阁楼旁边种着一片竹林，竹影密密，将它跟外界隔绝开来。

寒风拂过竹海，沙沙作响，犹如一支天然的乐曲，竹香扑鼻，暗香疏影，她忽然有点明白为何这院落叫"隐月楼"了。

萧辰羽掀帘走进最右边的厢房，看着坐在书案前的挺拔身影，扬唇笑道:"猜猜是谁来了?"

屋里燃着炭火,很是温暖,他的声音却冷得掉渣:"叫她进来,你可以走了。"

萧辰羽怒:"有你这么过河拆桥的吗?"

穆寒冷笑:"你搭什么桥了?"

萧辰羽哼了一声:"你是不知道,刚才门子把她当成想混进来接近你的爱慕者,拦着不让她进来,要不是我刚好经过,只怕秦姑娘到现在还在司署门口站着喝西北风呢。"

穆寒将手中的毛笔放下,长眸睨着他:"你到底想说什么?"

萧辰羽的目光从门外的桑柔身上扫过,挤眉弄眼道:"你是不是看上人家秦姑娘了?"

萧辰羽说完立即就对上了穆寒射过来的白眼,身上肉一紧,却还不死心道:"你别瞪我,我这么问你可是有证据的。"

"什么证据?"

"你要是没看上人家,怎么会叫人暗送她回去?"

穆寒声音冷如冰:"你偷听?"

他叫展风跟着秦桑柔回去,与其说是暗送,不如说是跟踪,为的是再次确认她的背景。

萧辰羽一阵心虚:"我约了刑部的张大人,时间差不多到了,回头见。"

话没落地,人已如离弦的箭飞了出去。

桑柔只觉一阵风刮过,还来不及反应,就听到厢房里传来一个低沉的声音:"进来吧。"

"是。"她整了整衣衫,抬脚走了进去。

这是一间书房,东西两边各有一个架子,架子上放满了书籍和卷宗,除此并无其他装饰。

他坐于书案前,并未穿常服。而是着了一件月白色宽袖外袍,深蓝色回云纹镶边,一支羊脂白玉簪束起一头的墨发,让他整个人看上去越发清逸风雅。

"做好决定了？"他双眸低垂，让人看不清神色。

他没让坐，她只好站着，点头道："是的，不过入职之前，我需要先安顿好家父。"

他没说好，也没说不好："多少天？"

"快则四天，慢则五天。"

盛京到石河县，来回要两天两夜，打扫做安排两天，算起来最快也得四天。

"那就四天。"随时都可能发生命案，审察司不可一日无仵作。

她抿了抿嘴角："好。"

她答完，他没再开口，屋里顿时安静了下来，风中传来梅花清雅的香味。

"原因呢？昨晚你说我过来便能知道选择我的原因。"

穆寒抬起头，这还是她进屋后他第一次正眼看她："我让人带你去见顾老先生，见到他你自会明白。"

她微怔了一下，想起之前听人提过审察司的仵作是位姓顾的老先生，心中便明白了三分。

他长眸幽深，让人望不到底："如果没什么事，你就下去吧。"

桑柔垂眸，踌躇了一下才开口道："我能不能预支点银子？"

"你要多少？"

"五两。"

"行，你离开之前我会让管家备好，这些银子就当是我借给你的，日后在你俸禄上扣。"

"谢谢大人。"她揖手道谢，然后由小厮带着去见顾老先生。

雪越下越大，纷纷扬扬，风扬起她的裙摆，摇曳生姿。

穆寒闭上眼睛，只觉风中，暗香浮动。

小厮带着她穿过小径，来到隐月楼旁边的一座院落——暖香斋。

一踏进暖香斋，一股熟悉的药草味扑鼻而来，桑柔顺着香味飘来的方向扭头望去，欣喜地发现院子东北角的地方，竟然开发了小半亩田地，上面种满了各种药草。

她从这里望过去，只见花花绿绿，品种应该不下五种，她凝息细闻，辨出佩兰、艾草和藁本三种植物的味道。

小厮见桑柔望着园圃，便开口介绍道："这些都是顾老先生种的。"

她嘴角微扬："顾老先生真是个懂得生活的人。"

她话刚落地，一个人影从凉棚里面冒出来："是何人在说老朽？"

她顺着声源望过去，只见一个六十岁上下、身着灰色布袍的老人从园圃走过来，走近一看，虽鬓生华发，却脸色红润，双眼有神，可谓老当益壮。

那小厮朝老人鞠了个躬，指着桑柔笑道："顾老，是这位桑柔姑娘在夸您，说您懂得生活呢。"

顾老先生哈哈地大笑了两声，笑声中气十足，笑完才笑吟吟地看着桑柔道："当年看你还只是个小娃儿，一眨眼间就成了大姑娘了，真是岁月飞梭，半点不饶人，老朽老矣。"

桑柔站在一边微微有些吃惊，顾老先生言语当中表明认识她，可她脑中却没一丝印象。

顾老先生看她的样子，便猜到她的想法，笑着问道："真想不起来？"

桑柔摇摇头并微微福身行了个礼："桑柔见过顾老先生。"

顾老先生又哈哈笑了两声："不急，这里风大，我们进屋里再说。"

桑柔点头，跟着顾老先生到了他的房间。

暖香斋的房舍皆是普通的黛瓦白墙，档次精致都没法跟隐月楼比，顾老先生的房间不大，但整理得井井有条，弥漫着一股好闻的中草药味道。

临窗的地方有一方软榻,顾老先生令小厮搬来茶具和小炉子,亲手挽袖煮茶,顾老先生煮茶的动作娴熟优雅,一看便知是煮茶的好手。

桑柔双手接过顾老先生递过来的青化寿字茶盏,抿了一口,只觉唇齿留香:"先生煮的茶甚好。"

顾老先生还来不及回答,站一边的小厮便插话笑道:"桑柔姑娘这嘴倒是刁,顾老这茶可是用了上好的大红袍煮的,能不好喝吗?顾老,看在小的为您鞍前马后的分上,能赏小的一口不?"

顾老先生笑骂着你这泼猴,但也遂了小厮的意,小厮连喝了两杯这才意犹未尽地退下去。

顾老先生为她再斟上一杯:"丫头,还想不起来吗?九年前的灭门惨案?"

桑柔心中一惊,细细打量眼前之人,这才从眉宇之间辨出一点痕迹来。当年她怕连累父亲,故对那天捡字条之人也没敢细看,更不知其身份,刚才认不出来也是正常的。

顾老先生捋须叹道:"当年作案之人乃前京兆尹孙大人的亲外甥,若不是你提供的线索,只怕真会被一手遮天。"

前京兆尹贪赃枉法,前首司周大人早就想将他拿下,无奈他生性狡猾,又有后台撑腰,审察司一直没有找到确切的证据。直到那天顾老先生从审察司出来,被一个瘦弱小女娃用字条扔中,这才结束了前京兆尹的好日子。

当日顾老先生打开字条一看,惊得脸色大变,抬头看时,那小女娃早跑得无影无踪。后经多方打听,才知她是京兆尹府仵作之女,起初他们以为那字条应是其父所写,可经过对比笔迹以及调查,却发现那条理清晰、详尽专业的验尸单子是出自一个九岁的女娃之手,不禁令人大吃一惊。

他曾有收她为徒的想法,可惜她是个女儿身,古往今来,从无女子当仵作的前例，但没想到她再次让他惊叹，十二岁那年她替父验尸，成为一家支柱。

再后来，他事务烦琐，顾不上其他事情，直到今年，他准备告老还乡，司署又一直找不到合适的人选，他这才又想起当年那个小女孩。

只是此时已过九年，按照她的年纪，应早就嫁作人妇，他本没抱希望，谁知一打听，方知她不仅在仵作这行小有成绩，还因此而耽误了姻缘，感慨之余便向首司穆大人推荐了她。

穆大人做事严谨，今天她能来到这里，想必已是通过考核。

顾老先生从书架上拿下三本蓝皮子的手册，递给她："这是老朽当仵作四十几年总结的经验和一些心得，如今交给你了。"

桑柔垂首双手接过手册，只见那手册每本厚约一寸，里面的字苍劲有力，详细记载着各个案件以及验尸的手法。

古往今来，仵作不著文字，全靠口口相传，有经验的仵作一般不轻易传授经验，是以这手册之珍贵，千金难求。还有，他虽只字未提，可若不是他推荐，审察司断然不会找上她。

桑柔从软榻走下来，跪拜在地上，对顾老先生行了个稽首礼："先生大恩，桑柔没齿难忘。"

顾老先生一见，连忙上前将她扶起："丫头行这大礼可是要折煞老朽了。"

稽首是天启皇朝最高的礼节，一般用于朝臣见君主。

顾老先生为人幽默，又不吝指教，她这一坐便是两个时辰，从暖香斋出来，天色早已暗下来。

刘承明递过来一个深蓝色棉布包裹："秦姑娘，这是五两银子，你数一下。"

桑柔接过包裹并不数，而是直接放进袖袋中："有劳刘管家亲自送过来，桑柔不胜感激。"

态度谦恭、举止大方，刘承明不禁对她生出了几分好感："天色已晚，你一个姑娘家回去不安全，我让车夫送你回去。"

她倒不担心危险，只是她一早出门，担心她爹挂念，此刻也想着早点回去，便没有推辞，福身答谢道："那就劳烦刘管家了。"

雪没有停，这会儿又淅淅沥沥下起了毛毛细雨，车厢里没有烧炭，冻得她直打战，好在马车速度飞快，只用了两盏茶的工夫便到了城北乌水巷，她让车夫在巷口放她下来，然后走路回去。

她左手大包小包提着好几袋东西，右手抱着一匹途中买的布，踩着厚厚的积雪，咯吱咯吱朝巷尾走去。到了家中，她没有立即回去，而是敲响了旁边的木门。

"谁呀？"张婶子高亢的嗓音从里屋传出来，打开门，一看是桑柔，脸上现出一丝尴尬的神色，"原来是桑柔啊，这是从哪里回来，怎么买了这么多东西？"

桑柔将手中的布匹递过去，浅笑道："我后日便带我爹回石河县，以后不再回来这里住，这匹布是我买来送给张婶子您，作为您往日帮忙照顾我爹的谢礼。"

张婶子双眼一亮，眼睛锁在布匹上，心里盘算着这么一匹布，起码能做四整套成衣，嘴上却是道："不用不用，乡里邻居互相帮忙都是应该的，马上要过年了，你拿回去给秦老爹做点新衣裳。"

"我爹的我已经备好了，这个您拿着。"

"那我就收下了，你这丫头，就是太客气了。"张婶子推辞了几下，最终把布匹抱在怀里，粗糙的手往布面摸了几下，只觉触面光滑，脸上的笑容就更深了，"住得好好的怎么突然就要走人？还有你呢，也跟着去石河县吗？"

"我送我爹回乡后，便去审察司当差。"在这事上，她倒无意欺瞒，反正迟早是要被知道的。

张婶子的双眼又是一亮："审察司？是城西鼎鼎有名的那个审察司吗？"

她点头:"就是那个审察司。"

"那年俸可不少吧?我听人说在审察司当差,年俸都有七八两以上,是这样吗?"

"其他差事不知,我的是十两。时候不早了,我就不打扰张婶子您休息了。"说完,不给张婶子任何挽留的机会,转身离去。

十两!

她一家三口,从年头干到年尾,三人加起来也不过九两,她一个姑娘家便能赚十两!

张婶子抱着布匹,看着桑柔纤细高挑的背影,心中忽然有些懊悔,若是让她家阳平娶了桑柔,那她张家的日子可就能轻松不少。

桑柔回到家中,秦老爹还没有躺下,看到女儿披着一身寒气回来,秦老爹不禁有些心疼。

"外面又下雪了,你怎么没多穿点再出门?"

桑柔将东西放好,然后拿出途中买的糕点给她爹拿过去:"没事,我不冷,这是茯苓红枣米糕,您尝一块试试,看好不好吃。"

秦老爹接过女儿递过来的米糕,尝了一口,嘴角扬了扬,口上却道:"有银子就存起来,不要花在这些有的没的上。"

"我省得,我今天将京兆尹府的差事辞了,并另找了份差事,我后日送你回乡下。"

秦老爹脸有喜色:"这么快找到新差事了?是给哪户人家做丫鬟?"

"审察司。"对于新差事,她说一半隐一半。

今天她跟顾老先生聊天时,发现两人竟是同乡,于是约好后日一起回石河县,顾老先生答应给她当说客,帮忙说服她爹。

秦老爹红光满面:"如此甚好,你可要好好做,莫糟蹋了如此好的机会。"

"我省得的。"父女俩又说了一会儿话,各自睡下。

一夜大雪。

第三日凌晨，他们带着简单的行囊，坐上顾老先生的马车，悄悄离开了乌水巷。

6.命案

就在桑柔离开盛京的第二日，孙府门前无端出现了一个雪人。

雪人正好对着孙府大门，显然是有人故意跟孙府过不去，管家赶紧让看门的小厮将雪人弄走。

两个小厮上前，将手中的扫帚打在雪人身上，外面的雪花被打落，露出一具被冻僵的尸体。

"来人啊，死人了……"

萧辰羽带着一身寒气撩帘走进隐月楼。

屋内十分安静，檀香袅袅，只闻火炭燃烧发出的"噼啪"声。

他将黑色的斗篷脱下来挂在衣架上，走到红泥小火炉旁边烤手。秦吉了看到他走过来，张开坚实的喙朝他白皙修长的双手啄去。

他眼疾手快地躲开，在秦吉了的脑袋瓜上弹了一下。秦吉了"呱"地怪叫了一声，正要飞起来跟萧辰羽拼命，台案后面却传来一道慵懒的声音："秦吉了，不准捣蛋。"

秦吉了拍打着翅膀停在半空，两只小眼珠子转了转，掉头飞回铺有厚厚棉絮的窝里面睡觉。

萧辰羽气得牙痒痒的："小样儿的，迟早有一天把你宰了炖汤喝。"

"放心，如果有那么一天，你会跟它一起炖。"穆寒合上手中的折子，抬头长眸看着他，"事情查得怎么样了？"

一讲到公事，萧辰羽立即收起了那副吊儿郎当的模样："尸体虽然是在孙府面前发现的，但孙府的人声称府中并无人失踪。"

"失踪人口呢，可查了？"

"最近报失踪的人口有十宗，七宗为男子，三宗女子，女子当中有两宗为未满十岁的女童,剩下的一宗是个姓薛的妇人。"

穆寒眉梢微扬:"姓薛?"

"是的,这妇人是薛康的正妻,而这薛康乃昭阳薛氏一族。"萧辰羽正给自己煮茶,他顾着说话,等茶溢出来才发现。一阵手忙脚乱地抢救后,他才继续道,"不过,他只是薛氏家族一个可有可无的庶子。"

穆寒心里深知,虽是可有可无的庶子,但像这种世家大族,也不能完全置之不理。不过这种事情还用不着他来操心,自有京兆尹府在前面挡着。

"那可有通知薛家的人来辨认?"

"通知了,来的是薛家的丫鬟,只看了一眼便说不是,说她家夫人长得高大丰满,而那尸体苗条纤细,一看便知不是。"

这话等于说,到目前为止,这案子毫无进展。

"那你吩咐下去,让人这几天注意一下流动人口,还有让今晨派人到各茶馆客栈暗中盯梢,看可有可疑人物出现。"

"放心,都已经吩咐下去。"两人相识多年,做事自有着旁人所没有的默契。

"还有,多留意一下孙府。"

萧辰羽闻言一怔:"你怀疑孙府有问题?"

孙府是百年的书香门第,在盛京有着极高的地位。

天元初年间,孙老夫人救了微服出巡而遭遇刺客的先皇,被册封为三品诰命夫人,食皇家俸禄。

孙老夫人一生行善践德,是盛京出了名的大善人。

"孙府地处中心,并不是一个理想的抛尸地点,更何况凶手还要将尸体藏于雪人之中,这个过程随时都有可能被人看见和发现。如果凶手只是单纯想抛尸的话,他有更好的选择。"

"所以说凶手选择将尸体堆成雪人抛尸在孙府面前,完全有可能是蓄意而为的举动?"

穆寒点头："没错。"

"如果真是这样，那么此凶手肯定跟孙府有着不共戴天之仇。"

"有没有不共戴天之仇现在还不能确定，但可以确定的是，此案孙府肯定逃脱不了关系。"

"我明白了，我会派人暗中盯着孙府。"

穆寒点头，然后低头继续看折子。

屋子里一下子又安静了下来，只闻秦吉了打呼的声音，在屋内来回地呼啸着。

萧辰羽将煮好的茶端了一杯过去，却不离开。

穆寒头也不抬，淡淡道："还有事？"

萧辰羽摸了摸鼻头："听说你让展黎亲自去石河县接秦姑娘回来？秦姑娘这待遇可不是一般人能有的。"

穆寒脑门青筋跳动了两下："既然你这么闲，那便亲自到陇西跑一趟，把上面那宗连环杀人案的尾巴给结了。"

"别别别，我错了，你就当我什么都没有说过。"萧辰羽立即求饶认错。

陇西远不说，而且这天寒地冻的，他才不想去受罪！

说完，影子一闪，萧辰羽人已经蹿到了门外。

在门外等候的小厮被吓了一跳，回过神来赶紧拿起放在一旁的油纸伞，点头哈腰地跑上去为萧辰羽撑伞。

外面的雪越下越大，如鹅毛般纷纷扬扬地飘落，天地间白茫茫一片。

萧辰羽刚走出院落，卫展风便快速地闪进了屋内，手中呈着一张小字条："大人，展黎说他们今晚便能回到审察司。"

穆寒接过字条，并不看，而是起身走到炕桌旁，拿起火钳轻轻地拨弄了一下快要熄灭的火炉，轻轻地"嗯"了一声："知道了，你下去吧。"

"是。"

蕲州官道上，两匹马奔驰如飞。

桑柔和展黎两人回到盛京时，已是子时。

当重新站到地面时，桑柔觉得两只腿都不是自己的了，僵硬酸麻，大腿根部的皮肉估计是被摩擦破了，每走一步都疼得她想流泪。

卫展黎看她走路姿势古怪，脸色煞白，顿了一下开口道："秦姑娘要不你先回去休息，天亮后再去停尸房验尸？"

她摇摇头："不用了，天亮后再验尸，那我们这么急赶回来就完全没有意义了。"

时间隔得越久，尸体被破坏的程度就越严重，那么能得到的证据就越少。

"展大人请自便，桑柔回府中拿了验尸工具，便过去停尸房验尸。"

卫展黎愣了一下："那在下陪秦姑娘走过去。"

"那便有劳展大人了。"

停尸房背后是一片小树林，今晚天色阴沉，乌云密布，小树林看上去幽深而恐怖。

已是三更天，桑柔以为这个时辰停尸房应该不会有人。

来到停尸房内院，却看到停尸房里面透着橘色的烛光，她不禁怔了一下。

只见门前不远的地方燃烧着一个炭盆，旁边还放着一桶醋。

"是穆大人。"卫展黎解释道。

她点点头，没有说话，微整了整凌乱的头发，推门走了进去。

"桑柔见过大人。"

穆寒背门而坐，身影挺拔。

"不必多礼。"穆寒没有转身，而是指着放在墙角的一个小箱子，"你看看可有欠缺的，如果有我让人立马去准备。"

"是。"

走到墙角,桑柔将放在地上的小箱子提起来打开一看,疲倦的容颜顿时亮了起来。

只见里面放有皂角、苍术、姜片,都分别用白纸包好,还有一小瓶麻油、一大瓶酽醋以及各种尺寸的刀具和镊子,东西非常齐全。

这些工具可比她的要好上百倍,就拿她手中的这把小刀来说,刀刃薄而锋利,刀柄长刀刃短,这样的设计便于使力,却又不会伤到人手,真是独具匠心!

"回禀大人,验尸工具很齐全,只差书吏。"她说着转身。

穆寒穿着一身黑色的狐裘,一头墨发半束半披散在身后,越发显得他肤白如雪,容色倾城。

她心忽地一窒,仿佛眼睛被刺痛一般,微微垂下眼去。

他声音低沉中带着一丝温凉:"验尸单我来写,你准备好便可开始。"

"是。"

屋内的铜架落地灯全部点燃着,亮如白昼。

她在角落处点燃苍术和皂角,口中含上一小片姜片,脱掉披风,挽起衣袖,人随即跟着打了个冷战。

为了保存尸体,停尸房里面并未置备火炉,因此室内的温度并不比外面温暖多少,反而还因地处山林脚下,多了几分阴冷。

她走到板床前面,伸手揭开遮盖尸体的素布。

只见板床上面,赫然躺着一具无头、无四肢、全身赤裸的女尸,散发着腐烂的臭味。

"死者女,肤色白,年十七至二十五。尸身赤裸,死者头部、四肢皆被砍掉,尸块未找到。颈部和四肢切口处有多处细小皮瓣和条形碎块,边缘参差不齐,深宽凹凸不平,皮肉外翻,骨头断面有起伏的波浪状锯齿痕,初步推断凶器为一把锋利的锯子。四肢伤口溃烂化脓,有灰黑污水流出,臭秽不堪,应是受伤有些时日,可确定死者是在生前被截掉四肢。"

桑柔蹙眉，凶手作案手段极其残忍，刚看到尸体时，她还以为只是一起单纯的碎尸案，可现在看来，死者生前应该是受尽了折磨后才被砍掉头颅。

她想起了当年汉朝吕太后发明用来对付戚夫人的酷刑——人彘，浑身忍不住微微抖了抖。

穆寒口中并未含姜片，此刻闻到那股刺鼻的腥臭味，毫无表情的脸上却没有任何波动。

"把灯靠近些。"

她有个坏习惯，一旦开始验尸，便会变得心无旁骛。

就像此刻，她完全忘记了站在她旁边记录验尸单的人不是书吏，而是一品首司大人。

橘黄的烛光下，她一双杏眸幽黑深沉，长长的睫毛在她的眼帘下投下两排扇形的阴影，一张小脸无比严肃、认真。

穆寒淡淡地看了她一眼，从落地灯架上拆卸下一盏油灯，推动轮椅向她走过去。

她用竹镊小心翼翼地翻开右臂的化脓物，从里面夹出两小团颜色青黑、带着腥臭的东西，并排放在一条素白干净的手绢上。

"这是什么东西？"

她凝眉研究了一阵道："看着像是蓑衣莲的叶子被剁碎后的样子。"

他眉梢微挑："蓑衣莲？"

桑柔一转身，忽地对上一张容色清华的容颜，又是一怔。

"蓑衣莲是我母亲家乡的叫法，蓑衣莲也叫马兰头，路边、田野、树林经常可见到这种野草，农妇一般割下来喂猪。"

"这野草可是有止血的功效？"

她点头："是的，蓑衣莲的枝叶剁碎后敷在伤口上，可治创伤出血。"

他走过去，从小箱子中拿出另外一把竹镊，将其中一团青黑物夹到另外一条手绢上:"你有几成的把握确定这两团东西便是你口中的蓑衣莲?"

"八九成。"

他眉梢微挑:"你对这种野草很熟悉?"

她一双翦水秋瞳微垂,顿了顿方道:"我与家父曾多年吃食此物,所以对其剁烂后的味道及样子十分熟悉。"

她父亲刚跌伤时她才十二岁,赵大人根本不相信她一个小女孩能够担负起验尸的责任,为了取得赵大人的信任,头三年里,她几乎是无偿替京兆尹府验尸。

家里断了生计,曾经一度穷得揭不开锅,为了生存下去,她不得不到树林中挖野菜吃。

外面白雪如鹅毛般寂寂地飘落,橘黄的烛光中,穆寒的双眼幽沉难辨。

她抬头,猛地对上他幽沉的双眼,不禁微微一窒,他脸上的表情没有什么变化,只是那双长眸此刻看过去,似乎越发幽沉深远了。

她垂眼,伸手将尸体翻过去,细细观察着尸体上的尸斑:"尸身肉色微变,呈青色,指按尸斑不褪色,尸僵有消失的迹象,以盛京如今腊月的风雪气候,死者的死亡时间是两至四天。

"死者臀部至脖子长四尺一寸,以手拍打死者腹部,其心下至肚脐的部位,坚如铁石,死者身前已怀有身孕,但其腹扁平而无拢起,故胎儿应不超过三个月。"

她越检查,只觉心越寒,她无法想象死者在身前经受了什么样的折磨。

她当仵作六年,检验的尸体无数,却没有一具尸体像这样被摧残。凶手跟死者之间到底是有着怎样的血海深仇,才能下如此的毒手?

她表情微变,手中的动作却丝毫没有因此怠慢,她将尸体再次翻过去:"死者背后肩膀下方有一红色铜钱大小的胎记,呈梅花状,尸身余部未见明显伤痕。"

穆寒推着轮椅挨近床板，将那胎记的形状在纸上描绘下来。他的手指骨节分明，在黑色狼毫的衬托下，显得那般的白皙修长。

见她停了下来，他开口问道："验完了？"

他的嗓音低沉有力，在这样寂静的雪夜里，有种让人心安的感觉。

她摇头："还没有，有些瘀伤并不会在第一时间显现出来，所以我想用醋蘸纸盖尸，再确认一遍。"

他点头："那你做吧。"

"这个过程需要一个时辰，大人若是觉得疲累的话，可先回去休息，我明日一早会将尸单交到大人手中。"

他长眸幽沉地盯着她看了好一会儿，才幽幽开口道："我不累。"

她不置可否，嘴角抿了抿，让守夜的差役打来一盆温水、一条布和一卷草席。

她用温水将尸体擦洗了一遍，然后用酒醋蘸纸盖在尸体上，再用素布将尸体全部覆盖上，浇上酒醋，最后用草席覆盖上。

做完这一切，她回头，却发现他不知道何时已经走了。

想起刚才他冠冕堂皇说不累的样子，她努了努嘴。

桑柔在圆椅上坐下来等结果，夜风袭来，她连连打了几个喷嚏。

今天的雪下得特别大，她和卫展黎一路马不停蹄，两人几乎冻成了雪人。

眼皮子仿佛有千斤重，她垂着脑袋，不知不觉地竟靠在椅子上睡着了。

一阵风吹过，门"吱呀"一声被推开，地面上出现了一个瘦长的影子……

柴门被推开，寒风随之灌进来，歪靠在圆椅上的人儿不自觉地缩了缩身子，忽地发出两声低低的抽泣。

穆寒放在门上的手愣在半空，抬眸顺着声源望过去——明亮的烛光恰好照在她脸上，两滴眼泪从她肤如凝脂的脸蛋上轻轻滑落下来。

是怎样的梦，能让一个人在梦中也出现如此无助而悲伤的表情？

橘黄的灯火下，他幽深如暗夜的长眸落在她的脸上，却似乎没在看她。

透过她，他见到的是另外一张脸，他母亲生前经常这样轻倚在芙蓉榻上，倾城的容颜上挂满了泪珠。

他推着轮椅来到她面前，长眸落在那两道泪痕上，她还在哽咽着，低低的抽泣声在寂静阴冷的房间里显得那么突兀。

屋檐上忽然传来一个声音道："大人，快四更天了，您该回去换药了。"

他的长眸依然落在那泪痕上："我知道。"

他将身上的狐裘脱下来盖在她身上，回转身时顿了一下，又转回去，姿势有些生硬地在狐裘上拍了拍。

他的动作生硬得实在不像是安抚，可当他修长白皙的手指隔着狐裘触碰到她的手臂时，她的眉头蹙了蹙，竟然慢慢停止了抽泣。

他本来是要收回手的，见此，于是又多拍了几下，她紧蹙的眉头舒展开来，头一沉，似乎陷入了更深的梦境。

地上人影晃动，柴门"吱呀"一声又被关上了。

卫展风悄无声息地从暗处闪出来，手刚触碰到轮椅，便听到穆寒声音低沉地道："让差役备一些姜汤。"

"是。"卫展风脸上虽然依然无表情，双眸却往屋子扫了一眼。

眨了眨惺忪的眼睛，桑柔醒过来了，好一会儿才反应过来自己身在何处。

柴门就在这时"吱呀"一声被推开了，守夜的差役端着一碗姜汤走了进来："哎呀，秦姑娘你醒了？"

"现在是几更天了？"她猛地站起来，盖在她身上的狐裘随着她的动作掉到地上。

看着地上的狐裘，桑柔怔了一下，这不是他的吗？

"将将四更天。"差役将姜汤递到桑柔面前，"秦姑娘趁热喝了吧。"

"有劳小哥。"仰头将姜汤喝下，她立即奔到尸体面前。

掀掉尸体上的席子和布，白皙的尸体赫然出现在面前，尸体上面没有多出任何的瘀痕，她的眉头却蹙了起来。

尸体不全，得到的线索实在太少了，这样对追踪案情不利。

从停尸房出来，更夫刚好敲响四更锣。

她望了望乌云覆盖的黑蓝天幕，低头看着手中的狐裘，嘴角微微抿起。

7.求证

第二日，雪终于停了。

桑柔推窗去够窗外的梅枝，抬头却看到站在隐月楼楼阁窗旁的萧辰羽，后者嘴角挂着一个诡异的笑容。

她怔了一下，勉强挤出一个笑容，然后缩回屋子去。

萧辰羽"啪"的一声收拢扇子，侧身挑眉道："这里正好对着秦姑娘厢房的窗户，好巧哦。"

穆寒手中不停地在宣纸上挥洒着，声音清冷："你又想说什么？"

萧辰羽笑得一脸促狭："肥水不流外人田，你觉得呢？"

为了穆寒的终身大事，他这个做兄弟的真是操碎了心。

穆寒抬眸，长眸漆黑幽深，犹如千年寒潭："我觉得你很适合当怡红院的老鸨。"

萧辰羽浑身一个哆嗦，赶紧转移话题："孙家那边依然没有动静。"

"暴风雨前的宁静，让人继续盯着。"他苍白的脸色在火炉的蒸熏下，浮起了一抹红晕，显得他越发眉目如画，雅致出尘。

"嗯。"萧辰羽点头，随手将刚沸的水缓缓注入紫砂壶盅里，叹气道，"我家老头又准备给我说亲，真烦。"

"这次说亲的对象又是谁？"他的声音带着几分漫不经心。

他依然没有抬头，白皙修长的手指握着毛笔，在画纸上肆意挥洒，动作看似杂乱，可几个挥洒间，一幅泼墨山水画跃然于纸上。

"王飞仙。"萧辰羽脸上闪过一抹厌恶的神色。

王飞仙，京城出了名的丑女，且性子泼辣嚣张。可作为王家唯一的嫡女，她的身份贵不可言。

当今朝廷分为两大势力：一是以皇后为首的王家，另一个是以孙贵妃为主的孙家。

"看来镇国侯已经做出了选择。"穆寒眉头微微蹙了蹙。

一旦萧家做出了选择，势必对现今均衡的局面造成重大的影响。

萧辰羽嘴角扯出一抹嘲弄意味的笑容："论起卖儿求荣这本事，舍他其谁？"

穆寒将笔墨放下，转动轮椅行出雅阁："放心，你不会被卖掉。"

"你去哪里？"萧辰羽跟上去问道。

"进宫面圣。"

年关将近，街上一片喜气繁忙。

一辆油壁香车在玲珑布庄前停了下来，马车里走下一个身段窈窕、姿容艳丽的女子。

女子十六七岁，一身素雪牡丹花暗纹襦裙，乌黑的长发梳成朝月髻，随着她走下马车来，髻上的金步摇佩作响。

女子一站到地面，随身的丫鬟立即将小暖炉双手递上去。

女子没接暖炉，而是凝视着方才从她前方走过的女子背影："你看前面那人像不像京兆尹府那女仵作?"

丫鬟看了看道:"是有那么几分相似,不过半月前她被赶出京兆尹府,各大商铺酒家也不敢雇用她,奴婢想她应该早就滚出了盛京。"

"你确定?"女子一双丹凤眼斜斜挑高。

"奴婢回头再去确认一遍。"丫鬟笑得一脸心虚。

女子点点头,从鼻孔冷哼一声:"下贱东西,凭你也敢跟本小姐斗!"

"就是,那小贱人真是不知天高地厚,竟然得罪小姐你!"

两主仆站在玲珑布庄前说着话,一个四十岁上下的男人提着袍子下摆,从里面笑脸迎了出来。

这人便是玲珑布庄的林掌柜:"孙三小姐,快快请进!"

孙妍脸上一派傲慢,问道:"林掌柜,你上个月说的那批货可是到了?"

"到了到了,特意给三小姐您留着呢。"林掌柜微微佝着身子,笑得特别殷勤。

现在皇宫里,最得皇上恩宠的,当属孙贵妃。而眼前这孙三小姐便是孙贵妃一母同胞的妹妹,身份尊贵得很,林掌柜得罪谁也不敢得罪她。

"那还不赶快让人拿出来?"

"是是是。"林掌柜一面回头赶紧让伙计将翠毛锦拿出来,一面将孙妍迎进门去。

"这批翠毛锦乃出自南川云锦之手,质量上乘,手感滑爽,高档雅致至极,也就只有三小姐您这样高贵的身份才穿得起来!"林掌柜一张嘴跟抹了油似的,任是个死人都能被说成是活的。

孙妍的脸上终究是露出了一丝笑容:"真这么好,有多少本小姐买多少。"

一心赶往西郊树林的桑柔,完全不知道身后发生的事情。

她准备到西郊树林找些蓑衣莲回去,证实自己的猜测。

西郊小树林地处偏僻,山路陡峭,平日里去的人本就不多,现在又是寒冬腊月的天气,更是罕无人烟。

小路上结了一层冰雪,湿滑异常,脚忽地一滑,人往前栽去!

不料前面竟是个下坡路,她这一摔,整个人便成了驴打滚,一路滚到一个结冰的湖面上才停下来!

"咔嚓"一声!

湖面上的冰迅速裂开,她整个人跌入冰湖中!

湖水冰凉刺骨,她猛喝了好几口水,冷得整个人都忍不住哆嗦了起来。

周边的冰块越裂越宽,非但没有地方着力,反而还将她推向了湖中心。

她的水性不算很好,在这冰天雪窖之中,手脚很快就不听使唤了,人不断地往下沉去。

冰水透骨奇寒,她的手脚被冻得失去了知觉,眼睛被湖水刺痛得几乎睁不开,她好想休息一下,可是她不能睡,一旦睡着,便永远也醒不过来了。

桑柔咬唇,利用嘴唇传来的刺痛和血腥味迫使自己保持清醒,她使出了仅剩的一点力气,再次往上浮。

一浮出水面,她喘息连连,忽然双眸一亮,前方三丈外的地方有个漂浮物!

她向漂浮物游过去,伸手一抓,只觉抓到一团像水草一样的东西。

一股腐臭味随即铺天盖地而来!

她低眸一看,心一凛,是尸体!

一具被泡得肿胀的尸体!

死者脸面被披散的头发覆盖,看不到五官,可从其身形和衣物可以判断出死者是个女子。

死者身穿碧绿色比甲，从布料以及款式来看，应是富贵人家的丫鬟。

死者腰身处系着一截绳子，有可能是用来系重物，以保证尸体不会浮出水面。

这里地处偏僻，山路又崎岖难走，可以去掉自杀的可能性，至于是生前溺死，还是死后抛尸，只能等进一步验尸之后方能确定。

天空又开始飘起了小雪，一阵冷风吹来，冻得她连连发抖。

一到晚上，山中的温度会变得更低，所以她必须赶在天黑前下山，否则会被冻死。

她趴在尸体上面，将其当作浮木，踢水推着尸体向岸边游过去。

几乎用了大半个时辰才抵达岸边，就在她挣扎着爬上岸时，左边的丛林忽然传来了窸窣的声音。

她下意识一回头，差点被吓破胆。

只见左边的矮丛林里面钻出一只黑色的大野狗，两眼泛着绿色的幽光看着她。

体格如此庞大的野狗，她还是第一次见到。

只见那野狗白牙森森，张着血盆大口，凶残地瞪着她，让人不寒而栗。

桑柔努力让自己冷静下来，不动声色地扫了一眼自己的四周，很快她就发现离自己右手一丈远的地方，有一根结实的木棍，非常适合做武器。

她盯着野狗，身子一点点地往右移动。

野狗很通人性，似乎发现了她的意图一般，朝天狂吠了几声，撒腿就朝她狂奔了过来。

桑柔立马从地面弹跳起来，将木棍捡起来，野狗冲到她的面前，一人一狗对峙着。

野狗朝她露出森森的白牙，低叫了两声，纵身一跃，朝她猛扑了过来!

桑柔只觉一阵劲风带着浓郁的腥臭味迎面袭来,她大脑一片空白,求生的本能,却让她身子在野狗碰到她之前,机灵地往旁边一闪。

好险!

她堪堪躲过野狗袭击过来的爪子!

不待野狗反应过来,手中的木棍立即挥出,只听"剌啦"一声,野狗的肚子被她手中的木棍划出一道血痕。

野狗哀鸣一声,重重地从半空中摔落在地上。

野狗尾巴上的毛根根竖起,迅速从地面上爬起来,不给她任何喘息的机会,再次攻了过去。

这一次她就没有那么好运了,她往后躲闪,脚正好踩到一根枝丫上,整个人朝后栽去,后脑勺重重地撞在地上。

野狗一爪子挠过她的胸口,扑到她身上,低头张开血盆大口就往她的脖子咬下去。

撕心裂肺的痛袭来!

就在桑柔以为自己要命丧于此时,忽然听到咬住她脖子的野狗发出一声哀鸣。

紧接着,一股腥臭热血从野狗的咽喉处喷洒而出,浇了她一脸一身,野狗摇晃了几下,便倒在她身上,没了生气。

桑柔怔住,扭头看到萧辰羽手中拿着飞刀站在上坡处,身后是一身黑貂斗篷的穆寒。

萧辰羽足下轻点,几个纵跃间便来到她的面前,脸上露出震惊的神色:"桑柔姑娘,你怎么会在这里?"

她紧蹙眉头:"见过萧大人,我过来这边采一种叫蓑衣莲的野草。"

野狗往她脖子那儿一咬,虽时间极短,却依然伤了咽道。

萧辰羽眉头微扬,扫过她一身的伤口和不远处的两具尸体———

人一狗，眼底闪了闪。

萧辰羽扫过她脖子上的伤口："你能自己站起来吗？"

她动了几下，最终只能放弃："有些困难，麻烦大人叫个人来扶我一下。"

两人身份悬殊，桑柔不敢让萧辰羽亲自来扶她，而且她没有错过方才他眼中一闪而过的质疑和疏离。

萧辰羽看似风流不羁，一双勾人桃花目，嘴角永远挂着人畜无害的笑容，只是认真看去，你便会发现那笑意从来都没有到达眼底。

不等萧辰羽开口，卫展黎已经跳到她面前，从怀里掏出一瓶金疮药递给她。

她今天着了高领对襟袄裙，要敷药必须解开脖颈的纽扣，卫展黎见状，和萧辰羽两人很自觉地背转身。

桑柔转过身去，简单地在伤口上洒上金疮药止血，然后用手帕简单地包扎了一下。

"多谢展大人，还要劳烦展大人带我上去。"转回身来，她将金疮药递回给卫展黎。

山坡陡峭湿滑，凭她现在的身体状况，根本上不去。

卫展黎点头，略微拘谨道："得罪了。"

桑柔点头，卫展黎伸手搂住她的腰身，几个点纵之间，两人便来到了山坡上。

站定后，桑柔这才发现，除了她从冰湖中发现的女尸外，差役还抬着另外一具尸体———具被烧成焦炭的尸体。

她抬眸不解地看着卫展黎："这是……"

"有个樵夫上山砍柴时发现的。"

一个小山林里面居然出现了两具尸体！

桑柔蹙眉，这两具尸体跟前几日出现在孙府门前的无头雪尸，是否有关联？

是同一人所为，还是不同的凶手？

现在年关将近，按照一贯的作风，皇宫里面那位肯定会让审察司在年前缉拿凶手归案，以安定民心。

无头雪尸、冰湖女尸、山林焦尸，这些案子现在看上去毫无关联，若想在年前破案，那只能看眼前这位首司大人的本事了。

桑柔望了一眼坐在轮椅上的人，低头揖手行礼道："穆大人，我……"

穆寒眼瞳漆黑，让人望不到底："不用多礼，有话回去再说。"

"是。"她点头应道，转身让卫展黎帮她寻来一根木棍当作拐杖，然后跟随大部队下山。

萧辰羽和几个差役则留了下来，处理山坡下溺死的尸体。

萧辰羽指挥差役砍竹子做新的竹架，然后走到野狗尸体旁边，蹲下去将射死野狗的飞刀拔出来。

就在他正要站起来，准备将飞刀拿到湖边清洗时，野狗脖颈处逐渐扩散的黑斑引起了他的注意。

他眉头微蹙，手中的飞刀飞快一刺，切开野狗右边脖颈的肉，从中挖出两支银针！

他仰头将银针放在半空中凝望，只见那两根银针通体发黑。

银针上有毒！

也就是说野狗是中毒针而死，并非被他的飞刀给射死！

寒风吹过，左边的矮树丛忽然响了一下，萧辰羽扭头望过去，一双桃花目慢慢眯起来，眼角的冷意瞬间凝聚。

说时迟那时快，差役们只觉眼前一花，一个灰影从眼前飘过，再睁开眼睛时，萧辰羽已经点地纵身飞向矮树丛。

矮树丛哗啦响动，数百根银针同时射出！

萧辰羽大吃一惊，在空中旋身飞转，用手中的折扇将银针一一打落，等到银针全部被打落，他再次扑向矮树丛时，那里已经是人去楼空。

萧辰羽眉头紧蹙，蹲下去，查看着雪地上深浅不一的脚印，用手度量了一下，雪地上的脚印约莫七寸半。

这么大的脚，可以肯定，方才藏在这里的人，是个男人。

他回头望向湖边的野狗尸体，漆黑的双瞳，暗涌浮动。审察司到西郊小树林不算近，这天寒地冻的天气，跑到这深山密林来采野草？

这理由似乎有些牵强，而且这深山密林又恰好发现了尸体，是巧合，还是……

"多做一副竹架，将这野狗的尸体也一起带回去。"

"是，大人。"

8.进展

桑柔浑身疼得厉害，她落在队伍后面，额头渗出了大颗大颗的冷汗。抓住木棍的双手由于用力，被磨出了一层层水泡，痛痒难耐。

现在是平路，她尚且走得那么吃力，一会儿要下山，又该怎么办？她不愿意给他人带来麻烦，更不愿他人因她女子的身份而看低她。

她爹曾批她太过争强好胜，她苦笑，若能现世安稳，谁又愿四下流离，无枝可依？她也想做个只弹琴吟诗的娇柔女子，可是她能吗？

忽然，周围安静了下来。

她抬头，这才发现前面的队伍停了下来。

"怎么不继续走了？"

她以为是自己拖累了大家，正要赶紧上前去，却看到穆寒被卫展黎架着从轮椅上站起来。

他高大的身子几乎完全靠在卫展黎身上，不知道是不是因为用力的原因，眉头紧蹙着，那样子看上去很痛苦。

卫展黎架着他坐到一块石头上，卫展风将轮椅推过来，看着她道："秦姑娘请坐。"

她微怔："那穆大人呢？"

"穆大人说让你先下山。"

她朝他望过去,想问那他怎么办?他的双腿行动不便,这天色渐晚,他待在这里肯定不行。

穆寒避开她的视线,语气有些冷:"难道你想大家跟着你一起受寒?"

话到嘴边被生生咽回肚子里,她不再多说一句话坐到轮椅上。

轮椅还带着他的体温,被衙役推着经过他身边时,她眼角瞥到他纤长的手指搭在石头上,修长而苍白。

她跟着衙役先下了山,他几时下山,又是怎么下山的,她一概不知。

回到穆府后,辛大夫为她做了除了胸口以外的包扎。

好在她所受的伤都是皮外伤,也未伤及喉管。

"姑娘,老夫看你也算是福大命大,若那野狗再咬深半尺,你就是不去掉半条命,下半辈子也只能当哑巴。"

"多谢辛大夫,今日所为的确是桑柔鲁莽了。"那几年她和她爹以蓑衣莲为食时,都是在城北那边的小树林里采摘,从未出过事。

"你是否鲁莽了不用跟老夫说,你现在要做的便是把这驱寒汤药喝下去,老夫保证你几日后,活蹦乱跳的。"

桑柔在辛大夫的"牛视眈眈"下,端起弥漫着一股牛屎味的驱寒汤药,仰头一口闷下。

这驱寒汤药里面到底加了什么东西?

闻着像牛屎味也就罢了,这口感,简直不是"牛屎味"三个字能概括的,桑柔一口闷下,差点把三天前吃的饭都给吐出来!

"不错,你这女娃儿够爽快利落,可比府里的那些大老爷们儿强多了!"

辛大夫一边念叨,一边从诊箱里面拿出一个纹莲瓣青瓷盒,打开:"看你这小娃儿这么投老夫的缘,便请你吃块老夫秘制的蒸糕。"

桑柔眼前一亮，只见瓷盒里面放着两小排灰褐色的糕点，散发着中草药香味。

她拿起一块咬了一口，只觉酥松绵软，满口生津："辛大夫这八珍膏做得甚是好吃，如意斋的八珍膏跟您做的可没法比。"

辛大夫抚须大笑："你这女娃儿嘴巴倒是刁，看你这么欢喜，这八珍膏你便拿去吃吧。"

桑柔连声道谢，辛大夫让她好生休息，将东西收拾一番，提着诊箱便要走人，桑柔连忙拿起披风跟了出去。

"不用送老夫了，你赶紧回去焐棉被。"

"我要去停尸房一趟，正好跟辛大夫您同路。"

辛大夫脚下一顿，瞪大着牛眼看她："什么？你这破身子还想着去验尸？"

她被辛大夫瞪得有些心虚："小树林发现了两具尸体，我验完后马上休息。"

"你们这些年轻人，总不爱惜自己身体，老了有得你们受的！"辛大夫脾气说来就来，气得胡子一抖一抖的，"这八珍膏也不用给你了，免得糟蹋了。"

辛大夫说着，自顾自地返回房间，将方才赠予她的八珍膏放回诊箱。

桑柔看着辛大夫头也不回愤愤离去的背影，有些哭笑不得。

人说老小孩老小孩，这辛大夫不正是活生生的一个吗？

两具尸体早已被搬到停尸房。

她叫上书吏，从小箱子里抓了一把苍术和皂角，丢到火盆里燃烧，然后褪去披风、挽起袖子、含上姜片，开始验尸。

右边的床板上放着从冰湖里面捞回来的女尸，她走到床板前面，掀开遮盖尸体的素布，拨开覆盖在尸体上的头发，一番检查后道：

"死者女，年约十六，身长四尺七寸，身穿碧绿色比甲，衣衫齐整,发髻散乱,脸部肿胀发白,口鼻周围有淡红色蕈状泡沫。"

她走到尸体腹部的地方,拿手轻轻压了压尸体胸腹两个部位,死者口鼻流出很多白里带红的泡沫。

"压迫胸腹,口鼻皆有泡沫溢出,鼻孔流出泡沫白中带红,可推断死者生前曾受殴打或者撞击,导致鼻孔出血。"

她用手拍了拍死者的腹部,死者腹部处传来清晰的回响:"死者肚腹微隆,轻拍有响声,死者口唇、四肢呈青紫色,双手散开,手呈爪状,指间缠有水草,指甲缝内有泥沙,应是生前挣扎所致,以上症状皆可推断,死者为生前溺死。"

这书吏姓周名良,平日里并不是停尸房里做尸单记录的书吏。

今日停尸房的书吏因得风寒而告假,上头命他暂为顶替,没想到第一天上岗,便连着来了两具尸体。

这若是正常尸体也就罢了,可这两具尸体,一具被烧成焦炭,面目可憎;一具被泡得全身发胀,腐臭难闻。

他起初见到桑柔掀开遮盖尸体的素布时,已是白了脸色,只是看身为女子的她,一脸淡定从容,作为七尺男儿,他不愿在女子面前丢了脸面,于是强加镇定。

桑柔不知这周良是暂时来顶替的书吏,因此验尸前就没有提醒他要含姜片。

周良看到对方在尸体上面又揉又按,尸体的口鼻不断地溢出恶臭的泡沫,被尸体飘出的阵阵恶臭一熏,他的胃一阵阵翻滚,口中一酸,下一刻,便"哇"的一声,扶着墙面吐了一地。

桑柔回头,看到正在扶墙呕吐的周良,不禁蹙眉:"你是新来的吗?"

周良吐得面无人色,差点将黄胆水都给吐了出来:"让秦姑娘见笑了,我是赃罚库的书吏,今日暂来顶替停尸房书吏。"

"原来如此,那你出去休息吧,这里我一人能搞定。还有,让当值的差役进来将这里打扫干净。"

人呕吐之后，身子会疲软无力，周良犹豫了一下，便拱手感谢道："那如此，便辛苦姑娘了。"

桑柔点点头，转回身子继续验尸，谁知那周良走到门口又停了下来，回头看着桑柔道："秦姑娘一人面对着尸体不怕吗？"

"死人有何可怕？可怕的不是死人，而是活人。"说到这儿，她静了一瞬，有些苍白的嘴角抿起一抹冷笑，"因为死人不会害你，而活人会。"

柔和的日光从窗户照进来，投射在她的身上，她的眼皮微微垂着，长密的睫毛在下眼睑投下一片小阴影，她的手指细长，肌肤润白，灵活地在尸体上游走着。

周良凝视着她如青葱般的十指，忽然有个想法撞进他的脑海——这纤纤玉指若是游走在自己身上，那该是如何的美妙？

周良被自己突如其来的邪念吓到，羞愧得不敢正视秦桑柔。

桑柔正准备将死者的衣衫褪去，抬头却看到周良还没有出去，不禁奇怪道："你怎么还在这里？"

周良的双颊隐隐发烫："我想了一下，觉得此事甚是不妥，留你一人验尸，若是被大人知道了，定会怪罪于你。"

为了防止仵作弄虚作假、徇私舞弊，一般衙门里都有个不成文的规定：验尸时，仵作须有书吏在旁边，方得验尸。

桑柔今日一番折腾，脑子有些转不过来，经周良这么一提醒才想起来。

"那你的身体这样，没问题吗？"

周良被她的剪水眼瞳一扫，只觉得全身都开始发烫："没问题、没问题。秦姑娘你稍等一会儿，我让差役过来打扫干净，你再继续。"

桑柔点头，打扫后，她继续验尸。

"周书吏，麻烦你转过身子去，我要检查死者的身体。"

周良应声转过身子。

"死者腰身系有一截草绳，一头有断裂痕迹。绳套为活结，遇重物会收紧，应是用来系重物，以保证死后尸体不会浮出水面。"

"这么说来，死者是被人杀死的了？"

"身系重物并不是判断死者为他杀的唯一指标。自杀溺死者亦可自己捆绑住手脚或者在身上系上石块，只是自杀溺死者，捆绑方式简单，而捆绑在这具尸体上的绳子结套复杂，加上西郊小树林地处偏僻，山路崎岖，死者若想自杀，大可随便找条河流投河自杀，没必要爬到深山去。因此，可初步推断，此案为他杀，死者是被人在腰间系上重物后，推入湖内。"

"秦姑娘真是博学多才。"周良连连点头。

"周书吏谬赞了，这些都是基本学识，谈不上博学多才。"桑柔淡淡道，同时褪下死者的衣物，"死者腹部和手腕皆有绳子勒痕，腹部勒痕深，呈紫红色，腰间衣物有磨损痕迹，手腕勒痕浅淡，未见绳索，应是挣扎过程中脱落。死者身体肿胀发臭，表皮变白，起皱，头发及肌肤表皮未有脱落痕迹，尸斑初现浅绿，结合死者口鼻上的蕈状泡沫以及当下时节气候，可推断死者死亡时间为四至六天。"

"四至六天？那岂不是跟两日前搬回来的雪地无头尸的死亡时间吻合了？"

桑柔眉头一蹙："两具尸体的推断死亡时间的确很相近。"

周良微微偏了偏身子："秦姑娘，你说这两个案子有没有可能是同一个凶手所为？"

"不知道，我是仵作，我的职责是验尸，推理抓凶手的事情自有大人他们去做。"

"是是，秦姑娘你说得对，是在下多嘴了。"

"尸身无明显伤痕，现在正值冬日时节，天气寒冷，死者溺死于冰湖之中，尸体上的很多症状都会有推迟的显现，所以接下来我要用醋酒帮死者擦身体，麻烦周书吏你替我走一趟，跟差役要一盆温水、一条干净的素布以及一卷草席。"

"好的，我这就去，秦姑娘你稍等片刻。"

周良很快便将东西取来，桑柔按照前晚给无头雪尸擦洗的方法，把所有程序在冰湖女尸上重演了一遍，最终盖上草席等待。

这个过程需要一个时辰，她自然不会空等待，她准备利用这时间验另外一具尸体。

她走到停尸房外头，用醋洗了一遍手后，再从箱子里拿出一些苍术和皂角丢到火盆里面燃烧，最后再换掉口中的姜片。

周良有样学样，跟在桑柔后面，用醋洗手，并也跟着换了姜片。

桑柔走到冰湖雪尸旁边的一块床板，掀开遮盖尸体的素布，出现在她眼前的是一具被烧成焦炭的尸体。

尸体的衣服、头发、面部全部烧毁，尸体的面部特征被严重摧毁，完全无法辨认死者生前的体征。

"验——死者女，身长四尺五寸。死者全身被烧焦，其衣物、头发、面部皆被烧毁，无法辨认死者的身份和体征。死者四肢关节呈弯曲状，口鼻内皆有大量烟灰，应是生前挣扎造成，结合尸体发现的环境，以此推断死者为生前烧死，而非死后焚尸[3]。"

周良瞪大眼睛惶恐地瞪着床板上被烧得焦黑干枯的尸体，艰难地吞咽了一口口水："活活被烧死，死前得多痛苦？"

烧肤之痛，不亚于凌迟！

只是更让人觉得可怕的是，死者是死于他杀，而非意外，更非自杀！

她之前向穆大人详细问过发现焦尸的环境，据他所说，在尸体的周围并未发现任何焚烧过的痕迹，也没有找到任何相关的线索。

换句话说，死者是在其他地方被烧死后，再被人抛尸于西郊小树林。

会焚烧到现在这种程度，绝非是意外导致。

原因有二：一是，若是火灾意外致死，一般情况下，会有人抢救，因此可避免尸体被焚烧至炭化程度；二是，即使没人抢救，家属

---

[3]：参考《洗冤录》

或者邻居发现后，应报官处理，而不是抛尸山林。

由此推断，死者是他杀，而非死于意外。

从作案的手段来看，这是场蓄意的谋杀，而且凶手是个非常小心的人，凶手跟死者到底有何深仇大恨，要用如此残忍的手段？

尸体被烧焦，体征皆被烧毁，能得到的线索少之又少，为了不错过任何细节，桑柔将尸体反复检查了三遍，并将尸体口中的烟灰全部扒了出来，再用温水将牙齿清理干净。

她突然眼睛一亮，紧蹙的眉头跟着扬起。

周良问道："有什么新发现吗？"

"是的，死者口中右下方倒数第二颗和第三颗牙齿皆填充了银膏。"

银膏是用白锡和银铂及水合成的，凝硬如银，可用来补牙齿的缺落。

"这是个很重要的线索。"周良一边说道，一边赶紧在尸单上登记下来。

她紧蹙的眉头微微舒展开来："是的，很重要的线索。"

能用银膏修补牙齿，说明死者的身份非富即贵，而且在同样的两个位置都镶了银膏的人应该不多，这样对确认死者的身份有非常大的帮助。

"周书吏，麻烦你让差役把石炉烧热，我一会儿有用。"

周良闻言，抬头不解道："为何要烧石炉，要做什么用？"

桑柔抬头："我要蒸骨。"

"蒸骨？"周良闻言，看着床板上的焦尸，脸顿时又变成了菜色。

桑柔正要回答，忽然发现门口暗下来，她扭头一看，只见门口出现两个男子——

一人着墨色缎子衣袍，傲然独立；一人一身雪白衣衫，端坐于轮椅上。

她立即揖手行礼道:"桑柔见过两位大人。"

周良也跟着行礼。

萧辰羽推着穆寒走进来,双眸从桑柔身上扫过,最后落在周良身上,漫不经心道:"赃罚库的书吏怎么会跑到停尸房来?"

"启禀大人,停尸房的书吏因抱恙而告假,总管调我过来暂为顶替。"

"原来如此,你且退下,这里暂时没你的事了。"

"是,萧大人。"周良将尸单放于桌上,同时问桑柔,"秦姑娘,那在下还需要吩咐差役烧热石炉吗?"

桑柔还没来得及回答,萧辰羽便插进来道:"为何需要烧热石炉?"

周良扭身看着萧辰羽,拱手道:"启禀萧大人,秦姑娘说要蒸骨。"

萧辰羽一双桃花目盯着桑柔的脸:"蒸骨?"

桑柔点了点头:"是的,从山林里发现的焦尸全身被烧成焦炭,要知道死者身前是否受过伤,便需要用蒸骨的方法。"

萧辰羽看着她,嘴角扬着意味不明的笑容:"煮骨有听说过,这蒸骨倒是闻所未闻。"

桑柔抬头,跟他对视:"天下之大,无奇不有,萧大人没听过,也是正常的。"

萧辰羽眉梢微扬:"你这是在暗示本大人孤陋寡闻吗?"

"桑柔不敢,萧大人身份如此高贵,定不会有人敢将大人跟那目光短浅的井底之蛙作比较。"

好厉害的一张嘴!

萧辰羽闻言一怔,前面暗示他孤陋寡闻,他不过反问了一句,她居然得寸进尺,将他比喻成目光短浅的井底蛙。

桑柔扫过萧辰羽有些微变的容颜,嘴角抿了抿。

穆寒从尸单上抬起头来,扭头对周良淡淡道:"周书吏你就按照秦仵作的话吩咐下去,让差役尽快将石炉烧热,石炉热好后,再让人过来通知。"

"是,卑职遵命。"周良作揖退了下去。

周良一走,萧辰羽眉梢往上一挑道:"秦仵作,可知罪?"

她垂着翦水双瞳:"桑柔愚昧,不知自己何罪之有?"

萧辰羽一声冷笑,敛起平日漫不经心的笑意。

"好一个何罪之有,以你这以下犯上的傲慢态度,本大人现在就可以将你赶出审察司。"

桑柔内心一声冷笑:"古往今来,指鹿为马之事不在少数,但君要臣死,臣不得不死,既然萧大人要赶我出审察司,桑柔只有照办,就此拜别两位大人。"她说完,朝着穆寒作了揖,拿起放在一边的披风,转身就要离去。

萧辰羽真是又气又想笑,他不过想拿官威镇一镇她,没想到这小娘子牙尖嘴利也就算了,竟然还反过来将了他一军!

更让他生气的是,某个家伙只会坐在一边看戏!

穆寒坐在轮椅上,看到萧辰羽被打脸,嘴角难得一见地往上扬起。

眼看着桑柔就要走出停尸房,萧辰羽跑上去,手臂一挡道:"桑柔姑娘,我不过是跟你开个玩笑,你又何必当真呢?"

桑柔嘴角抿了抿道:"是桑柔愚钝,居然连真话假话都分不出来,让萧大人见笑了。"

她不是不知好歹的人,既然对方已经给她台阶下,她便顺坡下,见好就收。

"既然是误会一场,那桑柔姑娘就不要走了,进来给我们这两只井底蛙讲讲何为蒸骨?又为何要蒸骨?"

萧辰羽的话刚落地,背后便传来一个低沉带着几分慵懒的声音:"一只。"

桑柔和萧辰羽二人一时都没有反应过来,回身愣愣地看着穆寒,只见他薄唇微启道:"这里就只有你一只井底蛙。"

"……你!"萧辰羽差点被自己的口水呛死。

说好的为兄弟两肋插刀呢?

这简直是为了女人插兄弟两刀!

好生气哦!

"所谓蒸骨,便是将石炉蒸热后,再浇以酒和醋,把火浇灭,然后将骨头放在里面,拿槁草盖住,让其蒸上一两个时辰后,便可知道死者生前是否受过伤。"

说到这儿,穆寒顿了一下,抬头看着桑柔问道:"秦仵作,我说得可对?"

桑柔对穆寒拱手道:"大人英明。"

萧辰羽只觉得自己的心啊、肺啊都疼了起来,这两人一唱一和的,到底有没有考虑过他的感受?

这时,卫展黎走了进来,说石炉已经烧好。

穆寒点头,让差役过来将焦尸搬过去,桑柔一起跟过去,亲自操作整个过程。

桑柔前脚一走,萧辰羽便坐到一边的圆椅上,挑眉看着穆寒道:"你就这么相信她?"

穆寒长眸盯着手中的尸单:"疑人不用,用人不疑,既然我让她来审察司当仵作,这点信任还是有的。"

两人相识多年,彼此间有着他人所没有的默契,可两人偶尔也会因看法不同而起争执。

此刻,萧辰羽在是否相信桑柔的这件事上,有了不同的看法。

"那野狗身上的银针你怎么解释?"

"没解释,解铃还需系铃人,你心中有疑问,待会儿问她就可以,又何须一副阴阳怪气的刻薄相?"

"……我刻薄相?"萧辰羽胸口又是一窒。

"你不刻薄,怎么会将人逼走,我又怎么会有这个荣幸看到你被打脸？"穆寒抬眸，扫过他白皙的脸颊，嘴角微抿道，"脸，还疼吗？"

萧辰羽只觉自己的膝盖中了无数箭，好疼啊！

"你三番五次袒护秦桑柔，还敢说不是对她有意思？"

穆寒眉梢微扬："你的脑子只能装这些肤浅的东西？"

"我肤浅？真是狗咬吕洞宾。"

"狗除了会咬吕洞宾，还会咬耗子，我看你更像后者。"

"……你！"萧辰羽被呛得咧嘴龇牙。

桑柔就在这个时候走了进来，走到最右边的床板前，掀开卷席和素布。

只见之前白皙的尸体上，此刻布满了斑斑点点的鞭痕，有些瘀痕青中带紫，有些瘀痕呈瘀黑色。

萧辰羽推着穆寒走了过来，扫了尸体一眼问道："看来死者生前受过不少虐待，只是为何伤痕的颜色会如此不同？"

桑柔点了点头："瘀伤是皮下血脉受伤出血而形成，若一个人长期遭受毒打，其皮下血脉便会坏死，最终形成瘀黑色，而这些青紫的伤痕，应是最近才形成的。"

"那这里呢？可猜得出是什么器皿？"穆寒指着尸体后背上的一个梅花胎记。

桑柔细细研究了一下，摇摇头道："猜不出来，不过大人，这胎记跟前面雪地无头尸身上的梅花胎记很像。"

穆寒抬眸看了她一眼："不是很像，是一模一样，不管是形状，还是位置，两者差异极微。"

她的脸色十分苍白，显得双眸越发水汽盈盈："以此来看，我们是否可以大胆推断，两具尸体之间有着必然的联系，甚至是同一个凶手所为？"

他的长眸从她的脸上扫过，放在轮椅上的手不着痕迹地动了一下："现在下定论为时尚早，子萧，你让人到打铁铺和首饰铺打听，看这半年内是否有人找他们做过类似这个花纹的器皿。"

穆寒说着,就从袖袋里面拿出一张描着梅花图案的纸递给萧辰羽。

"子萧"是萧辰羽的字,他接过穆寒递过来的纸,打开看了一眼:"没问题。"

"还有,跟失踪人口的家属联系,询问他们,当中可有人口中右下方倒数第二颗和第三颗牙齿是填充过银膏的。"

桑柔眉头微挑:"不需要等待蒸骨结果出来吗?"

穆寒摇了摇头:"不用了,这些症状已经足够辨认死者身份。"

萧辰羽出去后,屋里顿时安静了下来,只剩下桑柔和穆寒两个人。

9. 信任

"你过来……"穆寒眼皮微抬,淡淡道,"帮我把笔和墨拿过来。"

桑柔走过去拿起笔墨放到他旁边的桌子上。穆寒拿起毛笔,蘸了蘸墨汁,将有关冰湖女尸的尸单填写完整。

他的手指白皙而修长,骨节分明,曾经她以为徐大夫的手指是她见过最好看的手指,可今日一看,并非如此。

他的字银钩铁画,笔笔刚健有力,大气洒脱中带着点张狂,只是那张狂恰到好处,多一分则满,少一分则俗。

人说字如其人,人如其字,这在他身上,倒是恰如其分了。

穆寒将尸单补充完整,将其放在桌子上,屋子里一下又安静了下来。

桑柔往他的双腿扫了一眼,踌躇了一下道:"今天真是多谢穆大人。"

他语气极淡:"别想太多,换作其他人我也会这么做。"

"……我知道,但还是要谢谢你。"

"嗯。"他过了好一会儿才应了一声。

萧辰羽回来时,从窗户看到桑柔站在穆寒旁边,男俊女俏,美如一幅画,眉头不由得蹙了蹙。

他虽三番五次打趣穆寒和秦桑柔,其实并非真想撮合他们。

秦桑柔的确是个不可多得的美人,但身份太低贱,自是担当不起一品夫人这个尊贵的身份。

再则,在他看来秦桑柔性情过于要强倔强,并不是最适合穆寒的人选,在他心里,始终还是穆谷雪跟穆寒最为匹配。

萧辰羽想起那个柔情似水、一举一动都让人如沐春风的美丽女子,嘴角扬起一抹笑容,撩帘走了进去。

萧辰羽在圆椅坐下,看着桑柔道:"秦姑娘,这蒸骨的时间可到了?"

她摇了摇头:"还没有,还需要一个时辰。"

萧辰羽看了穆寒一眼,嘴角微扬笑道:"如此甚好,我们便来谈谈今天午时在西郊小树林所发生的事情。"

她嘴角抿了抿,语气淡淡道:"萧大人请讲。"

从西郊小树林开始,萧辰羽便对她产生了戒心,她肯定不会以为刚才毒舌了那么一句,便能打消对方的疑虑,该来的终究会来。

"你说你到西郊小树林去,是为了采一种叫蓑衣莲的野草?"

"嗯,前日验尸时我在无头尸体上发现了这种野草的碎团,为了确认我的判断,便想采摘一些回来做对比。"

"这种野草只有西郊小树林才有吗?"

"不是,平日里到处可见,只是最近连日下雪,城西河边附近的蓑衣莲都被喂猪的农妇连根拔掉,城北又太远,几者相舍之下,我便选择了西郊小树林。"

萧辰羽显然不相信她的话,挑眉看着她:"也就是说,在你去西郊小树林之前,根本不知道那里会出现两具尸体?"

桑柔抬眸跟他对视，脸上一片清冷："萧大人怀疑两个死者是我杀死的吗？"

萧辰羽狭眸稍稍眯成缝："这只是查案的流程——不放过任何一个疑点。"

她声音冷了几分："请恕桑柔愚昧，没法猜到大人的九曲心肠，大人有话请直讲。"

"既然这样，我便直说了，你一发现蓑衣莲碎团，隔天便到西郊小树林去找。这一找，便出现了另外两具尸体，你不觉得这未免太巧合了吗？"

桑柔双眼清亮地看着他："没有解释，就是巧合，萧大人若是不信，桑柔也没办法。"

萧辰羽千算万算，就是没算出她会是这种态度。

萧辰羽被将了一军，扭头去看穆寒，可后者一脸淡漠，只是长眸落到桑柔身上时，带上几分连他自己都没有察觉到的欣赏。

"这个问题暂且不论，秦姑娘，可认得此物？"萧辰羽说着从袖袋里面拿出一方叠好的白布，展开，只见里面放着几十枚银针，针头上闪着墨黑的幽光。

桑柔望了一眼："我想就是黄口小儿都认得此物是银针。"

"没错，的确是银针，可秦姑娘是否知道这银针的针头上抹了见血封喉？你又是否知道这银针是从何而来？"

见血封喉！

一种杀人不见血的剧毒，在几息之间便可要了一个人的性命。

桑柔微蹙眉："从何而来？"

"从西郊小树林那只扑在你身上的野狗身上取出来的。"

她的心重重跳了一下。

当时萧辰羽手中拿着的是飞镖，而非银针，换句话说，当时在西郊小树林的，不止他们这些人，还有另外一个人。而这个人不仅藏了起来，而且还在危险的时刻出手帮了她。

对方是谁？

为何救她？救了她为何又不出现？

萧辰羽看她的脸色，嘴角微扬道："这人武功高强，善于使毒和银针，秦姑娘可知道这个人是谁？"

桑柔想了一下，摇头："桑柔不知。"

萧辰羽轻笑了一声："那秦姑娘一身的武功是哪里学来的，据我所知，令尊并不懂得功夫。"

"不过是一些花拳绣腿，算不上功夫，萧大人若是想核实，可到京兆尹府找一个叫王大军的捕快。"

"这个你不必担心，我自会派人去调查。"萧辰羽说着，往身后的椅子一靠，桃花目凉凉地看着穆寒。

穆寒没看他，望了望外面的天色道："焦尸应该蒸得差不多了，秦仵作，把尸单和笔墨一起带上。"

桑柔扭头看着眼前有着倾世容颜的男子："穆大人没怀疑我？"

穆寒扭头，对上她的翦水双瞳，淡淡道："我相信自己的眼光。"他的双眸幽深漆黑，深不见底，她的心仿佛被猫抓了一下。

她垂下眼，对他作揖抱拳道："桑柔不会辜负大人的一番信任。"

穆寒点点头，脸色有些淡漠地转动轮椅行了出去。桑柔抿了抿嘴角，拿上放在桌上的尸单和笔墨，小走几步跟了上去。

两人自始至终不曾再看萧辰羽一眼，风吹过，柴门吱呀作响，萧辰羽回过神来，顿时有些不是滋味。

他怎么有种被孤立的感觉？

桑柔和穆寒等人来到石炉室时，焦尸已经被放在床板上。

她将烛火拿近尸体一照，只见烛光之下，尸骨上出现了好几处红色的血痕，其中以右胳膊的关节、脖颈后方以及双耳部位特别明显。

萧辰羽赶过来，桃花目扫过尸体，回头问她道："秦仵作，这几处伤痕说明了什么？"

"从这几处血痕来看，死者生前右胳膊关节应曾经脱臼过，脖颈后方有被钝器袭击过的痕迹，而双耳……"

说到这儿，她顿了一下："双耳应是生前遭受外力因素而掉落，而不是在烧尸过程中被烧毁。"

之前验尸时，她有注意到尸体双耳丢失的情况，当时以为是尸体在燃烧的过程被烧毁。可是如果身体部位是在燃烧过程被烧毁，此刻耳骨的地方便不会出现红色血痕，而现在出现了，那便说明死者的双耳不是在燃烧的过程中自然脱落，而是生前被人撕裂或者用利器砍掉。

她蹙眉，这几具尸体生前所遭受的虐待，一具比一具残忍。

卫展黎忽然走了进来，对着穆寒作揖拱手道："大人，薛氏派了人过来认尸。"

桑柔的手一顿，抬头看着卫展黎道："哪个薛氏？"

"昭阳薛氏。"

"徐大夫，这可是昭阳薛氏的夫人，打不得啊！"这句话忽地涌进她的脑海，桑柔的手不受控制地颤抖了一下。

她的手底下正好放着一瓶醋，醋瓶子的盖子没有盖紧，她的手打在醋瓶子上，醋瓶子倾倒，里面的醋流了出来，浓郁的醋味瞬间弥漫整间石炉室。

桑柔被醋味一刺激，瞬间回过神来，她微抬眸扫过站在她对面的两个人，心一沉，赶紧垂下眼，将倾倒的醋瓶子扶起来。

如她所料，穆寒和萧辰羽自然没错过她神色的异常。

穆寒对卫展黎点头道："让人进来。"

"是，大人。"卫展黎应声而去，不一会儿，带着一男一女走了进来。

男的年约二十七八岁，长得矮小而瘦弱，但一身华衣盛服，一看便知身份不低；跟在他后面的女子一身丫鬟打扮。

两人进来后，立刻朝着穆寒和萧辰羽跪下磕头道："草民薛康/奴婢红梅叩见两位大人。"

穆寒淡漠道："起来说话。"

"谢大人。"

"薛康，失踪人士薛张氏是你何人？"

"是荆妻。"

"她身上有何明显特征？"

"荆妻口中右下方倒数第二颗和第三颗牙齿皆镶过银膏。"

"尊夫人胳膊或者脖颈之处可曾受过伤？"

薛康想了一下，有些不确定道："荆妻失踪之前，其左胳膊……不对不对，好像是右胳膊脱臼过。"

穆寒的脸上没有什么表情，只是一双长眸冷峻瘆人："到底是左胳膊还是右胳膊？"

薛康被他的眼风一扫，吓得跪在地上，唯唯诺诺道："草民该死，草民记不得了。"

脱臼这样大的伤患，他都能忘记，可见两夫妻感情并不融洽。

红梅"砰"的一声也跪了下去，磕头道："启禀大人，我家夫人受伤的部位是右胳膊，大约是在十日前，我家夫人到城东王夫人府中做客，回来的路上跟妙春堂的徐大夫发生了冲突，夫人的胳膊便是被徐大夫扭伤的。"

桑桑的脸色有些发白，当日的情景还历历在目，只是她绝对不愿意相信，徐大夫会跟这宗杀人案扯上一丝的关系。

那日徐大夫的情绪的确有些失控，可这完全可以理解，当时在场的百姓，哪一个不是咬牙切齿的？只是寻常百姓生怕惹祸上身而不敢跟薛张氏直接起冲突。

穆寒眼中闪过一丝不解："徐大夫？"

萧辰羽解释道："是妙春堂徐老爷子之子徐鹤轩，徐老爷子逝世后，便由他接管妙春堂。据我所知，这徐大夫性情温和，跟徐老爷子一样，一直行善践德，是盛京出了名的大善人。"

丫鬟红梅以为萧辰羽怀疑她说谎，吓得又是一阵磕头："大人，奴婢没有说谎，当日我家夫人跟徐大夫发生冲突时，有很多人围观，他们皆可证明我家夫人是被徐大夫扭伤了胳膊，导致脱臼。"

"你是否说谎，本官自会派人去调查核实，你们二人过去看那边的尸体，看是否能确认死者便是失踪的薛张氏？"

薛康和红梅两人同声应好，站起来朝桑柔面前的床板走过去，二人看到床板上的焦尸时，脸色皆是一片煞白。

桑柔待他们走近后，掰开尸体的嘴让他们两人仔细辨认，尸体焦臭的味道扑鼻而来，薛康两腮一酸，跑到一边"哇"的一声呕吐了出来。

红梅虽脸上也是菜色，但比起她的主子薛康来，反而胆大很多，只见她走近床板，低下头细细地观看着焦尸口中的镶牙。

穆寒淡漠的声音从她身后响起："如何？可认出什么来？"

红梅回身又跪了下去："启禀大人，这尸体镶牙的位置的确跟我家夫人的一模一样，只是我家夫人身高五尺，这尸体看上去似乎矮小很多。"

"人在烧焦后，体重和身长都会减少。"桑柔解释道。

"娘子啊，你死得好惨！"薛康听到尸体确认是薛张氏后，瘫坐在地上哀号了起来，"大人，请您为我家娘子做主，一定要将杀人凶手绳之以法，还我娘子一个公道！"

穆寒面无表情，声音冷如冰："薛张氏失踪的时候，你在哪里？"

薛康的哭声止住，他吞吞吐吐道："草……草民在外面跟朋友喝酒。"

"在哪里喝酒，又是跟何人喝酒？你最好想清楚了再回答。"

薛康浑身一个哆嗦："荆妻失踪时，草民在怡红院和柳翠姑娘喝花酒，怡红院的妈妈和姑娘都可以为草民做证。"

穆寒意味深长地看了他一眼："薛张氏失踪被人烧死，你应该很开心吧？"

薛康目光飘忽不定："草民愚昧，听不懂大人是什么意思？荆妻失踪，草民食不知味、夜不能寐，何来的开心之说？"

穆寒嘴角淡漠一扬，冷笑道："薛张氏才失踪一天，你便迫不及待地将外头的姘头接回府中，做戏都不懂得做全套，你的确很愚昧。"

薛康心中大惊，表面强作镇定："这是草民的私事，跟荆妻失踪又有何关系？"

"事到如今，你还想抵赖？薛张氏性情泼辣野蛮，对你轻则痛骂，重则鞭打，令你丢尽了男儿的颜面，你因此怀恨在心，暗中买凶叫人杀死自己的妻子薛张氏，然后再到衙门报案假装失踪。你之所以敢在薛张氏才失踪一天便接姘头回府，那是因为你从一开始便知道薛张氏已经死了，永远也不可能回来，所以你才敢如此放肆。薛康，可知罪？"

10. 盘问

薛康抬眸，在半空中跟穆寒漆黑瘆人的眼神撞了个正着，浑身一哆嗦。

他接小乔回府的事情，莫说外面的人，就是府里的人，知道的可谓少之又少，而他买凶杀妻的事情，只有天知地知以及他和地痞赵大两人知道。

他以为自己做得天衣无缝，可没想到自己的一举一动早就在审察司的眼皮底下，只是这审察司何时盯上他的？

当初他就是忌惮审察司断案如神的能力，才选择到京兆尹府报案的，没想到他妻子的尸体今天才被找到，而首司大人却早已将他的一切都查了个彻底。

寒冬腊月的天气，薛康惊出了一身冷汗。

对方既然已经将他的底细摸了个透，他若再抵死狡辩，那便是自寻死路。

思及此，薛康磕头如捣蒜："大人明察！荆妻常年打骂草民，草民的确因心中不平而起过歪念，只是荆妻之死实与草民无关，草民叫去的人，并未见到荆妻。"

穆寒眉梢微扬："没见到薛张氏？那薛张氏又怎么会被烧成焦尸？"

"草民不知，当日赵大按照草民的吩咐，事先在幽鸣山做埋伏，可等到日落都不曾见到荆妻的身影，荆妻当天也没回来。两日后，荆妻依然没有回家，草民这才意识到荆妻失踪了，随后便去了京兆尹府报案。"

"那当日薛张氏为何一人到幽鸣山？"

幽鸣山在城外的偏远山谷，由于地处偏僻，往日去的人不多。

薛康犹豫了一下方道："荆妻嫁给草民后，一直无所出，草民便利诱荆妻的贴身丫鬟红梅，让她告诉荆妻，幽鸣山的山顶上有一块灵石，每日午时之前，一人上山诚心跪拜，便能如愿以偿。荆妻不疑有他，第二日便一人上山去了。"

红梅恨恨地瞪了薛康一眼，咬牙磕头道："大人饶命，奴婢不该为了那一点蝇头小利而出卖夫人，只是奴婢根本不知道老爷想害死夫人，只以为老爷是真心让夫人去山上求子，奴婢该死，求大人开恩啊！"

红梅这头磕得可比薛康猛多了，不一会儿，额头便被磕出了血，鲜红的血顺着额头流下来，触目惊心。

穆寒漆黑的长眸从两人脸上扫过，淡漠道："薛张氏去幽鸣山拜灵石求子的事情，除了你们以及你口中的赵大，还有谁知道？"

"没……没有了，这样的事情，草民哪里敢四处张扬，自然是知道的人越少越好。"

"奴婢也没有跟任何人提起过夫人要去幽鸣山拜灵石的事情，奴婢当时真的以为幽鸣山有灵石。奴婢老家有个说法，那就是求神灵的事情，在实现之前都不可喧嚷出去，否则就会不灵验，所以当日夫人只身去幽鸣山求子的事情，奴婢并没有跟任何人提起。"

萧辰羽"哦"了一声，看着红梅道："有这样的说法，我倒是从未听说，你老家在哪里？"

红梅扭个身子，朝萧辰羽恭敬道："奴婢是蜀山县桃瑶村人。"

穆寒冷峻的长眸盯着薛康道："根据车夫的供词，薛张氏当日的确按照你的计划去了幽鸣山并上了山，你却说赵大并没有见到薛张氏，可有人证？"

"人证？"薛康愣了一下，"赵大不就是人证吗？"

"赵大怎么可能算是人证，你们二人合谋杀人，都有重大嫌疑，不能为对方做证。"

薛康的脸瞬间就绿了："大人明察，草民真的没有杀人！荆妻当日已经上了幽鸣山，草民只要按照计划，让赵大将荆妻推下山崖，做出失足的假象便可，又何必大费周章烧尸，最后还将尸体运到西郊小树林里去呢？这样一来费事，二来容易露马脚，草民怎么可能做出如此愚蠢的事情来？"

穆寒的目光幽冷："你以为你很聪明吗？天网恢恢疏而不漏，一个聪明的人是不会杀人的。这事情自始至终都是你一人在操纵，想杀人的是你，买凶杀人的也是你，你说你不会干那么蠢的事情，可如今人赃俱获，所有的罪证都指向你一人，你却无力辩驳，你不是蠢是什么？"

薛康怔住，面如死灰，他没想到自己的坦白，竟然换来这样的结果——他将自己绕进了一个死胡同里面。

就如首司大人所言的，他的确没有办法证明自己的清白，这真是聪明反被聪明误！

"薛康，你买凶杀妻，罪证确凿，岂容你抵赖，来人！将薛康押下去，关进大牢，择日问斩！"

两个捕快得令走进来，将薛康提起押了下去，薛康死命挣扎。

"大人饶命啊，大人，我真的没有杀人啊，我是被冤枉的啊，大人啊……"

看到薛康被押下去，红梅磕头磕得更勤了："大人饶命，奴婢再也不敢，大人饶命啊！"

"红梅，你卖主求荣，罪不可赦，可本大人念在你是初犯，且并未参与杀人，杖打二十，以作惩戒！"

"谢大人，谢大人！"红梅感激涕零地被差役拖了下去。

桑柔看着薛康歇斯底里挣扎的样子，蹙眉，首司大人的话看似无懈可击，可是她总觉得哪里不对劲。

薛康的声音渐渐远去，石炉室里又恢复了安静。

萧辰羽挑起乌黑的长眉，定定地看着她道："怎么，你有意见？"

"桑柔不敢。"她并没有忘记自己的身份，这案子不管怎么判定，都轮不到她来管。

萧辰羽嘴角抿着一抹意味不明的笑容："你没有意见，我却有。"

桑柔嘴角抿了抿："大人是想问有关徐大夫的事情？"

"没错，你做事素来稳重镇定，可方才听到红梅提到徐大夫时，你却很慌张，我想知道为什么？"

"当日薛张氏和徐大夫起冲突时，我在现场。"

"所以说，薛张氏的胳膊真的是被徐大夫给扭脱臼的？"

"是的，不过事出有因。当时薛张氏当街厮打自己的继子，徐大夫看不下去，才出手相救的。"

萧辰羽扭头扫了穆寒一眼，被后者一个冷漠的眼神给击了回来。

"秦仵作好像很紧张徐大夫？"

桑柔静了一瞬才回答道："徐大夫是个大善人，我与家父这些年来，得过徐老爷子和徐大夫不少恩惠和帮助，事关恩人的性命和名誉，桑柔紧张，也是应该的。"

萧辰羽"哦"了一声，笑道："原来是这样。"

桑柔不语，她知道萧辰羽还没有完全消除对她的戒心，可是她依然是那句话，你爱信不信，不信她也没办法。

屋子弥漫着尴尬的气氛，穆寒抬起俊秀的长眉，看着她："你先回去吧。"

桑柔对上他幽黑难辨的双眸，怔了一下道："是，大人。"

萧辰羽盯着桑柔窈窕的背影，直到看不到才收回视线："你真的觉得她跟这几起案子没有关系？"

穆寒眉宇间一片淡漠："同样的话我不喜欢说第二遍。"

萧辰羽看着他，沉默了一会儿道："好，这次看在你的面子上不为难她，只是若是以后发现她有任何不对劲，你可不要怪我手下不留情。"

穆寒神色疏淡："你不用拿我的面子来作秀，你想怎么做就怎么做，只要你负担得起后果就可以。"

他这话隐藏的意思是：若是你估算错误，把人给气走了，到时候你便负责给审察司找一个新的仵作，或者，你自己去当仵作。

萧辰羽浑身打了个哆嗦，这个后果他可负不起。

两人沉默了一下，他把话题扯回案子："你该不会真以为薛康是杀薛张氏的凶手？"

穆寒的嘴角扬起一个倨傲的笑意："你以为所有人都跟你是同类吗？"

萧辰羽一脸不解的样子："什么同类？"

他嗓音低沉，如清泉叮咚："井底蛙。"

萧辰羽差点吐出一口老血："那你把薛康关起来又是为了

什么?"

"引蛇出洞。"穆寒敛了笑意,他望着窗外被积雪压弯了腰的古树,长眸微眯,"这次的凶手非常聪明。"

"能让你夸奖的人可是少之又少啊。"显然,这个凶手引起了穆寒莫大的兴趣。

不对!

他眉梢扬起:"你的意思是,这三宗案子都是同一人所为?"

穆寒收回视线,落在萧辰羽的脸上,淡淡道:"凶手本来就只有一个。"

"为什么?"他想了好一会儿都没法将这三宗案子连起来。

若说无头雪尸跟冰湖女尸有关联,他还能理解,可这西郊焦尸又怎么跟那两宗联系到一起的?

莫非就因为同在西郊小树林被发现的吗?可如果以地点来判断,那无头雪尸就说不过去了。

他想了又想,还是没法想明白,三宗案子的作案手法完全不同,唯一相同的便只有"残忍"两个字。

"等破案之日,你便会明白了。"

"……"萧辰羽差点倒地不起。

一品仙居。

何大牛被店小二往二楼的雅居阁带去。

楼下喧闹非凡,可到了楼上却听不到一丝声响,只听泉水叮咚,处处散发着淡淡的幽香,一路上画栋飞云,古香古色,何大牛看得眼睛都不会眨了。

店小二敲响了最南边一间雅房的房门。

"客官,您要的人带来了。"

里面传来一个低沉的声音:"进来。"

"是,客官。"店小二推门而进,只见圆桌旁边坐着两名男子，一人一身白色竹叶暗纹衣袍，一人着黑色对襟锦缎衣衫，都是仙人之姿。

店小二出去后，何大牛"砰"的一声跪下去，猛磕了两个头："小人何大牛拜见两位大人。"

穆寒长眸扫了一眼跪在自己面前五大三粗、浓眉大眼的年轻车夫，淡淡道："起来说话。"

何大牛瞪着地板上色彩斑斓的锦织缎绣地毯，猛摇头："小人不敢，小人这样跪着就好。"

"你这么喜欢跪，那就跪着吧，不过抬起头来说话。"

"小人不敢。"

穆寒的声音中带着冷漠的官威："那本官命令你抬起头来说话。"

何大牛垂在两侧的拳头不受控制地抖了一下，支吾了一下终究是抬起头，可眼睛始终不敢跟穆寒二人对视。

穆寒声音低沉道："何大牛，本官问你，十日前你可曾载过一个叫薛张氏的妇人到幽鸣山？"

"有的，大人。"

"你把当日的情景详细地给本官说一遍。"

"是，大人。当日薛夫人找到小人后，说要去一趟幽鸣山，小人告诉她，幽鸣山路途遥远，一趟来回要一两银子……"

何大牛进房间后一直没开口的萧辰羽插口打断道："你说薛夫人找到你？她是在哪里找到你的？"

"那日，大约刚过寅时，小人赶车经过薛府时，遇到了正要出门的薛夫人，薛夫人招手拦住了小人的马车。"

"从城北到城南，赶马车需要半个时辰，换句话说，你寅时之前必须出门，那么早你到城南做什么？"

"小人家父在孙府看园子，时值年底，家父叫小人过去拿银子备年货。小人跟家父见完面后，原打算将银子拿回家后，再去城西市集，可经过薛府门前时，就被刚出门的薛夫人叫住了。幽鸣山路途遥远偏僻，小人不想带着那么多银子过去，便随口开了比平时的车费高三倍的价格，没想到薛夫人一口就答应了，小人想着多赚点，便答应了。"

穆寒眉梢微扬："孙府，可是尧河边上的孙府？"

"是的，就是那个孙府。"

穆寒点点头，脸上没有任何表情变化，淡淡道："继续。"

"是，小人送薛夫人抵达幽鸣山下后便赶车离去，跟薛夫人约好申时在山下等。小人未时便过去幽鸣山，只是途中马车坏了，等修好到达幽鸣山时，已是酉时。小人在山下等了一个时辰都没有见到薛夫人的身影，以为她等得不耐烦回去了，于是赶车回城北了，直到三日后京兆尹府找到小人，小人才知道薛夫人失踪了。"

萧辰羽看着何大牛，嘴角微扬："这么巧？这车早不坏晚不坏，偏偏就那天坏了？"

何大牛抬眸看了萧辰羽一眼，磕头道："大人明察！小人没有说谎，有个住在幽鸣山脚下的樵夫正好砍柴路过，他可以为小人做证。"

穆寒看着何大牛问道："从幽鸣山离开到未时之前这段时间你在哪里？做了什么？"

"小的从幽鸣山赶马车回到城北，将家父给的银子交给了家母，然后喝点米粥，吃了三个玉米面窝窝头，然后又去挑水，将家里的水缸装满，砍了柴，后来还和衣睡了一小会儿。大概未时时分，小人便出门去幽鸣山接薛夫人，后来的事情，大人都知道了。"

"你先回去，在本案结束之前，你不能离开盛京，必须随传随到。"

"是，大人，小人告退。"何大牛说着给穆寒和萧羽辰二人磕了三个头后，站起来正要退出房间。

忽然，一只黑色的鸟从屋檐直冲而下，朝着何大牛的脸直直地撞过去。

何大牛被吓了一跳，连退了好几步，并胡乱地挥动着手臂，欲将那鸟赶走。可谁想那鸟竟狡猾无比，每次都逃过了何大牛挥过来的手臂。

不一会儿，何大牛的脸上被抓出了好几道红痕，何大牛浓眉倒竖，只喘粗气，显然在爆发的边缘，若不是有两位大人在面前，恐怕他早就破口大骂。

穆寒和萧辰羽两人冷眼旁观了好一会儿，穆寒才朝着萧辰羽使了个眼神，萧辰羽手一拍桌子，借力而起，朝着那一人一鸟飞过去。

他跃到何大牛身边，一把抓起他的手腕，轻轻松松便将何大牛给拽了起来，手中的折扇一扇，那鸟怪叫了一声，从大开着的窗户飞了出去。

何大牛一脸爪痕，顾不得披头散发的样子，朝着萧辰羽跪下去，又"砰砰砰"地连磕了好几个头："多谢大人出手相救。"

萧辰羽朝着穆寒摇了摇头，穆寒敛了眸色，点点头。

萧辰羽开口道："举手之劳而已，你下去吧。"

"是，大人。"

站在一丈外等待的店小二看到何大牛出来，赶紧走过来，将何大牛领下去。

何大牛一出去，萧辰羽便拿起桌上的梅花银酒壶，往两人面前的杯子各倒了一杯："这是一品仙居最有名的梅花酒，你喝一点，辛老头不会发现的。"

穆寒拿起白玉酒杯，微抿了一口，满口梅花的清香："叫人盯着何大牛。"

萧辰羽点了点头："我方才探过他的气脉，这何大牛确实不会武功，只是他说话时眼神飘忽不定，整件事情又出现了两个巧合点，肯定有问题。"

穆寒又给自己倒了一杯，看着萧辰羽眉梢微扬道："你才找到两个巧合点吗?"

萧辰羽一怔:"除了他刚好路过薛府,马车途中刚好坏了这两个巧合,难道还有其他吗?"

"你再想清楚。"穆寒将白玉杯放下,从盘子里抓了一把瓜子,慢条斯理地剥着壳。

剥好后却不吃,而是一颗颗地撒在桌子上,等聚集起了一个小谷堆时,他抬头朝窗户喊了一声:"秦吉了,进来拿你的奖品。"

一只黑鸟从窗外箭一样地飞进来,显然跟啄何大牛的是同一只,秦吉了飞到桌子上,长喙"嘟嘟嘟"地敲打着桌面。

穆寒回头,看着萧辰羽道:"还没想出来吗?"

看到后者摇摇头,他嘴角不着痕迹一扬:"你这脑容量可比秦吉了大不了多少。"

萧辰羽闻言,差点跳起来,将他跟秦吉了那只笨鸟做对比,简直是侮辱他公子萧!

"你没注意吗?何大牛的父亲在孙府看守园子,而最初的尸体是在哪里发现的?"

"孙府门前!对了,我差点将这桩给忘了,但是我让人监视孙府也有六七日了,孙府一点动静都没有,这会不会是凶手在故弄玄虚,故意转移我们的注意力?"

"不会,凶手将尸体肢解成那个样子,显然凶手跟死者,或者跟孙府有着不共戴天的血海深仇。将尸体在孙府门前做成雪人,是为了挑衅,如果这尸体跟孙府无关,那凶手心中的愤恨将无处发泄,而他所做的一切都是多余的。"

"如果尸体是孙府的人,那孙府的人为何还能那么淡定?"

"别急,马脚很快就会露出来了。"

"我还有一个地方不明白,京兆尹府之前已经给何大牛做了供词记录,樵夫也给他做了人证,从表面上看一切都很正常,你是如何看出他有问题的?"

"供词。"

"供词？那供词我都看了整整三遍，都没看出什么问题来，请赐教！"萧辰羽冒着被揶揄的风险，不耻下问。

"何大牛的供词太过于平淡，普通老百姓都惧官畏官，更怕跟死人官司扯上关系，而何大牛的口气不仅过于平淡，而且细节过多，如果我问你十天前，你吃了什么东西，你能马上说出来吗？"

萧辰羽想了一下，摇了摇头："别说十天前，就是前天吃了什么，我都想不起来。你这么一说，的确有问题，他连窝窝头是用玉米面做的都说出来了，这供词不像是回忆，更像是在——背诵？"

穆寒点点头，从袖袋里面拿出一本册子，丢给萧辰羽。

萧辰羽接住，翻开一看，差点跳了起来："这供词跟刚才所说的几乎是一字不差！那你还放何大牛走？这不是放虎归山吗？"

穆寒点点头："何大牛顶多是个帮凶，要抓他随时都可以，我放他回去，是为了钓出他身后的指使人。"

案情像抽丝剥茧一般，越往下剥，浮出水面的东西就越多。

所有的东西看似一团麻毫无头绪，可似乎又千丝万缕关联在一起。

萧辰羽捏起白玉酒杯，一仰而尽，笑道："这案件似乎越来越有趣了。不过我还有最后一个问题，你为什么不在审察司召见何大牛，而要到这一品仙居来，这其中有什么我不知道的玄机吗？"

萧辰羽话刚落地，外面便响起了轻轻的敲门声。

"客官，您点的菜都已经做好了。"

"送进来吧。"

"是，客官。"两个店小二各端着两个紫檀木托盘走了进来，房间里面顿时弥漫着各种美食的芳香。

店小二退出去后，穆寒拿起筷子，夹起一块枣泥酥饼，淡淡道："没有玄机，我正好想吃一品仙居的枣泥酥饼，便让展黎把人带到这里来。"

萧辰羽："……"

11.遇袭

桑柔的身子还没有好，按辛大夫吩咐，她应该好好休息。

可她心里记挂着徐大夫的事情，身子明明很累，却怎么也睡不着，她索性不睡了。她要去徐大夫那里问个明白，否则她没法静下心来。

冬天黑得早，从穆府出来，还不到城西天已经完全黑下来，经过一条胡同的时候，身后传来一阵急促的脚步声。

她眉头微蹙，正要回头，背后就伸出一只大掌，死命捂住她的嘴巴，另外一只手卡住她的喉咙，残暴地将她拖往胡同深处。

桑柔顿时就慌了，疯狂地挣扎，双脚在地上乱踢乱蹬，扭动着身体，想要以此挣脱背后人的束缚。

可是身后的人明显比她高大有力，她所有的挣扎都不起作用。

对方想干什么？

劫财？还是劫色？

后面两个字闪入桑柔的脑海，她眼露惶恐之色，挣扎得更加厉害，嘴巴发出呜呜的声音，却只让后面那人捂得更狠。

她几乎透不过气来，一路被拖进死胡同尽头。

"秦桑柔是吧？"

那人轻笑了一声，粗糙沙哑的声音在她耳边响起。

她心一凛，这人知道自己的名字！

她挣扎得更厉害。

"老子劝你最好不要挣扎，要不然这细皮嫩肉的，伤着可不好，真香。"

男人凑近她，在她的脖子处深深吸了一口气，炙热的气息全数喷洒在她脖颈之间，桑柔颤抖得如同海上的小船。

呜呜！

她拼了命地挣扎，脑子除了惶恐一片空白。

这里地偏人少，真是叫天天不应叫地地不灵，桑柔真的觉得自己死定了。

挣扎间，她的嘴巴终于得到了一点空隙，她张嘴就咬，男人吃痛，一把将她转过身去，抬手就是一巴掌。

她一头撞在身后的墙壁上，眼前直冒金星。

"小贱人居然敢咬我，看老子今天不干死你！"男人浓眉高挑，一脸怒气。

可当他看到桑柔的样子时，双眸一亮，露出一个猥琐的笑容："长得真他妈的好看，老子今天真是赚了。"

"刺啦"一声，桑柔外衫被撕开，露出里面白色的肚兜。

男人亢奋得双眼都红了，双手在她的胸前摸了一把："只要你乖乖的，老子会好好疼你的。"

桑柔死死咬住嘴唇，在男人站起来去褪裤子的时候，将旁边的棍子抓起来，朝着他的下体挥过去。

男人捂着下身吃痛地号叫，她爬起来就跑。

跑到胡同口却撞上了一堵肉墙，对方抓住她的手臂，她失声尖叫，耳边却传来一把熟悉的声音："秦姑娘？怎么是你？"

她定睛一看，是萧辰羽。

她张开嘴巴想说话，却一点声音都发不出，她原本风寒就没好，脖子的伤口也被男人掐出了血，双腿一软就往地上坐。

萧辰羽连忙接住她，看她一身狼狈惶恐，正要问发生了什么事，就见胡同里面跑出来一个男人。

男人口里骂着脏话，看到萧辰羽明显一怔，然后转身就跑。萧辰羽顿时就明白了，转身将她推给身后的人，飞身追了过去。

穆寒接过萧辰羽塞过来的人，只觉她浑身冰凉如水，颤抖个不停。

"你没事吧?"

她如溺水之人,伸手抓住他的手掌,触手滚烫的温度,让她浑身打了一个哆嗦,抬眸撞进一双轻轻浅浅的眼。

那眼深邃不见底,少了几分平日的冷漠,她心没来由一松,眼睛一翻就晕死了过去。

她的头埋在他肩头上,穆寒身子微微一僵。

低头看去,只见她眉头紧蹙着,眼角还挂着来不及流下来的泪水,那样子让他想起那天她在梦里哭泣的样子。

"大人,我来吧。"身后响起卫展风的声音。

穆寒将披风脱下来盖在她的身上,声音淡淡的:"不用,我们回去。"

桑柔再次醒来,已是一天一夜之后的事情。

门"吱呀"一声被推开,一个妇人提着一个雕漆食盒走了进来:"秦姑娘,你终于醒了?"

妇人五十岁上下的年纪,身材微胖,一张饱经风霜的脸上布满了皱纹,但耷拉的眼角和扬起的嘴角却无端让人感到亲切。

她坐起来,朝着妇人点头:"何妈,现在是什么时辰?"

何妈将食盒放到桌上,回头看着她笑道:"姑娘都睡了一天一夜了,赶紧起来用膳吧。"

桑柔混沌的脑子这才想起昨日的事情来,身子一抖,脸色一片煞白。

何妈抓住她冰凉的手,轻声安抚:"别怕别怕,这里很安全,不会有人伤害你。"

想起昨日那事,她还是一阵阵后怕。

要不是刚好地上有根棍子,要不是萧辰羽他们刚好路过,她实在不敢想象后果。

"何妈,昨晚那人抓住了吗?"

"抓住了,听说是个小混混。"

小混混?

不对!

小混混怎么会知道她的名字?对方是有预谋在那里等她。

桑柔连忙要起来,可刚站起来,头就一阵发晕。

何妈赶紧扶她躺下去。

"姑娘你可不能乱动,你这身子还没好,再乱跑辛大夫可不会饶你!"

"我有事找穆大人。"

"什么事还能比身子更重要?你先吃东西,然后把药喝下去,明日身子好了再去找穆大人。"

何妈态度很强硬,桑柔说服不了何妈,只好按照何妈说的去做。吃了药后,她昏昏沉沉又睡着了。

这一睡又是一天。

她醒来看何妈没在,赶紧跑去隐月楼找穆寒,她担心小混混会被人救走。

"大人。"她走进去,一眼就看到坐在案边的穆寒。

穆寒看了她一眼,淡淡开口道:"那人还在牢里。"

这是让她安心的意思。

桑柔想起那晚她倒在他怀里,脸微微有些发热。

"他怎么说?"

"说是喝了点小酒,脑子犯浑,刚好你经过起了色心。"

"他说谎,他知道我的名字!"她眉头蹙起,手微微在发抖。

穆寒长眸扫过她颤抖的双手,凝了神色,让展风将信息带下去。

从隐月楼出来,桑柔遇到了抱着一大堆衣衫的何妈。

何妈看到她一醒来就到处乱跑,果然念叨了起来。

何妈唠叨起来没完没了,从她身体念叨到吃饭,连穆寒衣衫最近不见了好几件这事也跟她说。

她心里叫苦连连,又不好打断何妈,远远看到辛大夫一脸苦大仇深地朝这边走过来,她一机灵,借口头晕,赶紧溜之大吉。

回到房间,她一进去便看到搭在椅子上的狐裘和披风,怔了一下,才反应过来是谁的。

那晚她抓住他的手,那种滚烫的触感涌上心头,她的手好像被烫到一般,她将披风猛地丢下……

对自己的反常,她不敢细想。

将军府。

丫鬟小翠边跑边喊,一脸着急:"小姐,小姐,不好了!"

孙妍一身骑马装,拿着皮鞭正准备出门,小翠一头撞了上来,孙妍手中的皮鞭立即甩了上去:"没规矩的奴才,找死!"

小翠脸上被抽出一条血痕,皮开肉绽。

小翠痛得眼泪都出来了,反应过来就跪地求饶。

孙妍看她脸上的血痕,不怒反笑:"你刚才嚷嚷些什么?"

小翠忍着痛朝四周看了一眼,孙妍也不傻,知道她想说什么,立即让下人退下去。

门一关上,小翠在地上膝行两步,上前小声道:"小姐,张贵被审察司给抓起来了!"

孙妍柳眉一挑:"那他把秦桑柔那小贱人给奸了吗?"

小翠摇头:"没有,听说当时审察司两位大人正好经过,救了秦桑柔。"

"没想到那小贱人运气还真好!"孙妍气得想抽人。

小翠战战兢兢地说:"小姐,奴婢担心张贵受不住盘问将小姐你供出去。"

孙妍一脸嚣张跋扈:"供出去就供出去,难道审察司还能为了一个小仵作跟我们将军府作对不成?"

孙妍一点都不担心,但事情闹大了对她声誉有影响,所以她想了一下,在小翠耳朵边小声交代了几句,小翠白着脸转身出去。

第二日，张贵被发现吊死在监狱里。

天空又飘起了小雪，地上顷刻便见了白。

桑柔撑着油纸伞朝隐月楼走去，一进门，就听到萧辰羽的声音凉凉地响起："张贵死了。"

她表情一滞："怎么会死了？他死前有没有说什么？"

"自杀，死前认罪，说之前在京兆尹府见过你，藏了私心，最近一直在穆府守株待兔，等着秦姑娘你。"萧辰羽说着将张贵画押的供词递给她。

桑柔接过来，认真地看着，眉头渐渐蹙起："他在说谎。"

萧辰羽"哦"一声，语调上扬。

"首先我跟他素未谋面，我根本就不认识他这个人；其次，那天晚上他身上并没有酒气。"桑柔将供词还回去，双眸看着穆寒。

"你确定从没见过张贵这人？"穆寒声音听不出情绪。

她肯定点头："没有。"

"这事只能到这里。"萧辰羽插进来道。

她皱起了眉头："张贵明明是受人指使。"

"你有何证据？"

桑柔怔了，张贵死了，死无对证，最麻烦的是，他死前承认了自己的罪行。

"就算张贵真是受人指使，查到了背后的人又如何？秦姑娘你毕竟没有受到任何的伤害。"

桑柔闻言，抬眸看了萧辰羽一眼，心如指尖，冰冷得发麻。

她扬着嘴角笑，眼神却冷："桑柔明白了，多谢大人点醒。"

他是在笑她自以为是了。

她不过是一个小小的仵作，身份卑微，根本不值得他们大费周章去查出背后的指使人。

桑柔向穆寒和萧辰羽两人告辞，转身就要离去，却被萧辰羽给叫住了。

"慢着。"

"大人还有什么吩咐?"她回身面无表情地看着萧辰羽。

"我想问秦姑娘,那晚秦姑娘身染风寒,脖子又受了重伤,不在府中好好休息,反而冒着风雪出门,是想去哪里?"萧辰羽挑着眉峰看她。

"去见徐大夫。"

"为何要去见徐大夫?"他步步紧逼,不给她一丝喘气的机会。

"这是桑柔的私事。"

"私事?"萧辰羽冷笑一声,"秦姑娘难道不知道徐大夫跟案情扯上了关系?"

"知道。"

"知道你还去见,难道你想去通风报信?"

桑柔冷笑:"敢问萧大人,这是确认徐大夫是凶手了吗?"

萧辰羽被噎了一下:"还没有。"

"既然没有,那为何我不能去见?如果萧大人怀疑我会通风报信,那萧大人应该从一开始就讲明白,明文规定我不能跟徐大夫接触和见面。"

"所以这还是我的错了?"萧辰羽"啧啧"两声。

桑柔和他对视:"桑柔不敢,但同样的,桑柔不觉得自己做错了任何事情。"

萧辰羽双眸幽深,看着她一时无语。

"如果两位大人没有其他事情,桑柔告辞。"她转身前,双眸往穆寒的方向看了一眼。

他正好看过来,两人四目相对,他还是那副淡漠的样子,让人看不清情绪。

走出隐月楼,桑柔没有打伞,雪花飘落在她头上、身上,很快便覆盖起了薄薄的一层。

她口里有些发苦,心像被挖了个洞,不知道为什么有些难受了起来。

当晚,她的风寒更重了,辛大夫气得胡子都直了,将她骂得狗血淋头。

12.会面

桑柔的风寒在三日后终于彻底好了,辛大夫这才愿意放她出门。

她一得到自由,立即出府。

这几天她躺在床上想了想,她还是坚信张贵是被人指使的,她想去见见张贵的妻子。张贵的妻子曾到监狱见过张贵,第二日张贵便被发现吊死在牢房里面。

她觉得很可疑。

张贵一家住在城北,但距离她之前住的地方有好长一段距离,两人要撞上并不容易。

来到一间茅屋前,她喊了几声,一个三十来岁的妇女抱着一个孩子走了出来,睨着她:"你找谁?"

"请问这是张贵家吗?"

"不是刚来查问过了吗?怎么又来?"妇女一脸不耐烦。

桑柔一怔:"你是说之前已经有人来查问过张贵的事情?"

"是啊,你是什么人?该不会是那死鬼生前的姘头吧?"妇女的脸忽然凶猛了起来。

桑柔连连否认,并表明自己的身份:"大嫂子,我能问一下,张贵死前你去见他的时候,他有没有什么异样?"

"没有没有,那死鬼早死早超生,别活着拖累人,我不跟你说了,我还要奶孩子。"

"大嫂子,最后一个问题。"桑柔脚一伸,挡住了妇女要关上的门。

"快问快问,你们这些人烦死人。"

"之前来查问的人长什么样子？"

"白白净净，大概这么高……"妇女用手比了个高度，"哦，对了，他左脸有颗黑痣。"

桑柔知道是谁了，她跟妇女道别。

是卫展风。

能叫动展风展黎两兄弟的，就是府中两个大人，萧辰羽肯定不会为她调查张贵的事情，那剩下的就只有他了。

那日萧辰羽质问她，他没有吭声，她还以为他心里也是跟萧辰羽一样的想法，现在想来并不是。

一丝暖流流窜过心口，有些烫人，她嘴角慢慢扬起。

第二日，她买了一些吃的东西到张贵家，却人去楼空，住隔壁的老人说张贵妻子搬回乡下去了，她一人带着三个孩子照顾不来。

事情肯定不会那么巧合，可是事到如今，凭她一己之力，要继续追查并不容易。

而且，接下来的日子，她并没有再遇到危险，她也渐渐将这事给忘了。

萧辰羽撩帘走进议事厅。

"冰湖女尸左肩膀上的梅花印有消息了。"

穆寒从台案上抬起头来，长眸微扬："说。"

"半年前，有个叫吴四桂的小伙子在城东一家叫银月斋的银楼里面打过一支类似那梅花胎记的银簪，因为那银簪不是规则状，四片花瓣，两大两小，所以银楼的掌柜记得特别清楚。"

"可查到任何有用的信息？"

萧辰羽点头："这吴四桂是东茂县吴府的家丁，而这吴府跟孙府是亲家，今年三月份吴府嫡长孙吴庸迎娶了孙府大老爷的二女儿孙如嫣。那吴庸是个典型的纨绔子弟，吃喝嫖赌，样样皆染，而那孙如嫣并不像一般的女子，据说性情很是刚烈，两人经常为吴庸到青楼喝花酒的事情而争吵。三个月前，孙如嫣带着陪嫁丫鬟姚香儿离家出走，至今未归。"

"孙如嫣可是回孙府了？"

"没有，据探子回报，孙如嫣并没有回孙府。"

"那孙府的人可知道孙如嫣离家出走的事情？"

"应该是知道，但并未因此而责难于吴家。"

穆寒眉头微蹙："可知道这孙家和吴家除了亲家关系，可还有其他渊源？"

"据说当年吴老爷子上京赶考时，遇到了孙老爷子，两人一见如故，结为拜把兄弟，并交换玉佩，欲亲上加亲结为亲家。只是孙老夫人和吴老夫人都只生儿子，这个约定便转到了下一代身上，也就是说，吴庸和孙如嫣两人定的是娃娃亲。"

穆寒敛了眸光，沉默了一会儿道："案情到这里已经很清晰。出现在孙府门前的无头雪尸便是孙如嫣，而冰湖女尸应该就是她的陪嫁丫鬟姚香儿。"

萧辰羽闻言，在内心细想了一下："我有些不明白，你说吴庸杀了孙如嫣和姚香儿，那孙家的人为何不报官，还要装作没事发生呢？难道孙家有什么把柄在吴家手里？"

穆寒抬起乌黑的长眉："我何时说凶手是吴庸了？"

"难道不是吗？"萧辰羽一怔，回想了一下，穆寒的确没有明说凶手是吴庸。

可穆寒问了那么多问题，都是围绕着吴家和孙家，而孙如嫣和吴庸夫妻二人感情很差，吴庸有足够的杀人动机，至于离家出走，可能是吴家错手杀人之后放出来的障眼法。

穆寒看着他，神情倨傲道："我现在才知道，拿你的脑容量跟秦吉了比，差辱的不是你，而是秦吉了。"

萧辰羽怒："脑容量跟头的大小成正比，我的头明显比你的大多了。"

穆寒长眸扫过他的头,淡淡地道:"萝卜再大,若心空了,又有何用?"

好小子,居然还敢讽刺他是空心萝卜,萧辰羽气得咬牙切齿。

为了避免继续被嘲讽,萧辰羽将话题引回案子:"如果凶手不是吴庸,那又会是谁?"

"不知道,不过你有一点说对了,吴家手中必然有孙家的把柄,所以孙如嫣离家出走,孙家才没有追究于吴家。"

"我已经让人盯着吴庸,需要我让人将他请来审察司喝杯茶吗?"

穆寒摇摇头:"不用,明日我想亲自到吴家走一趟。"

"明日我要进宫,只怕没法跟你一起过去。"

"没事,有展黎和展风便够了。"

萧辰羽点头,忽然想起一件事:"我进来的时候,在外面看到备好的马车,你准备去哪里?"

穆寒眼中波光流转:"妙春堂。"

他的话音刚落,门外便传来了卫展黎的声音——

"大人,秦姑娘到了。"

他的嗓音低沉有力:"让她进来。"

书房里传来萧辰羽的声音,言语中带着些许的惊讶:"你要带她一起去?"

桑柔跨在门槛上的脚停顿了一下:"桑柔见过两位大人。"

"不用多礼。"萧辰羽回了个答礼,桃花目扫过她依然有些苍白的脸色,"听闻秦姑娘得了风寒,现在可好些了?"

"有劳萧大人关心,辛大夫医术高明,桑柔已经好多了。"

穆寒合上卷宗,抬头看了她一眼,淡淡道:"你随我到妙春堂走一趟。"

桑柔微怔了一下点头:"好。"

连下了那么多天的雪，今天终于放晴了。

天空碧蓝如洗，清透干净，屋顶、树梢上的积雪这会儿已经消融得差不多，凝结在枝丫上的冰水闪耀着阳光的七彩光芒，一滴一滴地滴落在地面上。

街道上人声鼎沸，马车里却安静得有些过分。

穆寒微合着双眸在闭目养神。

萧辰羽并没有跟着他们一起过来。

桑柔微垂着眼，一直盯着眼前的锦缎地毯，有些猜不透穆寒带上她的意图。

自从上次被萧辰羽质疑过后，她没有再去找过徐大夫。不是怕了，而是不想因为自己而给徐大夫带去不必要的麻烦。

马车里有些安静，桑柔扭头，视线落在穆寒如玉般白皙的脸上，他的眼睫又长又密，像两把小扇子，在眼睑下投下两块小阴影。

下眼睑有些发青，透出疲色，她正看得入神，忽然感觉有些奇怪，一扭头，便看到车帘不知道什么时候被撩开了。

萧辰羽不知何时出现在车外，嘴角抿着一抹诡异的弧度："很好看对吧？"

她微一怔，立即就明白过来萧辰羽话里的嘲讽。

萧辰羽深深看了她一眼，对穆寒道："妙春堂到了。"

桑柔脸一阵红一阵白，赶在穆寒睁开眼睛之前下了马车，有种落荒而逃的意味。

她一下车，徐双就看到她了，眼睛里染上了探究的神色。

"徐双，徐大夫可在里面？"

徐双摇头："徐大夫到城南出诊了。秦姑娘有好一阵子没过来了，这次来是给令尊抓药？"

徐双看了一眼她身后的人，眼里闪过惊艳的神色，他以为徐大夫已经是顶顶好看的美男子，可没想到天底下竟然还有比徐大夫更英俊的男子，简直如画里面走出来的人儿一般。

穆寒低沉的声音传来："徐大夫什么时候能回来？"

徐双从柜台后面走出来："徐大夫还要一会儿才能回，公子如何称呼？"

"穆寒，既然徐大夫快回来了，那我们就在这里等他。"

盛京这地方，一口唾沫吐出去都有可能溅到王孙贵族，徐双自然不敢轻易怠慢。

"这里人多嘈杂，穆公子和秦姑娘不如随小的到内堂等待？"

"不用，我们在这里等便可，你不用招呼我们。"穆寒让卫展黎将他推到一边的角落。

徐双人微言轻，自然不好勉强，恰好有几个人进来抓药看病，他打了个招呼，便忙去了。

角落前方有个屏风，桑柔随卫展黎走过去，这才发现这是一个极好的位置，不易被人发现，却能将一切尽收眼内。

他想干什么？

桑柔蹙眉，扭头朝穆寒看了一眼，却没看出什么来。

这一幕被萧辰羽看在眼里。

一位白发斑驳的老妇人走了进来，手中提着一篮子鸡蛋。

徐双迎上去："大娘，您怎么来了，是王大爷出事了吗？"

老妇人脸上皱纹笑成一团："没事，没事，你王大爷身子好着呢。"

徐双似松了口气："没事就好，大娘药还有剩吗？要是没有，我让伙计照着徐大夫的方子再给您抓几剂？"

老妇人连连摆手："不用，不用，药还有呢，徐大夫是再世活菩萨，要不是徐大夫免费帮我们医治，我家老头子只怕早不行了。这是家里老母鸡下的蛋，补身子最好了。"

徐双连连拒绝："大娘，您拿回去给大爷补身子，徐府什么都不缺。"

徐双是徐老爷子从街边捡回来的乞丐，自小在徐府长大，现在是徐鹤轩的左右手，在妙春堂和徐府都颇能说上话。

见徐双不收，老妇人急了："徐大夫是我们的大恩人，我们两个老家伙没本事，只能拿出这种上不得台面的东西，你们不要嫌弃啊。"

"大娘，您误会了，我没有嫌弃的意思……"徐双最终还是将一篮子鸡蛋收下了，但也给老妇人抓了一些滋补身体的药回去。

妙春堂的生意非常火爆，看病的人络绎不绝，其中不乏上门感谢徐大夫的人。不过一盏茶的工夫，角落处便堆满了鸡蛋、老母鸡、玉米烙饼、棕麻鞋等东西，全部都是平民百姓送给徐大夫的谢礼。

"咕咚"两声，放得好好的鞋子忽然从堆放的东西上掉了下来，桑柔本来想过去把它捡起来归位，可卫展黎人高腿长，先她一步迈了过去。

当卫展黎将鞋子捡起来时，徐双恰好捧了一壶茶走了进来。

卫展黎拿着鞋，回头跟徐双解释了一下。

徐双笑道："小的来就行了。"

卫展黎笑了笑："举手之劳而已，这些都是百姓送给徐大夫的？"

一提到自家主子，徐双的脸上涌起了不加掩饰的骄傲："是啊，都是送给徐大夫的，都叫他们不用送了，他们就是不听，就拿你手中的鞋子来说吧，府中都有好几双，徐大夫都舍不得穿。"

徐双正夸奖着自己的主子，外面忽然传来了一阵嘈杂声，一个头破血流的男子被两个伙计扶着走了进来。

徐双回头一看，脸顿时就白了，抓住一个背着药箱的药童问道："发生了什么事？这出门时人还好好的，怎么又浑身是伤地回来？"

"徐大夫回来的路上，看到一个恶霸在欺负一对孤苦伶仃的爷孙俩，便上前阻止，谁知那恶霸不听劝就算了，还动手打人！那恶霸人高马大，徐大夫哪里是他的对手……"

药童看上去也就十二三岁的年纪，一脸青紫肿胀，显然也被打得不轻，说着便哭了起来。

徐双跺脚道："徐大夫怎么又管这些闲事了！"

"好了你也别哭了，到里面检查一下，看哪里伤着了。"徐双一边安慰药童，一边出去，将围观的人疏散了。

他回身正要进内堂去，看到屏风后面的桑柔他们，这才想起他们来，赶紧小跑过去："徐大夫今日受伤了，只怕没法看诊。"

穆寒淡淡道："既然这样，我们明日再来。"

几人走到门口，内堂冲出一个伙计，气喘吁吁道："徐大夫请三位贵人到内堂一聚。"

伙计带着他们进了内堂，房门被打开，桑柔一眼便看到了头上包扎着白布的徐鹤轩，脸色苍白。

此时他正站在圆桌旁边，一脸从容地看着他们。

阳光从窗子照进来，投落在他的身上，他俊秀的容颜在阳光下，越发显得白皙，无端让人想起了"温润如玉"四个字。

他的视线从桑柔身上扫过，最终落在穆寒身上，抱拳道："草民徐鹤轩拜见首司大人。"

穆寒看着他，声音低沉："不必多礼，本官若没记错，我跟徐大夫应是素昧平生。"

徐鹤轩伸手朝他做了个请的动作："大人没记错。"

穆寒"哦"了一声："那徐大夫又是如何猜出本官的身份？"

"原因有二：一是早些日子听秦姑娘提起到审察司当作的事情，方才听伙计提到秦姑娘是同一男子坐马车而来，便猜到了一二；二是在这盛京里，坐轮椅同时又具有仙姿风骨的人，只怕只有首司大人您一人。"

穆寒看着他，幽幽道："徐大夫心思缜密，非一般常人能比。"

"大人谬赞，行医之人，须得心思缜密，否则任何一个差错，都极有可能将救人之事变成了杀人。"

穆寒不置可否，卫展黎推着他到圆桌旁边。

徐鹤轩温和地看着桑柔："秦姑娘一起喝杯茶？"

她还来不及拒绝，就听到穆寒低沉的声音响起："坐吧。"

她走过去，在离他一个位置的下座处坐了下来。

她刚坐定，抬眸间看到穆寒幽深的长眸扫了她一眼，那眸色幽深难辨，她怔了一下，有些不明白他这一眼是什么意思。

徐鹤轩在她对面的位置坐下，将沸水缓缓注入青瓷茶盏中，再分别倒入青瓷小杯中，双手奉到穆寒面前。

穆寒双手接过，轻啜了一口，赞道："清淡雅致，回甘无穷，好茶。"

"这茶是深山野林采摘的野生茶，虽不及御用茶品名贵，但胜在风味独特。"他说着将另外一杯奉到桑柔面前。

桑柔双手接住，眼睛不着痕迹地扫过两人。

两人都是云淡风轻的样子，仿佛两人是为品茶才相聚到一起。

徐鹤轩嘴角含笑，捧杯陪饮，两杯下肚，方开口道："大人此番光临寒舍，可有事？"

穆寒颔首："听闻徐大夫医术高明，本官有腿疾多年，今日特来请徐大夫为我把一把脉。"说着他掀开袖子，露出手腕，平放于桌面上，那样子倒像真的是来看病一般。

桑柔一早就知道他过来妙春堂的目的并不单纯，完全是冲着徐大夫而来，可如今听到他不提案情，反而往医术上拐，眉头不禁又蹙紧了三分。

莫说穆府中有医术高明的辛大夫，仅凭卫展黎没有离开房间这点，便可知道他并不相信徐鹤轩，只是他这番声东击西，又是为了什么？

徐鹤轩嘴角含着从容的笑容，似乎并未发现任何不对劲，伸出修长白皙的手指，搭在穆寒的手腕上，微微合目。

"正常的脉象应是和缓有力，不沉不浮，不迟不洪，节律均匀，而大人的脉象混乱异常，时缓时急，时有时无，实在令人费解。"

徐鹤轩睁开眼睛，看着穆寒缓缓道："大人是否曾经受过重创，以致经脉全断？"

穆寒面色不改，但半晌才微微点头道："徐大夫果然名不虚传，我的腿疾便是在经脉断后落下的后遗症，不知徐大夫可有医治的方法？"

桑柔心头一凛，经脉全断！

那种切肤之痛绝不亚于十大酷刑的凌迟！

是什么样的深仇大恨，要将一个人的经脉全毁，却不取其性命？

又是怎样的经历，才能让一个人在经历了这样的折磨后，在谈起曾经的苦难时，一脸的云淡风轻？

她曾以为他是天之骄子，倾城的容颜、过人的智慧、高人一等的身份，不曾想到，这让人羡慕的背后，竟是一片不堪想象的狼藉。

"草民医术有限，不能为大人解忧，还请大人赎罪。"徐鹤轩垂首作揖。

站在穆寒背后的卫展黎闻言，眸中闪过一丝失望。

穆寒将手腕收回，淡淡道："徐大夫言重了。"

"谢大人。"徐鹤轩嘴角依然带笑，只是这笑意并未抵达眼底，"能将大人断掉的经脉重新续上，大人身边定有神医能人，所以大人此番过来，应不是看病那么简单。"

穆寒的长眸中闪过一道犀利的光："徐大夫不仅心思缜密，而且智慧过人，若是徐大夫哪天不行医了，审察司的大门随时为你敞开。"

徐鹤轩拱手："大人错爱。"

穆寒长眸幽深："我倒希望不是错爱。本官此番过来，是有几个跟案情相关的问题想问你。"

"大人请讲。"

"薛张氏失踪，被人烧尸一事，你应该早就知道了吧？"

"是的,薛张氏失踪之前,草民曾跟对方有过争执。薛张氏失踪后,其家人曾到妙春堂来闹事,京兆尹府也曾派官差过来依例查问。"

"既然如此,那本官问你,十日之前的巳时到酉时这段时间,你在哪里?做了什么?"

徐鹤轩想了一下,方道:"十日之前,便是腊月初二,每月的初二,我都会到将军府为孙老夫人请脉。我大约是巳时从妙春堂出发到将军府,午时从将军府回到妙春堂,其后时间,便一直待在妙春堂,未再外出。"

"妙春堂的伙计都可为草民做证,若是大人怕妙春堂伙计偏袒于草民,草民现在便可令人将妙春堂的行医记录册拿过来,册子上登记有当日病者的详细资料。"

穆寒看着他,淡淡地道:"暂时不用,有需要时,我会派人过来取。"

"是。"徐鹤轩对着穆寒的背影拱手应道。

待穆寒要走出房门时,他忽然又开口:"穆大人,在下可否跟秦姑娘说几句话?"

桑柔脚步一顿,目光落在面前清癯倨傲的背影上。

"我在马车上等你。"

"好。"

待到穆寒的身影从拐弯处消失,徐鹤轩这才收回视线,看着桑柔道:"令尊身子可好些了?"

桑柔点了点头:"石河县气候温和,很适合家父养病,不过这些年也是多亏了徐大夫,家父才能撑下去。"

"秦姑娘言重了,听到令尊好转的消息,在下甚是欣慰,他日若有什么需要,尽管来找在下。"

桑柔感激地点头。

他看着她,目光灼灼:"那你呢,在审察司,一切可还习惯?"

桑柔沉了沉眼："还好。"

"你有没有想过离开审察司？"

她微怔了一下："我哪里还有后路可退？"

徐鹤轩沉默了半晌，微微叹了口气道："你说得对，有些时候，人生一旦做了某个决定，便再无回头路。"

桑柔看他似乎很感慨的样子，以为他是受了案子的影响："审察司素来公道严明，定不会冤枉好人的。"

徐鹤轩侧头看着她，双眸深邃："所以你信我，对吗？"

她静了一瞬，点点头："徐大夫你是个好人。"

"有秦姑娘你这份信任，足矣。"他的眸中闪过一丝触动，"并不是所有的退路都背断绝了，在你身后，其实一直有一条退路……"

桑柔凝眉，一脸不解。

他看着她，目光越发柔和了："若是我给你……"

他的话还来不及讲完，一个硬邦邦的声音便插了进来："秦姑娘，大人还在车上等你。"

"徐大夫，我要走了，保重。"

徐鹤轩看着她逐渐远去的身影，眸中幽暗不明……

13.不配

卫展黎将青玉茶盏放到圆桌上，看了一眼正在闭眼思索的穆寒，欲言又止。

穆寒没有睁开眼睛，薄唇微动："有话就直说。"

"大人，您方才喝了徐大夫的茶，可需要叫辛大夫过来把一下脉？"

穆寒睁开眼睛，眉梢微扬："你觉得徐大夫有问题？"

"徐大夫目前是嫌疑人，又事关大人的身体，属下觉得谨慎为上。"

"你对徐大夫这个人怎么看?"

"徐大夫宅心仁厚,气质温文尔雅,应当不会是凶手,只是似乎有哪里不对劲,可我又说不出哪里不对劲,徐大夫给人感觉好像太……"

"太什么?"

卫展黎挠了挠头,似乎在想个合适的词语:"太什么属下一时也说不明白,有可能是我多虑了。"

穆寒眉梢微挑:"太过于滴水不漏?"

"对对,就是这个词,徐大夫说的话,让人找不出一丝不是的地方,可或许就因为这样,反而让人觉得有些微妙。"

穆寒点点头,说道:"你去外面守着,萧大人一回来,让他马上过来见我。"

"是,那属下还需要通知辛大夫过来吗?"

"不用了,无论凶手是不是徐大夫,他都不是那样愚蠢的人。"

茶叶在壶内被沸水冲开、翻滚,撇去初泡,待到第二泡时,他才端起青玉茶杯慢嗅细品。

氤氲的雾气中,他略微苍白的面颊在热茶的熏蒸下,起了一丝红润。

穆寒轻轻合目,一脸的闲淡清雅,脑子里,却在高速地梳理着手头上的几宗案子。

从事情发生的先后顺序来讲,先是徐鹤轩和薛张氏发生冲突,两日后,薛张氏在上幽鸣山求子的半路中失踪。

其中涉及的人有徐大夫、薛康、痞子赵大、丫鬟红梅以及车夫何大牛。

假设薛张氏是徐鹤轩所杀,除了何大牛这个帮手,他还需要一个在薛家做内线的人,而这个人便是薛张氏的贴身丫鬟红梅。

红梅将薛张氏去幽鸣山的消息告诉徐鹤轩,徐鹤轩安排何大牛从中截胡,而他自己便是去将军府和妙春堂,制造不在场的证据。

从作案手段来讲，完全行得通。

只是，徐鹤轩杀人的动机是什么？难道仅仅因为一次冲突？

不，这理由太过于牵强。

撇开徐鹤轩自身清雅的气质风度以及声名在外的善举，以他的智慧，他不应该是那种会因为一次冲突而动杀机的人。

穆寒猛地睁开眼睛，推着轮椅行到案前，拿起台桌上的毫笔，蘸了蘸墨汁，在宣纸上落下三个龙飞凤舞的字——徐鹤轩。

薛张氏失踪的两日后，孙府门前出现被堆成雪人的无头尸块，凶手的目标直截了当，直指孙府，可孙府却当起了缩头乌龟，当什么事情都没有发生。

孙家虽不是门阀大族，可也是盛京鼎鼎有名的百年书香世家，朝中两大门派皆会卖他几分薄面，那让孙家忌惮的原因是什么？

而这个原因吴家必然知道，而这个原因也是使孙府对孙如嫣离家出走之事三缄其口的缘由，所以要解开这几宗案子，最关键的便是弄清楚孙府背后的秘密。

其中，何大牛的父亲是孙府的家丁，孙如嫣的陪嫁丫鬟姚香儿溺死在西郊树林的冰湖里，而西郊树林正是发现薛张氏尸体的地方，穆寒手中的毫笔不断地落在宣纸上。

当萧辰羽走进来时，便看到微黄的宣纸上，密密麻麻记满了十几个人名，每个人名之间都像树根一样错综复杂地联系在一起。

当他的视线扫过孙府时，不禁愣了一下，扬起嘴角笑道："这乌龟又是什么鬼？该不会是指孙府是缩头乌龟的意思？"

穆寒斜了他一眼："要不然你以为呢？"

萧辰羽："……"

"从恶霸手中救孤苦伶仃爷孙的戏码是你让人安排的？"

萧辰羽怔了一下，才反应过来他指的是什么，随即摇了摇头："不是，我们安排的人还没来得及出手。"

穆寒眉梢一挑："也就是说你依然没法确定徐鹤轩是否有武功这

件事？"

萧辰羽："虽然不是我们安排的人，不过从徐大夫的反应和身手来看，他应该不是会武功之人。"

"应该？"穆寒长眸折射出一道如刀锋般锋利的眸光，"若他跟我一样呢？"

萧辰羽一窒："当时场面混乱，涉及的百姓极多，若这些都是事先安排的，那这徐大夫便极其恐怖，你怀疑他是凶手？"

穆寒不置可否。

萧辰羽看他表情便明白，就算这徐大夫不是凶手，只怕也有关联。

"你那边呢？可查出了什么？"

穆寒长眸幽暗不明："他的鞋长八寸。"

"八寸？"

穆寒点点头，脑海里响起一个低柔的嗓音："徐大夫的鞋码为八寸整。"

她说这话时，马车正在回审察司的途中。

他当时睁开眼睛，看着她，微挑眉："秦件作为何无故提起徐大夫的鞋码？"

"虽然不知道大人为何想知道徐大夫的鞋码，不过我想，方才鞋子忽然掉下来，应该不是偶然。"

他还记得她当时的模样，两只翦水双瞳黑亮而有神，就那样跟他对视，眸中一片坦然。

萧辰羽蹙眉，在西郊小树林里发现的脚印长七寸半。

脚可以套进比脚大的鞋子里面，却无法套进比脚小的鞋子里面，这么说来，徐大夫应该不是凶手？

如果凶手不是徐大夫，那又会是谁？

萧辰羽觉得自己的脑子隐约有些不够用，他抬眸看着穆寒，问道："那接下来该怎么做？"

不管徐大夫是否是凶手，既然已经错失了试探的先机，那这招便不能再用了。

穆寒抬眸看着他道："去东茂县吴家。"

穆寒叫来卫展风，让他去通知桑柔。

萧辰羽剑眉微挑："你要带她一起去？"

"随时可能发生命案，她是仵作，带上她自然是为了验尸。"

萧辰羽一脸不信："真的只是为了验尸？"

顾老先生当仵作时，穆寒很少将他带在身边，却将秦桑柔带上了，萧辰羽不得不想歪。

穆寒停了手中的动作："要不然还有什么？"

萧辰羽自然没胆直说，摸了摸鼻头，打哈哈道："没什么，展风你不用去，我去通知秦姑娘就行了。"

回到暖香斋，桑柔看阳光正好，就把顾老先生留下来的一些草药，还有被子拿到外面去晾晒。

萧辰羽走进暖香斋一眼便看到了坐在走廊上的桑柔。

午后的阳光落在她身上，给她镀上了一层金色的光芒，她看上去柔媚得仿佛春日的湖水。

"秦姑娘很惬意啊。"

桑柔被阳光晒得昏昏欲睡，听到萧辰羽的声音，明显吓了一跳。

"萧大人找桑柔何事？"桑柔给萧辰羽行了个礼，脸上的惬意退散。

萧辰羽对她的成见太深，她没有忘记早上他嘴角那抹嘲讽的笑意。

"没事就不能来吗？"他挑眉看着她。

"桑柔没那个意思。"

她想解释，萧辰羽却话题一转，双眸犀利地盯着她："你喜欢穆寒？"

桑柔闻言，被自己的口水给呛到了，脸涨得通红："没……"

"你不用急着否认，穆寒长得英俊不凡，年纪轻轻就坐到如此高位，喜欢他的女人可不少，但我只是想给秦姑娘提个醒，你们身份悬殊，穆寒并不是你能高攀的。"

萧辰羽这话就像巴掌，直白地扇在桑柔的脸上，让她无比难堪。

桑柔看着萧辰羽，袖子中的手掌紧握成拳，手指尖都凉透了。

"萧大人放心，桑柔别的没有，但自知之明这个还是有的。"

"那是最好的，你也别怪我太直白，我是为你好，担心你到头来一场空，只会伤了自己。"

桑柔声音冷得跟冰一样："萧大人多虑了，桑柔自知配不上穆大人，所以从没想高攀。"

"那是最好的。"萧辰羽看她煞白没有血色的脸，双眸闪了闪，"穆寒要去东茂县，让你跟着过去，你去准备一下，一会儿出发。"

桑柔冷声应好，返身回屋收拾包裹。

萧辰羽看着她挺得直直的背脊，有那么一刹那觉得自己似乎有些过分了点。

但这内疚一闪而过，而且他脑海里有了个计划——他要提前通知穆谷雪回来。

盛京和东茂县之间并无官道，路途颠簸得让人难受。

桑柔坐在车门口的地方，腰杆挺得直直的，脸色煞白。

车帘被风扬起，穆寒刚好扫到她眼角的疲色："秦仵作若是不舒服，可进来躺一会儿。"

"多谢大人，不过不用了，桑柔不累。"她声音听上去又疏离又淡漠。

穆寒眉头微不可察地蹙了一下，没有说话。

一路走走停停，他们在第二天日落之前抵达了东茂县。

马车没有载着他们去客栈，而是直奔东茂县县衙。

东茂县县令石有才扶着乌纱帽一脸惶恐地迎了出来："下官石有才未知大人驾临东茂县，有失远迎，还望见谅。"

穆寒并未着官服，但一脸官威让人不寒而栗："本大人这次来东茂县，并未打算久留，所以没有预先通知你。"

石有才如母鸡啄米一般，使劲地点着头："是是是，不过不知道大人此次过来，所为何事？有什么是下官能帮到忙的？"

"进去再说。"

石有才将穆寒一行人迎进了县衙议事厅："是，大人这边请。"

半个时辰后，石有才一脸煞白地从议事厅走出来，对守在门外的师爷耳语了几句。师爷闻言先是蹙眉，继而一脸严肃，最后嘀咕了几句点头而去。

穆寒离开盛京之前，有交代萧辰羽去盯着薛张氏的丫鬟红梅。

此时萧辰羽一身夜行衣打扮，猫在猪圈旁边的茅草堆旁，一张俊脸几乎皱成了八十岁的老头子。

猪圈的猪哼哼地叫着，一阵阵难闻的猪屎味扑鼻而来，萧辰羽的胃一阵阵翻滚。

穆寒这家伙该不是故意坑他吧？

他跟踪红梅整整一天，却没有发现任何异样的地方。

那叫红梅的丫鬟从薛府出来后，便去了城东的集市，买了一些年货回了在城北的家，然后打扫房子，到溪边洗衣服，喂猪煮饭。

这期间，为了不让自己曝光被发现，他换了好几套衣服，也做了数次乔装易容，扮路人，扮算命先生，可一点不对劲的地方都没有发现。

一阵阵饭香从茅屋里传过来，萧辰羽的肚子很应景地叫了两声，脸上的哀怨越发重了——为了跟踪，他一整天都没有吃过一口饭，喝过一口水。

要是让他发现穆寒那家伙真的在耍他，他非得弄死穆寒不可！

夜黑风高夜，杀人放火天。

吴庸从醉红楼摇摇晃晃地走出来，怀里还搂着一个穿着清凉的青楼姑娘。

"哎呀，吴爷，您喝得这么醉，一个人回去行不行的呀？要不今晚就不要回去了，让殷红好好伺候吴爷您，行吗？"

吴庸用手在殷红裸露的胸脯上摸了一把，笑得猥琐："吴爷行不行，你不是早就知道了吗？"

"讨厌啦，吴爷您占人家便宜。"殷红娇滴滴地在吴庸怀里扭捏了起来，故意用胸膛去蹭吴庸。

吴庸乐得呵呵笑，两人在醉红楼门前你侬我侬地调情了好一会儿才分开。

吴庸坐进自家的马车里，对垂着头的车夫道："走吧。"

"是，大少爷。"车夫扬起手中的长鞭，一声吆喝，马"嘚嘚嘚嘚"地跑了起来。

醉红楼到吴府并不远，吴庸在马车里面睡了一觉起来，发现马车居然还在走。

他撩起车帘，怒斥道："怎么那么久还没到？你是怎么……"

吴庸的话骂到一半便再也骂不出来，车头上空空如也，哪里还有车夫的影子！

这是什么地方？

吴庸往四周望了一眼，仅剩的三分醉意顿时都被吓醒了。

只见周围凸出一个个土包，有些插着一块木板充当墓碑，有些连木板都没有，周围死一般沉寂，听不到一丝声音。

这哪里是回吴府的路，这明明就是乱葬岗！

今晚乌云盖天，看不到一丝光线，除了车头那盏油灯，周围漆黑一片。

一阵夜风吹来，吴庸浑身打了个哆嗦。他浑身颤抖着正想爬出去拉马绳,马车却在这个时候自动停了下来。

马车前面是一棵枝丫茂密的千年古树,只是当下时值冬日,树叶早就掉光了,一根根枝丫在夜色里,像伸展的手臂,蔓延在大树旁边。

忽地,两束鬼火从大树后面"嗖"的一声蹿出来。

地面紧接着开始冒起了白烟,滚滚白烟中,一个女子从白烟里走了出来。

只见她一身白衣,披头散发,手上打着一把大红色的纸伞,素白的衣服,跟血红的伞搭配在一起,诡异得让人心惊胆战。

一阵夜风吹来,吹散了地上的白烟,吴庸借着马车车头的油灯一看,那女子穿着一双白色的绣花鞋,飘忽在半空中,那鞋子里面不断地溢出鲜红的血水。

吴庸吓得面无人色,大叫一声,跌坐在马车上,浑身使不出一丝力气。

夜风扬起女子白色的衣裙和三千青丝,那黑如夜色的长发下,竟是一张白得毫无人色的脸,七孔流血。

白衣女鬼发出一声凄厉的哭声,便张牙舞爪地朝着吴庸飘过去,带着惊悚的声音道:"大少爷,您不认得奴婢啦?您不是说过要娶香儿进门的吗?香儿这就来找你了。"

"姚香儿"说着,左肩膀处的衣服滑落下来,那里赫然出现一个梅花的印子。

吴庸吓得连话都说不成句了:"香、香儿,你……你不要过来……"

"都说一日夫妻百日恩,大少爷,奴婢死得好惨啊……湖里的水好冷……您过来给奴婢暖暖身子……"

"姚香儿"脸上露出凶恶的表情,飘过来要抓吴庸。吴庸一脸惨绿,瘫倒在马车上,裤子一热,当场就被吓尿了。

"香、香儿……所谓……冤有头、债有主……你要索命……就去孙家找孙老夫人……是她派人杀死你的……跟本、本少爷无关……"

"大少爷,您又骗奴婢了,孙老夫人宅心仁厚,是盛京出了名的大善人,她怎可能叫人杀了奴婢?是您,是大少爷您担心奴婢将小姐怀上其他男人孩子的事情说出去,让您没了脸面,所以您一边哄骗了奴婢的身子,一边狠下毒手,置奴婢于死地。"

"我呸,那老太婆假仁假义,连孙老爷子的亲生子嗣都敢杀害,她是大善人?那这世间就没有'恶人'两个字了!"

一提到孙老妇人,吴庸一脸鄙夷,似乎想起了什么事,竟然连恐惧都忘记了。

"孙老爷子一生洁身自好,从未纳妾,您说孙老夫人连孙老爷子的亲生子嗣都敢杀害,那岂不是等于说孙老夫人杀了自己的孩子?大少爷,您莫要再诓骗奴婢了,奴婢知道这都是您为了为自己脱罪,而故意陷害孙老夫人的,您还是跟奴婢到阴曹地府去跟阎罗王解释吧……"

"姚香儿"嘴角不断地溢出新的血丝,再次露出凶恶的表情,飘到马车前面,伸出长长的指甲,一把就掐住了吴庸的脖颈,稍微一用力,指甲便陷入吴庸的肉里。

吴庸一脸惊恐,连声求饶:"香儿……我没有骗你,我说的句句都是真的,孙家的人没有一个是好人,都是假仁假义的伪君子。当年孙老爷子下江南时,看中了一户卖豆腐家的闺女……"

忽然,马车右边的一棵大树后面有什么东西闪了一下,说时迟那时快,一支箭从大树后面射出,直指吴庸的胸口。

几乎是同一时间,"姚香儿"后面的大树里蹿出一道人影,以迅雷不及掩耳之势朝吴庸飞了过去。

吴庸只觉眼前一花,"铿锵"一声,几乎就要射进吴庸胸口的箭被人影手中的利箭打飞。

箭往另外一棵大树飞过去,射在树干上,入木三分!

右边大树一阵哗然响动之后,一个黑衣人紧接着蹿了出来,竟想逃跑！

那人影脚下微点马车顶盖，纵身一跃，朝着黑衣人追了过去，两人在一个坟墓上对打了起来，刀光剑影忽现。

两人一看都是武功高手，不过那人影稍胜一筹，两人很快便分出了胜负，只见一道银光闪过，那逃跑的黑衣人脖子上便多了一把冰冷的软剑。

吴庸被这一幕惊呆了，浑身哆嗦，站都站不起来。

掐着他脖子的白衣女鬼"姚香儿"忽然一把松开他的脖子，抹了一把脸上的血，鄙夷地往吴庸的裤裆瞄了一眼，嫌恶道："一个大老爷们随便吓一吓，屎尿就吓出来了，熏死老娘了。"

吴庸目瞪口呆地看着白衣女鬼"姚香儿"，不知道她为何忽然有这么"人气"的动作和话语，可"姚香儿"却懒得再看他，转头朝身后的大树看去。

吴庸顺着她的视线望过去，只见大树后面的坟墓堆里，走出一行人。

那些人中，他只认得一个，那便是县令石有才。可此刻石有才连眼角都没有分给他一个，而是挂着一脸灿烂的笑容，对着一个坐在轮椅上的男子点头哈腰，溜须拍马得正欢。

盛京坊间龙阳之风盛行，他虽不好这口，可是相公馆也去过一两次，绝色的男色见过不少，清纯的、艳丽的，可是跟眼前坐在轮椅上的男子一比，都不值得一提。

只是那如春花晓月般的芙蓉面上的神色不似现在这般太过于冷漠寡淡的话，那就更完美了。

吴庸正打量着轮椅上的男子，正好那男子一个眼神扫过来，长眸如凤，双眸冷锐如刀锋，看了他一眼，冷漠道："石大人，把他带回衙门。"

"是，下官马上照办。"

14.审问

宽敞的大堂里,最中间挂着一块牌匾,牌匾上写着"正大光明"四个镏金大字,在暗红木框的映衬下,特别引人注目。

桑柔从屏风的缝隙望出去,穆寒不知道何时换上了官服,正襟危坐地坐在案后,身边站着同样换上了官服的卫展风,腰间插着佩刀,颇有几分威严。

跟平时升堂不一样的是,两边没有衙役,石县令在一边做堂审记录。

吴庸跪倒在一边,也不敢正眼去看坐在案后的穆寒,在被带回县衙的路上他已经知道,那个长得比女人还好看的男子,就是审察司的首司大人穆寒。

穆寒没有审问吴庸,而是让人带上吴四桂和银月斋的掌柜陈永。

陈永一上来就跪下去连磕了三个响头:"首司大人,小的没干什么坏事!"

穆寒声音冰凉:"本官何时说你干坏事了?"

"小的该死,小的是说小的是良民,没干过任何作奸犯科的事情。"

穆寒一脸冰冷:"本官且问你,跪在你旁边之人你可认得?"

陈永扭头看了一眼,然后点头如捣蒜:"认得认得。"

"那人是谁?"

"启禀大人,此人叫吴四桂,乃吴家的家丁,曾在半年前到小的银月斋打过一支梅花银簪。"

穆寒对卫展风使了个眼色,卫展风将方盘拿到陈永面前,上面赫然放着一支梅花银簪。

在一旁跪着的吴庸见状,双腿顿时就软了。

人人都说首司大人断案如神,神出鬼没,今日一见果然不假。这支梅花银簪他几日前忽然丢了,没想到今日竟会在这里重新看到它。

陈永仔细辨认后，再次点头如捣蒜："启禀大人，就是这支，这梅花银簪后面有我们银月斋的标号，小的绝对不会认错。"

"啪"的一声巨响。

穆寒忽然将惊堂木猛地一拍，堂下所有人，包括石县令都被吓了一跳。

穆寒声音阴沉无比："吴四桂，陈永说的话可属实？"

吴四桂本来就是个胆小如鼠的人，被拖上来时，早已经双腿疲软，此时被惊堂木一吓，裤子底下就湿了。

"大人，陈、陈掌柜说的都是真的，小的的确到银月斋去打过梅花银簪。"

"谁叫你去打的？将你知道的一切一五一十地说出来，不得有一丝隐瞒，否则……"

穆寒的话还没说完，吴四桂就跟小鸡啄米一样猛磕头："小的不敢小的不敢！这支梅花银簪是我家少爷叫小的去打的，梅花银簪是按照少夫人左背上的胎记描绘订做的，是少爷送给少夫人的礼物。"

"既然是送给少夫人的礼物，那为何姚香儿的尸体背后会有这个梅花银簪的瘀痕？"

吴四桂偷偷看了吴庸一眼，摇头道："小的不知道。"

穆寒一声冷笑："不知道？这句话你可敢对着姚香儿的尸体再说一遍？"

穆寒看卫展风一眼，卫展风走出去，不一会儿两个衙役抬上来一具尸体。卫展风走过去，将盖在尸体上的白布一掀，一具几乎化脓的尸体出现在众人眼前。

"呕……"

堂下响起此起彼伏的作呕声，其中呕吐得最厉害的当属吴庸。

吴四桂对着姚香儿的尸体磕了三个头："冤有头债有主，香儿姑娘，你可千万不要来找我啊！少爷喜欢喝花酒，少夫人不喜欢，两人经常为这个吵架，后来少爷就经常拿香儿姑娘出气，不仅污了香儿姑娘的清白，而且还故意用梅花银簪在香儿姑娘身上弄出同样的花纹，为的就是气少夫人。后来少夫人带着香儿姑娘离家出走，之后的事情，小的就不知道了。"

穆寒盯着吴庸，冷声道："吴庸，你是准备招了？还是继续守口如瓶？"

吴庸强作镇定："小的听不懂大人的意思。"

穆寒俊眉一挑，道："听不懂？很好，很快你就会懂了，将人带上来！"

这一次被带上来的是一个一身黑衣劲装、被五花大绑的男人，男人脸上有一道很长的疤痕，犹如蜈蚣一般盘旋在右脸上，看上去一副凶神恶煞的模样。

吴庸看到这男人，身子抖了抖，刚才他差点就成了这男人的刀下鬼。

"啪"又一声惊堂木响起，穆寒把目光落在黑衣人身上："是谁派你过来的？"

黑衣人一言不发地朝穆寒吐了一口口水，站在一边的卫展风化作一道闪电，将黑衣人拖到屏风后面一阵暴打，黑衣人的惨叫声此起彼伏。

等黑衣人再次被拖出来时，已浑身是血，脸上更是被揍得爹妈都不认得。

卫展风将黑衣人扔在吴庸旁边，吴庸脸上的肥肉抖了三抖。

"是谁派你过来的？"穆寒再次问道。

黑衣人沉默了一下，就在卫展风准备再次将他拖进屏风里面暴打时，他终究投降了："我招了我招了，是孙老夫人叫我过来刺杀吴庸。"

"孙老夫人有没有说为什么让你刺杀吴庸？"

黑衣人摇了摇头："没有，她只是说务必不留活口！"

吴庸一听这话顿时暴跳如雷："那老不死的老太婆，竟然敢算计到本少爷头上来，看我不弄死她！"

穆寒拍了拍惊堂木："肃静！将人带下去，关进大牢！"

黑衣人被拖了下去。

穆寒看着吴庸："你现在还是不愿意说？"

吴庸脸上的肥肉又抖了抖，在经过"女鬼"、吴四桂指证以及黑衣人被暴打等事情之后，吴庸心中的防线早已经溃不成军。

他磕头如鸡啄米："小人说，只是……小人不知道从何说起。"

"那本官问一句你答一句。"

吴庸连连点头。

"孙如嫣和姚香儿可是你所杀？"

"不是，小的没杀她们，虽然小的恨不得将孙如嫣那婆娘碎尸万段，可是在我动手之前，她便带着姚香儿跟人私奔了。"

"跟谁私奔？"

吴庸咬牙切齿地摇摇头："不知道，要是我知道，我一早就弄死他了，竟然给本少爷戴绿帽！"

"既然你说孙如嫣是跟男人私奔了，那她为什么会死，尸体又为什么会出现在孙府门前？"

听到穆寒的问题，吴庸脸上出现了一种惊恐的神色，他忽然压低声音道："真是报应，当年被孙老夫人弄死的冤魂回来报仇了！"

这是穆寒演了一个晚上所想要听到的关键信息。

他眼睛一亮，脸上却依然不动声色道："孙老夫人弄死了什么人？"

"不能说，这个我不能说！"吴庸脸上出现了讳莫如深的神色，仿佛想到了什么可怕的事情，他脸上的肥肉又抖了一下。

"吴庸，你要知道，你就算不说，孙老夫人也不可能放过你，她这次可以买杀手，下一次也一样可以，而且你就算不在乎自己的性命，可你家人的呢？事情到了这个地步，你以为她会放过每一个知道她秘密的人吗？"

吴庸沉默了良久，才仿佛下定决心，抬头看着穆寒道："小的可以说，不过大人得保证小的安全。"

穆寒点点头："这个你尽管放心，没有人能在本官面前要走你的命。"

吴庸咬咬牙："二十五年前，孙老爷子下江南时，对一个卖豆腐的女子一见钟情，然后便将她抬回府中做了小妾。两年后，那女子给孙老爷子生了一对双胞胎儿子，孙老爷子很开心，重点培养两个孩子，并透露出想将孙府家产交给两个幼子。"

"一年后，孙老爷子暴病身亡，孙家一切权力落到孙老夫人手中。在孙老爷子死后两年，那女子也跟着死了，据说她死之前被做成人彘，砍掉四肢，挖掉眼睛，养在一个坛子里面好久。"

在场的人听到这话都震惊了，包括屏风后面的桑柔。

孙老夫人是出了名的大善人，桑柔虽然没见过她，可是有关她的事迹却听了不少，每年赈灾扶贫修路，这些都有她的份。

京城里面还有一个尚学堂，是孙家出资免费供穷人家的孩子学习的小书院。

所以若不是亲耳所闻，桑柔怎么也不敢将这样一个大善人跟"心狠手辣"四个字联系到一起。

穆寒眉头微蹙："那两个双胞胎孩子呢？他们去了哪里？"

吴庸叹了一口气："他们也死了。起初孙老夫人并没有弄死他们，因为他们毕竟是孙家的骨肉，所以在弄死他们的母亲之时，孙老夫人饶了他们一命。只是孙老夫人对他们并不好，经常打骂两个孩子，两个孩子在府中的地位还不如下人。

"在两个孩子七岁那年，他们从孙府偷跑出去，被孙府家丁追逐时，两兄弟双双跌落山崖而死。"

"这些事情你是怎么知道的？"

"孙如嫣那贱人有次喝醉酒时告诉我的，那贱人喝醉酒后话特别多。"

穆寒挑眉:"醉酒之人的话怎可当真?"

"我起初也以为那贱人在说胡话,可后来才想起来并不是,我小时候曾跟祖母去过孙府,曾在府中见过那两兄弟,只是后来再去他们便不在了。为了证实孙如嫣说的话是真还是假,我便暗中让人去打听,只是事情过去了那么久,很多信息都断了。不过皇天不负有心人,终于让我找到了一个当年在孙府做过乳娘的老妇人,我给了老妇人一笔钱,老妇人便把当年的事情一五一十地说出来了。"

穆寒眉头深锁,眼睛清亮:"那老妇人现在在何处?"

吴庸被穆寒冷然的神色吓了一跳,结巴道:"在、在她老家。"

穆寒扭头对卫展风道:"你带着吴庸马上一起去找那老妇人,速度要快!"

卫展风点头,身形一闪,扯住吴庸的一只手臂就往外飞去。

萧辰羽满身满脸都是包地回到审察司,众人看到他,连招呼都不敢上去打,因为萧辰羽的脸上大写着四个字——我很不爽!

可偏偏有个人不怕死,可偏偏一脸不爽的萧辰羽却不敢拿他怎么样,这个人就是辛大夫。

辛大夫一脸嘲讽:"我说萧小子,你是从哪里弄来的这身包?"

萧辰羽脸上出现了咬牙切齿的神情:"我被姓穆的那个家伙给坑了!"

他一大早便去跟踪红梅,可是跟踪了一整天,一点线索都没有,反而还被蚊虫咬了满身满脸的包,此仇不报非君子!

辛大夫呵呵两声:"活该!"

萧辰羽一脸委屈:"辛大夫你怎么可以一点同情心都没有!"

辛大夫将手中黑黑绿绿的药粉捣弄在一起:"人病了能对症下药,可……人蠢却无药可医。"

萧辰羽:"……"

按照穆寒的指示,萧辰羽应该去跟踪红梅至少三天,如果没有收获的话，时间延长。

萧辰羽以为穆寒是在捉弄自己，本来不想去的，可又怕错失了什么重要线索，最终还是去了。

在喂了两天两夜的蚊子、风吹日晒之后，他终于看到了本不应该在红梅家里出现的人——赵大。

穆寒决定连夜赶回盛京。

马车轱辘跑了一个多时辰，在这一个多时辰里面，桑柔和穆寒两人坐在马车里面一句话都没有讲。

桑柔在回忆之前这一天所发生的事情。

抵达东茂县后，穆寒便跟县令石有才秘密商量了事情，之后的事情她虽然都有参与，但一无所知。

直到到了大堂，她才知道，根本没有所谓的女鬼，孙老夫人也没有派人来刺杀吴庸，这一系列的坑都是专门为吴庸所挖的。

而吴庸随后爆出来的秘密，让她到现在都处于震惊之中，她怎么也没法将孙老夫人跟他口中的那个人联系到一起。

按照吴庸的说法，孙老爷子是在二十五年前遇上那女子，一对双胞胎是在两年后出生，若是那两个孩子还活着，如今也有二十三岁了。

吴庸说的有关孙老夫人的事情，她暂时持保留意见，可说孙如嫣和姚香儿是遭到了报应，对于这一点她是完全不相信的。

当仵作的人心中是没有鬼神之说，她见过无数的尸体，却从没有见过一个鬼魂，若真有鬼魂，那哪里还需要官府去查案？直接自己报仇就行了。

那孙如嫣和姚香儿到底是谁杀的？那卖豆腐的女子的亲人吗？

不过让桑柔心中稍微安心的是，这事情应该跟徐大夫挂不上钩。

"你在为徐大夫担心？"穆寒忽然开口打破了沉默。

桑柔回过神来，对上穆寒清冷的眼，还来不及回答，就听到外面传来卫展黎的声音。

"快带大人离开这里，有埋伏！"

马车外面响起了兵刃相交的声音，他们此时正行驶在山路上，车夫"驾"的一声，长鞭甩在马儿身上，马儿吃痛快速地跑了起来，马车摇晃不止。

桑柔正想找个东西抓着稳住身子，可还没有找到，马车就一个急刹车，她毫无防备，整个人不受控制地向后倒去，一下子撞入穆寒的怀里。

桑柔的脸一下子就燃烧了起来，方才她撞上去时，嘴唇好像蹭过他的脸颊，那触感是那样的滑腻。

桑柔窘得不知如何是好，她手忙脚乱地想要坐起来，可马车不知道撞上了什么东西，她眼看着就要被甩出去。

穆寒眼疾手快地拉住她，她一把再次撞入他的怀里，两人的身体挨得那样近，近到几乎没有一丝空隙。他炙热的气息喷洒在她的脖子上，她浑身颤抖了一下，直觉想要躲。

"不要动。"穆寒压低声音在她耳边说道，同时手伸过去，紧紧扣住她的腰身。

桑柔的动作顿时一滞，差点忘记了呼吸，他的手……

可她还来不及抗议，穆寒的声音便在耳边再次响起："我们必须跳车！"

跳车？

桑柔的心提到了嗓子眼，可一切由不得她说一声不，穆寒另外一只手不知道按到哪里，马车竟然"砰"的一声向四面八方炸开去。

穆寒抱着她往外一纵！

桑柔感觉自己被抱着落到了地面，她压在他身上，只来得及听他发出一声闷哼，然后两人便开始向下翻滚。

他们应该是在一个斜坡上，一路滚下去，桑柔只觉五脏六腑都快要移位了。

不过穆寒将她的脸压在自己怀里，一只手臂护住她的头部，因此她脸上和头部并没有受伤。

不知道滚了多久，只知道耳边渐渐听不到兵刃相交的声音，只听到呼啸的风声，而后"咚"的一声，两人双双滚落到一个山涧里面，终于停了下来。

桑柔蹿出水面，连连咳嗽了好几声才缓过劲来，穆寒也被呛了好几口水，此时正背靠在一块大石头上喘气。

桑柔扭头去看，在看到被染红的水面时，不禁一怔，随即视线落到他的手臂上："你受伤了？"

穆寒看了一眼手臂的伤口，抬头看着她道："嗯，受了一点小伤。"

"可是……你流了很多血。"。

"没事，我们必须马上离开这里。"穆寒仰头看着天色，只见天空乌云翻滚，眼看着一场暴风雨就要来临。

桑柔跟着仰头看了一眼天色，低头正要过去扶他起来，却看到他扶着石头自己站了起来。

桑柔瞪大美眸："你的腿……"

他不是双腿残废才一直都坐轮椅的吗？

怎么现在能自己站起来？难道说他一直在装？

穆寒没有解释，而是低头"哧"的一声将手臂上的飞刀拔了出来，血溅三尺高。

桑柔愣了一下，赶紧走过去，"刺啦"一声从裙摆下方撕下一块布条："我帮你包扎。"

穆寒看了她一眼，将手臂伸过去。桑柔包扎伤口的速度又快又稳，只是包扎好的伤口还是不断地溢出血来。

"走吧。"穆寒不等她开口，扭头就带路向岸边走过去，桑柔只好跟上去。

他们应该是滚落到了谷底之类的地方，到处是繁密的丛林，真不知道刚才他们是怎么滚下来的。

穆寒手中拿着一把短剑在前面开路,桑柔在后面亦步亦趋,耳边不断传来怪异的鸟叫声以及野兽嘶吼的声音。

路很不好走,他们走得很艰难、很慢。

"轰隆!"

天空划过一道闪电,雷声紧随而来,豆大的雨点砸在脸上,一点、两点,越来越多,越来越密。

此时正是寒冬腊月的天气,两人跌落山涧浑身湿透,早已经冻得脸色发紫,这会儿冰冷的雨打落在身上,更是雪上加霜。

一阵风吹来,桑柔忍不住打了两个喷嚏,穆寒的脚步顿了一下,回头看着她道:"你在这里等我一下。"

桑柔不知道他要干什么,但还是点头。

穆寒掉头往山涧的方向走回去,他手臂的血顺着雨水滴落在地面上,但很快就被雨水给冲散。

周围漆黑一片,偶尔一道闪电划过,周围的树木在雷电下显得无比狰狞。

"哧哧——"

旁边的草丛处忽然传来一阵怪声,桑柔一扭头,看到了一条手腕粗的黑蛇正盘踞在离她不到半丈外的地方。

桑柔浑身的鸡皮疙瘩都起来了!

那黑蛇正朝她吐出红色的芯子,桑柔浑身僵硬,抬脚正要往后退,一个低沉的声音从背后传过来:"不要动。"

一道飞刀飞过来,准确无误地刺进黑蛇的脑袋,黑蛇在地上挣扎了两下就不动了。

"你回来了。"在滂沱的雨声中,她的声音听上去如掉落玉盘的珠子。

穆寒"嗯"了一声,走过来,将一个东西塞到她手中。

"给你。"

桑柔怔了一下，借着闪电，这才看清楚塞进她手中的是用几片芭蕉叶和枝条做成的芭蕉叶伞。这伞看上去很简陋，可是雨水打上去，却没有一滴漏下来。

他消失了那么久就是为了给她做一把芭蕉叶伞？

她的心仿佛被猫抓了一下，有些痒有些难受："多谢大人。"

穆寒从她身边走过去，继续在前面开路。

走了不到两步，桑柔忽然想起一件事情，她朝前面的穆寒道："你等我一下。"

穆寒一脸不解地看着她："你丢了东西吗？"

"没有。"桑柔头也不回地应道，手继续在周围摸索着什么东西。

过了一会儿，她欣喜地惊呼道："找到了！"

穆寒借着闪电看到她手中多了几把野草模样的植物："你找这些东西干什么？"

桑柔点头："这种草叫白花臭草，能够止血和防止伤口溃烂，蛇类很喜欢在它们周围出现，我刚才才想起来。"

又一道闪电划过天际，照亮了整个天空。

雨水顺着她的脸流下来，她的头发凌乱地贴在额头上，样子很狼狈，却也带上了几分楚楚可怜的味道。

穆寒盯着她看了好一会儿，直看得桑柔有些不自在起来时，这才扭过头去："走吧。"

两人走了好久，终于找到了一处山洞。

山洞不大，但还算干净，而且里面还存放着不少的干柴和干草以及量不多的干粮，应该是进山采药的大夫或者猎人留下的。

穆寒用火引子点燃了干柴，火焰将山洞照得一片光亮，随后他到外面找了一些枝丫回来，在火堆旁边架成衣架，然后将外衫和中衣脱下来，挂在上面烘干。

他脱得只剩下亵裤，露出精瘦结实的胸膛，桑柔只瞥了一眼，就赶紧将脸转向墙壁，双颊如抹了胭脂般酡红。

穆寒走到她身后，她心跳像打鼓，还强作镇定："大人？"

他看了一眼地上的白花臭草，将手臂伸到她面前。

她站起来，将他手臂上的布条拆下来，用石头将白花臭草砸碎后敷到伤口上。

白花臭草果然有用，一敷上去，原本不停流血的伤口顿时就止住了。

穆寒鼻子微微动了动，只觉有一股甜香不断从她身上飘过来，他素来不喜欢女子擦香粉的味道，可她身上的香味好似跟其他女子不一样。

那甜香似新鲜果子发出的味道，甜而不腻，并不让他生厌。

终于包扎好，桑柔微微吐了一口气。

穆寒站起，双眸瞥到她红透的耳根，微怔了一下，将中衣从衣架上取下来，丢给桑柔道："把你衣服换了。"

桑柔捧着中衣，如捧着一个烫手山芋。

穆寒迟迟没有听到动静，想了一下便明白她的为难："我去外面等你。"

桑柔连忙阻止："不用，这样就可以。"

她不能生病，他更是不能生病。

穆寒的脚停在半空，顿了一下重新坐下去，并闭上眼睛。

桑柔抿着嘴角，踌躇了一下，快速将外衫和中衣都脱下来，只剩下肚兜和亵裤，然后将他的中衣穿上。

他的中衣穿在她身上，直垂到膝盖，空荡荡的。

桑柔将自己的衣衫挂到衣架上去烘干，然后回到火堆旁边坐下，双手抱腿头顶在膝盖上。

鼻尖飘来若有似无的冷香味道，她深深吸了一口气，发现那冷香是来自他的中衣。

这还是她第一次穿除了她父亲以外的男子的衣衫，属于他的味道四面八方包围而来，她的脸更红了。

山洞外大雨瓢泼，天地仿佛都被淹没在大雨中，山洞里面寂静无声，除了偶尔听到柴火发出的噼啪声，就什么都没有了。

桑柔抬眼，从架子上随风晃荡的衣衫望过去，他靠在墙壁上微垂着头，侧颜俊朗得有些晃人的眼睛……

15.相救

桑柔不知道自己是什么时候睡着的，第二天醒来，天空已经露出了鱼肚白。

他们在密林里走了一天，却迷路了，晚上在一棵大树上凑合睡了一晚。

第三天天还没亮，他们再次启程。

又走了一个早上，桑柔嘴上虽然没有抱怨，可一张小脸早就暴露了她的疲惫。

脚下忽地一阵痉挛，她额头一下子就沁出了冷汗。

没听到身后跟上来的脚步声，穆寒回身看她："怎么了？"

她表情僵硬："没、没事。"

她那样子可一点不像没事。

穆寒长眸扫过她微红的耳朵，沉默了一会儿才低声道："是不是……肚子疼？"

他的声音听上去有些不自然，她抬头看他，他的耳朵在阳光中透着红粉。

桑柔怔了一下，才反应过来，脸颊更红了，讷讷道："不是，腿抽筋了。"

他怎么就往那方面想呢？

心中同时庆幸她半月前才来完月事，要不然在这地方，可真不敢设想。

穆寒似乎松了口气，走过去，扶她在一边的大石头坐下，淡淡道："得罪了。"

不等桑柔反应过来，他就扯掉她的鞋子、剥掉袜子，莹白的秀脚露出来。

桑柔脚一缩，脚趾都忍不住蜷缩了起来。

男女授受不亲，且早上走了那么远的路，脚微微出了些汗，这让她产生了一丝羞耻感。

她的脚莹白娇小，他一手握住，细腻光滑的触感让他眉心一跳，手不觉力度加大。

他的手冰凉，这样的触感让她异常不习惯，她直觉想躲。

可她只不过才微微动了一下，就引来他不满的低斥："不要乱动。"

她语气听上去带上了一丝委屈："我自己来就行了。"

他没有抬头，用宽大的手握住她的前脚掌，淡淡道："可能有点痛，忍着。"

她"嗯"了一声，还来不及做好准备，就看到他将她的脚向外侧一扳，然后折向大腿方向旋转。

什么叫可能有点痛？是很痛！

桑柔发出"咻咻"的抽痛声，脚下用力一蹬，穆寒似乎早有准备，她那一蹬非但没能将他蹬出去，反而换来更剧烈的疼痛。

桑柔看到自己的脚掌上翘到一种诡异的角度，她怀疑下一刻她的脚掌就要被折成两半。

一周旋转完毕，穆寒立即放开她的脚："好了。"

桑柔狐疑地动了一下脚，发现真的能动了，嘴角扬起："还真有用。"

午时的阳光透过茂密的树叶落在她身上，她一双翦水眸子清亮柔媚，仿佛带着光，让人不自觉地想到夜空的星星。

他看着她长眸闪了闪，没有说什么话转身就走，动作有些仓促，仿佛身后有洪水猛兽在追他。

桑柔穿上袜子和鞋子,赶紧追上去。

两人又走了一个下午,穆寒让她在一棵树下休息,他去前方探路。

草丛传来一阵窸窣声,桑柔猛地睁开眼睛。

难道又是蛇?

眼前忽地一花,再次睁开眼睛,脖子上多出了闪着银光的长剑!

"别动,否则老子捅了你!"一个粗糙的男音在她面前响起。

桑柔抬眸扫了一眼,只见眼前多出了三个黑衣人,全部用黑布裹着脸。

桑柔心中一紧,这些人肯定是前晚追杀他们的人。

只是没想到他们竟然没有放弃,还追到这里来了。

"穆大人呢?"领头的黑衣人问道。

"不知道,我跟穆大人走散了……"

桑柔的话还没讲完,黑衣人一个耳光便扇了下来,一巴掌下去,她的头都被打偏了。

"小婊子,敢在本大爷面前耍花招!走散了这地上怎么会有两个人的脚印?"

桑柔感觉嘴巴里涌出一股腥咸味儿,脸也火辣辣作痛,她只想到不能泄露穆寒的信息,却没有想到脚印这一层。

黑衣人一把掐住她的脖颈:"再敢耍花招,老子就在你这小脸上划上一刀!"

桑柔不敢乱动,心提到嗓子眼。

她在害怕,可是她心里更明白,一旦穆寒被黑衣人抓到,她也绝不可能有生路。

"奶奶的,老子还不信搞不定你个小婊子!"黑衣人手一抬,剑朝桑柔的脸刺下去!

桑柔真的以为自己死定了,她认命地闭上眼睛。

一颗石子从树上飞落下来，正中黑衣人的手腕。黑衣人吃痛，手中的剑哐啷落地。

三个黑衣人同时转身，看向石子飞来的方向，只见穆寒站在枝丫上，一身白衣如雪，俊颜冷面，说不出的飘逸。

怎么会？他不是残废的吗？

怎么他的脚没事了？

黑衣人将桑柔扯过来，剑架在她脖子上，其他两个黑衣人也神色严肃了起来，如临大敌。

想象中的痛没有传来，桑柔睁开眼睛，看到穆寒不知道何时回来了。

她看过去，他正好看过来，两人视线在空中撞上，她心口一热，心再次提到嗓子眼。

"放了她。"穆寒飞落到地面来，声音低沉淡定。

"放了她可以，不过穆大人必须说出刘大人被关押的地方。"

穆寒眉心一挑："是庞太师派你们过来的？还是刘太守？"

刘奇贪污受贿，手中犯了不少冤案，前不久才被查出来，为了逼他供出背后的靠山，三法司和审察司联手逼供。

这些人肯定是去刑部大牢和大理寺牢房找过，没找到人，这才找到他这里来。

"是谁派我们过来的不重要，穆大人位高权重，得罪的人何止一箩筐，哪一个不是想将首司大人拉下马来？穆大人，只要你将刘大人被关押的地方说出来，我们兄弟几个今天就放你一条生路。"

"只可惜本官没想过要放你们一条生路。"穆寒声音发冷，隐着杀气。

话一落地，他轻弹手指，手中的石子飞出，一个黑衣人吃痛叫了一声。

兵刃相交，刺耳的响声相继响起，首先迎上去的黑衣人踉跄了两下，他们没想到穆寒不仅双腿没有残废，而且武功还那么厉害。

134

穆寒欺身到黑衣人面前，手腕一翻，速度快如闪电，竟然将黑衣人手中的长剑给夺了过去。黑衣人大吃一惊，刀光一闪，血溅三尺，他的右臂便滚落到地上。

黑衣人吃痛连连后退，带头黑衣人上前接下了穆寒另外一剑，这才没让同伴被杀死。

剑锋交错，空气阴冷而肃杀。

桑柔连大气都不敢出，眼前一花，刀光闪过，两个黑衣人在半空中旋转一圈，然后再重重地跌落在地上，身子颤抖了一下便没有了生气。

抓着桑柔的黑衣人看两个同伴都被杀死了，拖着桑柔步步后退："你别过来，否则我就杀了她！"

黑衣人手一抖，桑柔的脖子顿时多出了一条血痕，刺痛难忍。

她眉头紧蹙了起来，却不敢发出一点声音，生怕刺激了后面的人。

穆寒双眸幽深如海："找死！"

话落刀起，黑衣人一把将桑柔当作挡箭牌丢出去，穆寒点地而起，一把抱住她，同时一枚飞刀从他手腕射出，直中黑衣人的心脏！

黑衣人暗叫了一声，然后直直地摔落在地上，腿动弹了两下便没动了。

穆寒抱着她落到地面上，低头检查她脖子上的伤口："别乱动。"

桑柔还来不及点头应好，便看到已经倒下去的带头黑衣人忽然抬起手腕来，从小腿上拔出一支小刀，直射穆寒的心脏处。

"小心！"桑柔大叫一声，伸手将穆寒往旁边一推，飞刀直接没入她的胸脯。

"秦桑柔！"

穆寒长眸冷凝，脚下一踢，地上的长剑朝黑衣人飞射过去，直接刺进他的脑门，一股鲜血溅出来。

穆寒一把接住桑柔,捂住她胸口上的伤,以往淡漠的长眸里焦急万分。

桑柔动了动嘴巴,两眼一翻就昏死了过去。

桑柔睁开眼睛,想要坐起来,胸口一痛,顿时痛呼出声。

何妈一脸惊喜地跑上来,扶她躺下去:"桑柔姑娘,你可醒了!"

她一时半会儿有些反应不过来:"何妈,我这是在哪里?"

声音一出,她自己都吓了一跳,比上次在冰湖时伤了咽喉还要沙哑难听。

"这里是穆府,你都昏迷两天两夜了,渴吗?要不要喝水?"

她点头。

何妈赶紧去倒了一杯温水过来,桑柔实在渴得不行,可每吞咽一下,胸口就传来一阵刺痛。

她勉强喝了几口不敢再喝,这会儿也想起昏迷前的事情:"大人他没事吧?"

"大人没事,倒是你差点就没命了。辛大夫说要是那飞刀再偏半尺的话,华佗再世也救不了!"

桑柔想起当时的情景,也觉得惊险万分,要是她死了,她爹可怎么办?

只是当时她压根没有想到那么多。

何妈给她端了粥过来,再喂她吃了药,她昏昏迷迷又睡着了。

卫展风的声音从窗口传了过来:"穆大人,有密信到。"

"拿进来。"

穆寒的声音刚落,卫展风便出现在书案前,从袖袋里摸出一个蜜蜡丸,双手递到穆寒手中。

穆寒捏碎蜜蜡取出里面的信,信的内容很简单,只有一句话:刘奇已招供,刑部尚书正进宫弹劾刘太守。

穆寒将信递给萧辰羽。

萧辰羽看完后冷哼一声:"果然是那只老狐狸,这次我看他还怎么狡辩!"

萧辰羽将信揉成一团,握拳,再松开,掌心的信已经变成了粉末:"不过我总觉得庞太师跟这事脱不了干系,但按照现在这个情形来看,是没法将他一起撬掉。"

穆寒淡淡道:"来日方长。"

萧辰羽点头:"这一次断了他的左右手,他元气大伤,应该有好一阵子都不会有动静。"

穆寒不置可否。

"何大牛的事情怎么处理?"萧辰羽问道。

穆寒离开盛京的第二天,何大牛便来自首,说薛张氏是他杀的,原因是见财起意。

"继续关押着,叫人小心看守着,真相很快就要浮出水面。"他将轮椅转了个方向,长眸盯着窗口没动。

萧辰羽走过去,刚好看到何妈端着一盘食物走进暖香斋东边最后一间厢房。

他剑眉不着痕迹一挑:"这次真是多亏了秦仵作。"

穆寒"嗯"了一声,好像兴致不高的样子。

萧辰羽回头看他:"这事你打算怎么处置?"

桑柔伤在胸口上,穆寒帮她处理伤口时,不该看不该摸的全都做了,之后换药包扎都是他一人承包。

虽然这事事出紧急,可桑柔毕竟是个黄花闺女,穆寒这么做了,总得对她有个交代。

穆寒回身抬眸看着萧辰羽:"我想是时候定下来了。"

萧辰羽脸上表情一滞,眉头随即蹙了起来:"定下来是什么意思?你该不会是想娶秦桑柔吧?"

穆寒又"嗯"了一声，态度却是很坚定。

萧辰羽怔了好一会儿跳起来："你疯了吗？报答的方法有很多种，你并不需要以身相许，再说了，以秦桑柔的性格，她是不会答应做妾。"

天启国身份等级极其森严，身份等级相差两级以上者，不能通婚，像桑柔这种出生贱籍的人，只配给穆寒做侍妾。

"我没说让她做妾。"

不是做妾，那就是要明媒正娶。

萧辰羽又是一怔，撑眼瞪他："你是认真的？"

穆寒长眸微挑："婚姻大事，岂能儿戏？"

萧辰羽有些烦躁起来，还想劝说，门外传来碗碟破碎的声音，他赶紧走出去，只见穆谷雪一脸煞白地站在门口。

萧辰羽瞪了卫展风一眼，意思怪他怎么没有提前通报，看穆谷雪这脸色，肯定是听到了他们刚才的对话。

穆谷雪看到萧辰羽，眼中闪过一丝难堪，嘴角却牵起："瞧我笨手笨脚的。"

穆谷雪说着蹲下去捡碗碟的碎片，萧辰羽上前抓住她的手："这些让下人去做就行了。"

穆谷雪垂着头"嗯"了一声，声音带着浓浓的鼻音。她猛地起身，急匆匆回身："我再去弄一碗过来。"

萧辰羽没有追上去，这时候她肯定很难过，只是能安慰她的人不是他。

萧辰羽重新返回书房，看着穆寒："你不能娶秦桑柔。"

穆寒声音有些冷："为什么？"

萧辰羽支吾了一下，还是提起了刚才那个理由："你们身份悬殊。"

"放心，我不会让她受委屈。"言下之意就是他会搞定一切。

萧辰羽心口一堵："你不让她受委屈，那谷雪呢？谷雪对你的心意……"

穆寒声音又冷了三分，打断萧辰羽的话："谷雪是我义妹，以前是，现在是，以后也是。"

"子萧，你懂得谷雪的心意，那你可懂得自己的？"穆寒说完转身走出了书房。

萧辰羽浑身一震，双手紧握成拳。

过了七八天，辛大夫和何妈终于允许桑柔下床，趁着今日天气好，何妈让桑柔跟她一起到院子晒太阳。

桑柔吐出一口气，这些日子躺在床上，感觉整个人都要发霉了。

不知道是药的关系，还是阳光太温暖，她听着何妈絮絮叨叨，整个人昏昏欲睡，就在她几乎睡着时，何妈一句话让她整个人都清醒了。

何妈说："没想到我这老婆子还能活着看到穆大人成亲。"

她指尖有些微凉："何妈你说谁要成亲了？"

"穆大人啊。"

她的心仿佛被猫抓了一样，微微有些难受。

何妈抬头看她，忽然笑一脸促狭："第一眼看到你，就知道你是个有福气的姑娘。你跟穆大人成亲后，直接就成一品夫人了。"

她一脸震惊，以为自己听错了："何妈你说谁嫁给穆大人？"

"你啊，你今天这耳朵怎么比我这老太婆还不好使。"

桑柔是彻底蒙了，她什么时候跟穆大人要成亲了，她怎么不知道？

她醒来到现在，还没跟穆寒见过面。

她的疑问很快就得到了解答，何妈不用她问就将所有事情都絮叨了出来。

何妈走了，她一人坐在那里，脸色有些苍白。

他想娶她，因为她救了他，可这并不是她想要的。

夜星寒亮，远处传来打更的声音，桑柔忽然醒了。

她觉得有些渴，正想起床给自己倒杯水，抬头瞥到窗边闪过一道人影！

加上外面寒风呼啸，她唬了一跳，脚踢在椅子上，痛得她眼泪都几乎出来。

她还来不及反应，门猛地被推开，一个修长的影子走进来，声音有些急切："撞到哪儿了？"

桑柔一怔："穆大人，你怎么会在这里？"

"撞到哪儿了？"他开口，相同的问题。

"没事，就是脚撞了一下。"

他将灯点上，走过来想扶她坐下，她一躲，他的手僵硬在空中。

气氛忽然有些尴尬。

"大人还没有回答我的问题。"她打破沉默。

穆寒走到桌边倒了一杯水，放到她面前，她没拒绝，连着喝了两杯，喝完第三次问他三更半夜为何来这里。

他抬眸看她，长眸轻轻浅浅："来看你。"

她浑身一震，心如打鼓，怦怦直响。

何妈说是他给她包扎换药，她昏迷不醒那几天，他几乎衣不解带地守着她，她耳根有些发热。

她心提到嗓子眼："你……经常这样？"

他看着她，"嗯"了一声。

她好像被人往嘴里塞进一把果子，有甜有酸，她说不出滋味。

她有跟何妈婉转打听过他的消息。

她问得婉转，何妈却回答得一点都不婉转，促狭着安慰她，说大人在忙案子，等空下来就会来看她。

没想到他并不是没来看她，而是半夜三更来，她有些哭笑不得，嘴里还有些发苦。

穆寒走过去，将狐裘拿来给她披上，他的手碰到她的肩膀，她感觉好像被灼到了一般，身子抖了一下。

狐裘是他的，她还来不及还。

他在她对面的凳子坐下："你是不是有话想问我？"

她心一凛，忽然明白过来，何妈今日无端说起成亲的事情并不是偶然，一切还是在他的掌控之中。

她屏着呼吸："大人想以身相许？"

他看着她，定定然点头："是，如果你允许的话。"

她嘴巴有些苦："大人其实没必要这样，我救大人是自愿的，大人不需要觉得有负担。"

"我以身相许也是自愿的。"他看着她，眼睛亮得如夜空的寒星。

"大人……我不需要你报恩。"

他剑眉一挑："谁说我是为了报恩？"

她不敢乱动，心提到嗓子眼："那大人是为了……"

穆寒看着她，她眼睛睁得大大的，里面似乎有期待、有惶恐、有紧张，又似乎什么都没有。

"我不可否认，做出这样的决定，的确有报恩和负责的原因，但它们不是主要原因，如果我不想，我可以用其他方式补偿你。"

穆寒顿了一下，声音低沉道："我这样做，是因为这个人是你。"

桑柔浑身一震。她的喉咙滚烫，心感觉有暖流蹿过，但又太烫，灼得她不知所措。

"如果你不反对的话，我们试着了解对方，或许……我们会挺适合彼此。"他眼珠子里闪过一抹期待的神色。

桑柔嘴巴抿了又抿，久久憋出几个字："可我……配不上大人。"

萧辰羽跟她说的那些话，还回响在耳边，她不敢想，不敢奢望。

穆寒的眉头一下子就蹙了起来："你就是这样妄自菲薄的？"

"不是妄自菲薄，而是身份摆在那里。"她的嘴越发苦。

"如果你担心的是这个，我会搞定，你休息吧。"他说完往外走。

桑柔躺在床上睡意全无，眼睁睁到天亮才沉沉睡去。

16. 嫉妒

第二日醒来已经日上三竿，桑柔在窗口发现了一瓶跌打药酒，她第一个就想到了他。

用完午膳不久，何妈就带来了一个不速之客——穆谷雪。

"何妈，这位是……"她看着眼前的女子，温柔漂亮，所有美好的词语放在她身上都不过分。

只是不知道是不是她多心，女子看着自己的眼神有些古怪。

"这位是穆小姐，穆大人的义妹。"何妈一脸欢喜地看着穆谷雪，"穆小姐，这位就是救了大人的桑柔姑娘。"

义妹？

她还真不知道穆寒有个义妹，不过也是，正确来说，她对他可谓一无所知。

她想起昨晚他说要试着了解彼此的话，心中各种滋味，若不是窗口那瓶跌打药酒，她真怀疑昨晚发生的一切不过是一场梦。

"桑柔姑娘是吧？我可以这么叫你吗？"穆谷雪怔了一下后，嘴角扬起一个温柔的笑容，朝桑柔走过去。

桑柔嘴角微抿，点头："自然是可以。"

"我老婆子还有事，你们好好聊。"何妈笑着走了，边走嘴里还边小声念叨着迟早是一家人什么的话。

穆谷雪看着桑柔脸上忽然浮起的红晕，双手成拳，指甲深深掐进手掌肉里。

痛!

她一收到萧辰羽的信就马不停蹄地赶回来,她是从来都没想过,有一天,穆寒身边会多出另外一个女人。

她明明不过才离开不到两个月,怎么就让人乘虚而入了?

穆谷雪看着眼前的人,美目盼兮,巧笑倩兮,她听说秦桑柔是个美人时,就再也沉不住跑过来确认。这一看,却更加刺痛了她的眼睛。

秦桑柔比她想象中长得还好看。

桑柔给穆谷雪倒了水,转身就看到穆谷雪盯着自己看的眼神,心中打了个哆嗦。

穆谷雪表情快速一收,快得桑柔几乎怀疑自己看走眼了。

穆谷雪从丫鬟丝竹手里接过补品放到桌上:"我听说桑柔姑娘为了救慎远哥而受伤,我一直想来探望,只是我一回来就感染了风寒,在房里待了好几天,桑柔姑娘不会怪我吧?"

桑柔微怔了一下,才反应过来,慎远应该就是穆寒的字。

"穆小姐太客气了,当时的情况,换作任何人都会那样做。"她语气淡淡,丝毫没想邀功。

穆谷雪却不这么认为,说想起当时的情景就害怕,多次感谢她救了穆寒的命。桑柔被她说得都有些不好意思了。

穆谷雪怕影响她身体,并没有逗留太久,但之后,经常会过来她这里坐,知道她识字后,还给她带来了不少好书。

穆谷雪说话柔柔的,身子也有点弱不禁风的样子,她笑起来很暖,也非常体贴人,经常来给桑柔做伴,但每次都不会逗留太久。

在身子好完整之前,桑柔得到允许不用到审察司报到,这段日子也没有新的尸体,她也因此得了空闲。

无头雪尸等几桩案子到现在都没有抓到凶手,她偶尔从穆谷雪口中听了几句,据说这次的凶手非常狡猾,好几次都被穆寒他们重重包围,但还是被他给跑了。

这日醒来不久，小厮过来问她，说有个叫徐双的人想见她。

桑柔有些奇怪徐双怎么会找到穆府来，但还是让小厮将人赶紧带进来。

徐双是提前来给她送东西的，妙春堂从徐老爷子开始，每年春节前都会给穷人送一些银子或者粮食之类，她家也有，不过往年都是徐大夫亲自上门送给他们。

今年她爹回乡下了，她来了审察司，所以才派徐双送过来。

只是徐双一看到她，眉头就皱了起来："秦姑娘，你脸色怎么这么难看？是不是身体不舒服？"

徐双从小在药房里长大，虽然还不够行医资格，但望闻问切的功夫还是要比一般人了得。

桑柔避重就轻："之前受了点伤，这几天胃口也不是很好。"

徐双坚持要给她把一下脉，检查后就说她身子太虚，要好生休养才行。

她连连点头，问他徐大夫最近可好。徐双眼神闪烁了一下，说挺好的，就是有些忙，她也没太在意。

徐双要走时，她让徐双将东西带回去。徐双哪肯，她想回礼他也不肯收，最后挠着头说，要是不会太麻烦的话，问她能否做点红豆糕。

她自然满口答应，只是现下没有材料，她说过两天做好了，亲自送过去，徐双满心欢喜地走了。

自从那天晚上之后，她都没有见到穆寒，只是窗口时不时会出现一些小东西，但都不是贵重的。

有时候是一本书，有时候是一些可爱的木雕，那些木雕做工不是很精致，甚至可以说有些粗糙，她有些怀疑是他亲手做的。

但很快又否定了这个想法，毕竟他现在忙着破案子，哪可能有时间雕刻？

桑柔看着手中木头做成的小狗、小猫、小鸟，心中像摔破的蜜罐，甜味一点一滴地漏出来。

他人没有过来，但他身边的秦吉了倒是成了她这里的常客。秦吉了起初很傲慢，跟它主人如出一辙，后来被她的美食给征服了，索性不走了。

再见到穆寒，已经是十天之后的事情。

她原本已经准备要躺下了，窗口忽然传来几声敲击的声音，然后他低沉的声音就轻轻浅浅地传了过来。

"你睡了吗？"

她的心像被放进了一只兔子，跳个不停。她做了好几个深呼吸，才压住那蠢蠢欲动的感觉，浅淡地应了一声。

"你出来一下。"

她捏着衣摆的手松了又紧，紧了又松，等她推门出去，他已经在亭子里坐了好一会儿。

寒风吹起他身上的披风，猎猎作响，一头墨黑的秀发也被吹得狂舞不息，他一半的身子沐浴在月光之中，美好得那么不真实。

桑柔眨了几下眼睛，想确认眼前并不是幻影，他却已经站了起来，朝她走过来。

她的心几乎要跳出嗓子眼。

他走过来，将身上的披风脱下来披在她身上："夜凉，你身子还没好。"

他帮她披上就往后退了两步，并没有再做任何越界的事情："到亭子来吧。"

披风带着他的温暖和味道铺天盖地而来，提醒着她这一切都不是在做梦，她跟在他身后，坐在了他对面的凳子上。

穆寒扫过她红透的耳根，长眸闪了闪道："身份的事情还需要一点时间，但你不用担心，我会搞定。"

胸口像是灌满了云朵，挤得满满当当又轻飘飘的。

她以为他那天不过是心血来潮或者一时兴起，她一点期待都不敢放，只当做了一场美梦，可现在这美梦却要成真了。

穆寒看她垂着头不看自己，眉头蹙了蹙。

气氛有些微妙。

"你有什么想法，都可以提出来。"他声音听上去有些微恙。

"大人指哪方面的想法？"她不解，抬头看他。

他坐在风口，将风都给挡住了，她心有些微微发热。

她想将披风脱下来还给他，却被他给按住。

"你穿着，我不冷。"他的手碰到她的手，冰凉透心，他立即将手拿开，脸微微起了红晕。

桑柔更是连脖子都红透了，也不敢再提要还披风的事情。

穆寒回到自己的座位，清了清嗓子："哪方面想法都行……我对女子心思不是很懂，若是有哪些做得不好，你可以提出来。"

她怔了，若是谁在他们第一次见面，有人告诉她，穆寒会是个让人温暖得想哭的人，她一定会啐了对方一脸。

可现在她信。

"我……没什么想法，大人这样……挺好的。"

"是吗？"剑眉微挑。

"嗯。"

"我也这么觉得。"

桑柔："……"

又沉默了一下，穆寒从怀里拿出一张纸，放在石桌上，朝她推过去："你看看。"

她满脸狐疑地拿起来一看，一张纸写得满满的都是有关他的信息，他喜欢吃鱼，不喜欢吃鸡蛋，喜欢梅花，最不喜欢辛大夫的药……

"这是……"她抬头看他。

他脸色有些微的不自然:"上次我说了要互相了解,这些都是有关我的。"

她捏着纸的手紧了又紧,这样互相了解的方式她还是第一次知道:"那我也需要写出来吗?"

"你不用。"他淡淡道。

扫到她脸上快速闪过的失落,他补充道:"我都知道。"

"你都知道?"她黛眉微挑。

他看着她亮如星辰的眸,薄唇微启:"何妈。"

怪不得前段时间何妈照顾她时,老问她一些奇怪的问题,喜欢吃什么,口味喜欢清淡还是浓的。

她当时满心感激何妈这么为她着想,没想到这背后原来还有故事。嘴里像咬了颗裹蜜的糖葫芦,满口酸甜。

之后他还给她讲了他的故事。

他原是富贾之家的少爷,他父亲是个很精明的商人,产业遍及各地,富甲一方,却也因此招来了他人的眼红。

他一家一百三十余口人在一夜间被人灭门,他母亲将当时只有九岁的他藏在炉灶里躲过了一劫。他在天亮后跑去报官,当时的知县是个鱼肉百姓的贪官,一早就收了好处。

在他报官后,假意说要保护他,将他带离衙门,转头却将他交到了杀父仇人手里,他被挑断了经脉,并扔下悬崖。

她心都揪起来了:"是谁这么丧心病狂?"

"我父亲商场上的一个好兄弟。"他的眸里迸射出凌厉的杀气。

"后来呢?"

他垂下头,长密的眼睫遮住了他的眼睛,她看着他,心仿佛被针扎一般,密密麻麻地疼。

他福大,掉下悬崖时遇到了穆谷雪的父亲穆候阎,穆候阎请来辛大夫给他接好了经脉,帮他养伤,还收他做了义子。

穆候阎有心培养他成为接班人,可他身负血海深仇,一心投入公门,终于凭着自己的本事,将那知县和灭门仇人给送上了断头台。

穆寒没有告诉她,他是怎么做到的,这个过程有多难多苦,但她一想就能想到了。

一个父母双亡还被断了经脉的孩子,当时他有多难受多惶恐,去报官,却再次被出卖,他得有多绝望?

她现在终于明白,为何他对贪官如此嫉恶如仇,如此铁面无私。

她在京兆尹府的时候,曾听赵大人提过,说首司大人是个非常有才的人,只可惜手段太强硬太狠,挡了不少人的路,想要他死的人,两个手掌都数不过来。

"那你的腿都好了吗?"遇袭时,她才发现他双腿并没有残废,可回来之后,他依然还是使用轮椅,只有像这样半夜来她这里时,才是走着来的。

"基本好了。"他抬眸,声音淡淡,"平时还坐轮椅,是为了蒙蔽敌人,给他们下手的机会。"

如果他表现得太无懈可击,敌人就会瞻前顾后,他这样将缺点摆到明处,那些被他挡了财路的贪官,才会对他下手,露出他们的狐狸尾巴。

他已经习惯了这样刀光剑影的生活,只是他没想到那次会连累到她,更没想到她会奋不顾身为他挡下那一刀。

想起当时她躺在自己怀里浑身是血的样子,穆寒手微不可察地颤抖了一下。

他娘亲当年也是这样护着他,为他挡下黑衣人刺过来的剑,血溅了他一身一脸,他轻轻闭上眼睛……

他看不见,她放心地盯着他看,心却堵得难受。

她想起徐鹤轩给他把脉时说的话,也想起平日天冷时,他腿上经常搭着的厚厚毯子,便知道他并没有说实话,只是她没有捅破。

人前越光鲜,越是衬托出他背后的狼藉和悲凉。

她原以为自己是个很不幸的人,此时跟他比起来才知道,自己已经很幸运了。

那一刻,她很想去摸他眉宇间的愁绪,她很想遮住他眼中浓郁得散不去的哀伤,也是那一刻,她决定了,她想试着了解他。

就如他说的那样,或许,他们会适合彼此也说不定。

一夜好梦。

第二日一大早,丝竹冲进她的房间,说穆谷雪请她过去赏梅。

她满口答应,让丝竹先回去,说换件衣服就过去。

丝竹走出去的脚步停住,伸手一抓,抓起一只放在书柜上的木刻小狗,回身看着她道:"哎呀,这小狗好可爱啊,能送我一只吗?"

她回头一看,有些为难。

丝竹看她样子,跑过来磨蹭:"不行吗?不要那么小气嘛,你看你都有那么多只,送我一只都不行吗?"

桑柔抱歉摇头:"很抱歉,这是别人送我的,你要是喜欢,我下次到集市买一只送给你。"

丝竹有些不高兴:"别人?这人对你很重要吗?"

桑柔怔了一下,点点头:"嗯。"

"好吧,我知道了。"丝竹将小狗放回去,手劲有点大。

桑柔看她走后,跑过去拿起小狗一看,果然被磕到了一点,软木微微凹进去了一点。

她摸着凹陷的地方有些心疼,为了避免再次发生这样的事情,她想了一下,然后将所有他送的东西都收起来,放到柜子锁起来。

她将钥匙藏在枕头底下,这才往问梅阁走去。

问梅阁是穆谷雪住的地方,也是整个穆府赏梅最好的位置。

一进问梅阁,一股淡香就扑鼻而来,令人心旷神怡。

穆谷雪早在园中的亭子里摆好了果品香茶,看到她进来,嘴角就扬了起来:"桑柔姑娘,你来了?"

冬日的阳光落在穆谷雪的脸上,她脸上洋溢着让人舒服的暖色,桑柔点头，并将做好的红豆糕递了过去。

"这是你自己做的吗？"穆谷雪两眼亮晶晶地看她。

她点头："我手艺不行，让穆小姐见笑了。"

"你这都叫不行了，那我岂不是要惭愧而死？"穆谷雪将红豆糕递给丝竹，然后拉着她到亭子坐，"还有我不是说过了吗？不要叫我穆小姐，你叫我谷雪就行了。"

"那你也叫我桑柔。"

"好。"穆谷雪看着她，笑得一脸温柔，顺手拈了一块红豆糕吃，"你这红豆糕味道做得很棒啊，下次能不能教教我？"

桑柔笑着点头，两人一边吃东西一边赏梅。

身后忽然传来一声奶声奶气的喵叫声，桑柔回头，看到一只小白猫，正在她身后扑绣球玩。

那小白猫长得圆滚滚的，通身雪白，看着很讨喜。

"这是你养的吗？"桑柔看到小奶猫，两眼就移不开了。

穆谷雪将小白猫抱起来，抚摸着它脖子上的软毛，点头："先前子萧怕我无聊，买来给我做伴的。"

桑柔看了穆谷雪一眼，看她神色淡淡，没有一丝娇羞的神色，便转回去看小奶猫。

"我能抱抱它吗？"桑柔看那小白猫半眯着眼睛，一脸舒服的样子，心就有点痒。

"当然可以。"

丝竹闻言，将小白猫给桑柔抱过去，小白猫还没落到桑柔手里，不知道是怎么了，忽然尖叫一声，爪子就朝着桑柔抓过来。

桑柔一惊，身子往后一退，却被身后的丝竹给挡住了，小白猫的爪子抓过她的脸颊，顿时出现了几道红痕。

穆谷雪大惊失色，惊慌地站起来，却一脚踩到了自己的裙裾，一下子失去了平衡，撞到了旁边的香炉。

只听"哐啷"一声，几块滚烫的东西朝桑柔的脸飞过来，她下意识一扫,手一阵刺痛,旁边随即传来一阵尖叫声。

桑柔扭头一看,被她拍飞的炭石飞到穆谷雪手臂上,并迅速燃烧起来。

丝竹脸色煞白,尖叫连连:"来人啊,救命啊……"

桑柔拿起桌上的水壶,朝穆谷雪着火的袖子浇上去,火势不大,一下子就熄灭了,可穆谷雪的手臂却被烫伤了。

丝竹尖叫连连,骂桑柔心思歹毒,竟然将炭火往她小姐身上扫。桑柔百口难辩,无论她怎么解释,丝竹就是听不进去。

反倒是穆谷雪反过来安慰她:"丝竹,不得无礼,这事都是我自己不小心。"

"小姐,到了这时候,你还为她说话,还有小白猫好端端的,怎么到她手里就尖叫了。我们乡下有个说法,说猫有灵性,能分辨出好人坏人。"

"丝竹,不要再说了。"穆谷雪眉头紧蹙,脸色煞白。

桑柔正要查看她的伤口,身后就传来了一把急切的声音:"谷雪,你怎样了?"

桑柔被撞了一下,连连后退,一双手在她身后扶住了她:"你没事吧?"

她回头,看到穆寒盯着她的脸看,眸中隐着担忧之色。

桑柔摇头:"我没事,谷雪她……"

她话还没有说完,她的手腕就被握住抬了起来。

"这叫没事?"他声音有些冷,隐约还有些怒气。

他在生气。

桑柔看他,不知道该怎么解释,又觉得被人看到他们拉拉扯扯不好,想把自己的手给抽回去,但他抓着不放。

"谷雪,我扶你起来。"萧辰羽一脸心疼地将穆谷雪扶起来,但穆谷雪的眼睛一直落在穆寒的身上。

"慎远哥……"穆谷雪眼睛扫过他握着桑柔的手。

"子萧，谷雪由你照顾。"

萧辰羽看了一眼自始至终都没有正眼看过自己的穆谷雪，眼睛暗了暗，点头："没问题。"

穆寒不由分说，拉着桑柔就走。

萧辰羽低眸看着眼眶红透的穆谷雪，一脸心疼。

丝竹趁机将刚才发生的事情添油加醋地告诉萧辰羽，穆谷雪叫丝竹别乱说话，丝竹一脸愤然，一直小声嚷嚷说自己是为她叫委屈。

萧辰羽闻言，眉头不悦地蹙了起来。

17. 心机

辛大夫看到一连来两个病号，骂骂咧咧，给她们分别弄了一些膏药，叫抹上别碰水。

之后，桑柔又一路被穆寒拉着回了暖香斋。

他的脸色一路上都不怎么好看，她猜到他在生气，但猜不透他为何生气。

她原本还想问清楚，只是他们前脚才踏进暖香斋，展黎后脚就跟了上来，在他耳边嘀咕了几句，他眉头蹙了起来。

"你好好休息，有什么事情让何妈帮你做。"他说完就急匆匆地走了。

这一走，两人又是好几天没见面。

她的伤势不算重，过了几天就好了，倒是穆谷雪的伤口，比她严重多了，而且反反复复，一直利索不起来。

她很内疚："对不起，穆小姐。"

"你怎么又叫我穆小姐？而且你都道歉了八百遍了，我耳朵都快起茧了。"穆谷雪还是那样温柔，反过来安慰她。

过了几天，小白猫不见了，丝竹带人几乎将整个穆府都翻了一遍，都没找到小白猫，穆谷雪很担心。

她安慰穆谷雪，说猫都这样，喜欢独来独往，估计跑出去野了，过两天自己就会回来。

"但愿如此吧。"

隔天，小白猫被下人发现死在竹林里，眼睛和内脏都被挖了出来，穆谷雪硬是要过去看，然后当场被吓晕了过去。

"你家小姐怎么样了？"萧辰羽一脸急切地从外面赶过来。

丝竹一脸要哭的样子："小姐将自己关在房间里一天了，一滴水都没喝，萧公子你快劝劝小姐，奴婢怕小姐受不住。"

萧辰羽来的路上已经知道了小白猫的事情，他也安排了人去调查。

"谷雪，是我。"萧辰羽敲门。

里面沉默了好一会儿，穆谷雪才回答，说自己没事。

萧辰羽哪里会信，在门口哄了好一阵，什么话都说尽了，穆谷雪就是不开门。

最终萧辰羽不得不搬出穆候阎，威胁她说要让人请穆叔过来，穆谷雪这才将门打开。

门一打开，萧辰羽一眼就看到了哭得一脸梨花带雨的穆谷雪，顿时就急了慌了。

"谷雪，你别哭，我一定帮你将那人找出来，将那人千刀万剐！"萧辰羽慌乱地帮穆谷雪擦眼泪，可是眼泪越擦越多。

美人流泪，也是一幅美的画面，穆谷雪咬着嘴唇，眼泪流个不停，但不哀不号，可这样子，看上去才更楚楚可怜。

萧辰羽觉得自己的心被人捅了一刀一般，疼得他想抽人。

"谷雪，你别这样，你这样我也跟着难过。"

穆谷雪听到他这话，仿佛一下子就崩溃了："子萧，雪儿死得好惨，对不起，是我没有照顾好雪儿。"

穆谷雪歪靠在萧辰羽的肩头上，哭得几乎晕过去。

萧辰羽看她到此时此刻还在自责，又是气又是心疼："这事不是你的错,你不要自责。"

"可雪儿是你送给我的……"

穆谷雪这话,让萧辰羽的心都颤抖了,小白猫是他千挑万选买来给穆谷雪做伴的。

因为小白猫长得雪白雪白的,他给它取名"雪儿",穆谷雪当时喜欢得不得了,也欣然同意了这个名字,他看她开心,他也开心了好久。

给小白猫取名雪儿,他是有私心的。

他、穆寒以及穆谷雪三人从小一起长大,他甚至比穆寒更早认识穆谷雪,他从小就很疼爱这个比他小几岁的妹妹。

长大后,这种疼爱理所当然就变成了喜欢,只是他从来不敢将这份喜欢说出来,因为穆谷雪喜欢的人是穆寒。

萧辰羽好不容易将穆谷雪给哄好,看她睡着了他才安心离去。他将丝竹叫来,让她将事情仔仔细细给他说一遍。

丝竹说完后,一脸欲言又止。

"你是不是知道了些什么?"

丝竹看了一眼穆谷雪的房间,咬唇不语。

"没事,你说吧,是我让你说的,要是你家小姐怪罪下来,万事我给你做主。"

有了萧辰羽这句保证,丝竹不再犹豫:"萧公子,奴婢怀疑弄死雪儿的人是秦桑柔。"

萧辰羽剑眉一挑:"你说这话可有证据?"

丝竹摇头:"要是奴婢有证据,一早就过去撕了那小贱人的嘴。小姐为了雪儿,担心了好几天。"

"那你为何怀疑秦桑柔?"

"除了她还能有谁?前几天雪儿将她的脸给抓伤了,她怀恨在心,而且雪儿一直很乖,那天她一抱雪儿就尖叫了。奴婢那天就怀疑是她故意掐了雪儿,雪儿才会那样反常。"

萧辰羽没有说话，眉头微微蹙着。

丝竹看萧辰羽的样子，擦了擦眼角："萧公子，你一定要为小姐做主，奴婢并不是想栽赃秦姑娘，只是自从她来了以后，小姐偷偷哭了好几回了。上次还被她故意烫伤，到现在手都还没有好……"

萧辰羽的眼晦暗不清，沉默了一下站起来朝外走。

丝竹看萧辰羽的身影消失在问梅阁，她这才擦干眼泪，朝隔壁厢房走去。

萧辰羽直接去了隐月楼，将发生的事情跟穆寒简单说了一遍。

穆寒抬眸看他，双眸冰冷一片："所以你想表达什么？"

萧辰羽冷笑一声："我想表达什么你怎么可能不懂，你就是一心想袒护秦桑柔那个女人！"

"你觉得是桑柔弄死雪儿，证据呢？"穆寒说得异常平静，连眼都没动一动。

萧辰羽烦躁地将凳子一踢，凳子被踢倒，滚动了几下，他要是有证据哪还会站在这里？

"穆寒，你到底中了什么邪，谷雪才是从小跟你一起长大的人。你这条命还是穆叔救的，你现在这样对谷雪，他该多心寒啊！"

桑柔站在门口，抱着狐裘的手收紧了。

她原本是想过来还穆寒的狐裘和披风，他的衣衫堆在她房里越来越多，这几天天气异常，她担心他冻着，可没想到却在门口听到这种话。

萧辰羽曾经警告过她，叫她不要妄想攀高枝，他也怀疑过她跟凶手有关系，他不喜欢自己，她是知道的。可他这样栽赃嫁祸，想将她死死踩在泥里，她到底是哪里得罪他了？

难道就因为出身低贱，所以活该一辈子受苦受难吗？

她就不能拥有一点点的幸福？

她不恼萧辰羽，只是他再一次让她意识到，她跟穆寒之间差距有多大。

刚醒过来的秦吉了发现了桑柔，欢乐地叫了两声飞出来，穆寒和萧辰羽这才看到站在门口的桑柔。

萧辰羽看到她手中的狐裘和披风,脸色更难看了。

桑柔只觉眼角酸得不行,她嘴角扯了扯,看着穆寒道:"我过来把这些还你。"

她没打算进去,将狐裘和披风交给站在一旁的展风。

展风接住,似乎有些同情地看着她。

桑柔嘴巴发苦,她道谢后转身就走。

脚步越走越快,最后跑了起来,她一路跑到暖香斋才停下来,抬头,忽然看到了一个修长的身影站在她前方。

她眨了几次眼睛,这才确认眼前的人的确是穆寒。

穆寒朝她走过来。

她下意识地就想逃跑,但还没转身就被抓住了手臂:"你跑什么?"

他的手冰凉,握着她的手腕,让她不由得哆嗦了一下。

她垂着头看地面,好久才挤出一句话:"我没有弄死雪儿。"

"我知道。"

"我也不是故意弄伤穆小姐的。"

"我知道。"他还是这三个字。

这三个字的分量有多重,只有桑柔才知道。

他信她。

被人怀疑的感受一点都不好过,萧辰羽的话就像在她心上砸开了一个洞,冷风往里面灌,可他却一点一点将那洞给补上了。

"要娶你的人是我,不是萧辰羽。"

他走前丢下这句话,让她的心又酸又甜。

他在告诉她,让她不用讨好萧辰羽,不用在意萧辰羽,可是萧辰羽是他的好兄弟,是他的左右臂,他因为她而被夹在中间,他能好受吗?

萧辰羽一心想将背后的人揪出来,却一无所获,这事最终因为没有证据而不了了之。

　　只是那之后，桑柔发现下人看她的眼神变得很奇怪，经常她走过后，就在她背后窃窃私语。

　　萧辰羽虽然没再对她说"你配不上"几个字，但他还是没有给她好脸色，丝竹也对她冷嘲热讽。

　　倒是穆谷雪，一如既往地温柔，总是让丝竹来请她过去赏梅，她推了几次。

　　以前她觉得穆谷雪的笑容很温暖，现在看着却无端让她觉得背后发冷。

　　这一日，桑柔早早就起床了，她的左眼皮一直跳个不停，她心中有些惴惴不安，总觉得会发生什么事。

　　她担心她爹的身体，怕出什么事情没法及时通知她这边，她想想也有半个多月没有收到石河县那边的消息，心中越想越不对。

　　她写了封信，然后打算去集市买点年货一同寄给她爹，可才走出穆府几步路，便看到所有的人蜂拥地朝审察司的方向飞奔而去。

　　她抓住一个大叔："大叔，这是发生什么事了？怎么大家都这么慌慌张张的？"

　　大叔擦了一把汗："怎么姑娘你还不知道啊？听说无头尸的凶手已经抓到了，现在正在审察司公开会审呢！"

　　桑柔一惊："凶手已经抓到了？大叔你知道是谁吗？"

　　"哎呀，不知道，姑娘你别抓着我，一会儿没位置站了。"大叔扯回自己的袖子，赶着又跑了。

　　桑柔愣了一下，也不去买年货了，她跟着大伙朝审察司跑去。

　　当来到审察司时，门口已经被围了个水泄不通，她根本进不去，更别提看到凶手的样子。

　　桑柔看着人山人海的百姓皱眉，她心中那股不安更甚了。

　　她想起了徐大夫，但马上又摇头否定这个担心。

不会的，不会是徐大夫的，他那样善良的人怎么可能是凶手？

桑柔觉得自己的心跟热锅上的蚂蚁一样，被撕咬得难受，她咬咬牙，尝试着挤进人群里面，可是怎么可能挤得进去呢？

不知道是谁推了她一下，她脚下没有站稳，整个人往后倒下去，她心中暗道一声不好，以为这下该被踩成肉饼，可她的担心没有成真，因为有个人在她背后接住了她。

只是虚扶了一下，很快便松开她的腰身。

她心有余悸地回头，抬眸却看到萧辰羽不带表情的脸，又是一怔："谢谢萧大人。"

萧辰羽冷哼一声走了进去。

眼看着他就要从自己面前消失，桑柔上前几步，一把抓住他的袖子。

萧辰羽回头："还有事？"

她只觉口干舌燥："萧大人能否带我一起进去？"

"你想进去？"萧辰羽俊眉又往上挑了挑。

她点头。

他看着她，嘴角露出一个古怪的笑容："那进来吧。"

萧辰羽那笑容太诡异了，让桑柔更加不安。

以她的身份，没有传召是不能待在大堂的，所以她跟上次一样，来到偏厅的地方躲了起来。

她在偏厅里看到了穆寒。

他又换上了官服，绯红色的官袍让他看上去越发凛然俊朗，他的眉毛比一般人要浓郁一些，当他不笑的时候，看上去非常威严。

他没看她，直接从她身边走了过去，她捏着下摆的手收紧了。

她看到台案右下侧那里，放着一张太师椅，孙老夫人由丫鬟扶着慢慢走了过来。

孙老夫人要给穆寒行礼，穆寒摆摆手道："孙老夫人不用多礼，请坐。"

孙老夫人点头，在太师椅上坐了下去，一脸正气和慈祥。

此时堂下已经齐刷刷地跪了一地的人，有男有女，有老有少，这些人桑柔都不认识，除了一个——徐大夫。

她的心迅速冷下来，她怀疑自己的眼睛是不是出了问题。

这怎么可能呢？

徐鹤轩跪在那里，垂着双眸看地板，脸上面无表情，不知道他在想什么。

大堂外面不断传来窃窃私语：

"我眼睛是不是出问题了，一身黑色衣衫那个怎么这么像妙春堂的徐大夫？"

"你这么一说的确有点像，不过他怎么可能是徐大夫呢？那人被五花大绑，一看就是凶手，徐大夫怎么可能是凶手？"

"说得也是，这盛京里的大善人徐大夫认第二，没人敢认第一。"

"再说了，你看那个人，眉宇间有颗黑痣，我记得徐大夫是没有的。"

"徐大夫好像是没有，那这个人肯定不是徐大夫。"

桑柔在偏厅里面听到外面的讨论，重新把视线落在那人身上，的确在他的左眉上方看到一颗黑痣。徐大夫眉头上是没有的，而且这人肤色看上去也比较黑一些。

所以，这人不是徐大夫？

可若说不是的话，这天底下怎么可能会有如此相像之人呢？

除了那颗黑痣和肤色，其他五官几乎一模一样，就是孪生兄弟都未必有那么像。

可是她没有听徐大夫提过他有孪生兄弟。

孪生兄弟！

桑柔心一凛，脑海中忽然响起吴庸在东茂县县衙说的双胞胎的事情，心顿时揪了起来。

惊堂木一拍，穆寒的声音冷然地响起："肃静！"

"威武——"衙役跟着敲动手杖。

刚才还窃窃私语的人顿时都闭上了嘴巴，危襟而立，连大气都不敢出。

一阵沉默之后，穆寒看向跪在最左边，也是一群人中年纪最大的老者："何老三，本官问你，你是什么时候到孙府当家丁的？"

何老三是何大牛他爹，年过半百，一张饱经风霜的脸布满皱纹，两只眼睛深陷："回大人，天元二十四年。"

"也就是五年前，对吗？"

"是的，大人。"

"那在这之前，你以何为生？"

何老三放在身前的手微微颤抖了一下："老奴种田为生！"

穆寒俊眉一挑，冷冷道："你确定？"

何老三眼睛闪烁了一下："老奴……确定。"

"啪"的一声，惊堂木再次响起："何老三，你可知道故意欺瞒，本官可以治你藐视公堂和欺瞒之罪？"

何老三这一次双手颤抖得更加厉害："大人……老奴没有欺瞒。"

"没有欺瞒，你确定？来人，带张桂花上来！"

听到张桂花的名字，何老三脸色顿白，双眼充满了恐慌。

一个四十来岁的妇女被带了上来。

只见那妇女脸色暗沉，身材肥壮，早生华发，仔细一看，跪在一边的何大牛竟跟她有几分相像。

何大牛看到妇女，一双眼睛瞪得跟牛眼似的，愤怒地看着妇女。

张桂花歉疚地看了何大牛一眼，然后"咚"的一声朝穆寒跪下去："民妇张桂花叩见大人。"

"张桂花，本官问你，跪在你右手旁的人你可认得？"

张桂花抬头看了一眼，眼中迸射出怨气，咬牙切齿道："认得，此人叫何老三，是民妇的丈夫。"

何大牛插进来道："我何大牛没有你这样抛夫弃子的母亲！"

张桂花脸上的愧疚之情更深了，穆寒又拍了一下惊堂木："何大牛，本官没问你话之前，不得擅自开口。"

何大牛拳头紧捏成拳。

"张桂花，你说你是何老三的妻子，为何这些年来你并不在盛京？你可真如大家所言抛夫弃子？"

"民妇冤枉，民妇之所以离开盛京，也是有迫不得已的苦衷。大约是十六年前，民妇丈夫何老三在妙春堂当管事，何老三和徐老爷子上山采草药时，救下了一个小男孩。当时那小男孩奄奄一息，亏得徐老爷子医术了得，才将小男孩从鬼门关中抢回来。"

穆寒打断张桂花的话："当时小男孩多少岁？后来那小男孩去了哪里？"

"当时……那小男孩是七岁。"

"那么多年前的事情，你为何如此确定？"

张桂花看了何大牛一眼："那是因为那小男孩跟民妇的儿子何大牛同一个年纪。"

桑柔心中不祥的预感越来越强。

张桂花的话跟吴庸说的信息完全对上，桑柔抬眼朝孙老夫人的方向望过去，只见孙老夫人脸上依然挂着慈和的笑容，身姿坐得挺挺的。

可是她也注意到了，孙老夫人握着扶手的手在慢慢收紧，青筋都露了出来。

孙老夫人的情绪暴露，让桑柔的心一点点沉下去。

穆寒继续问道："后来那小孩去了哪里？"

张桂花还来不及回答，何老三忽然跳起来呵斥道："张桂花，你给我闭嘴！"

何老三才刚站起来，就被两侧的衙役用长杖给重新打压跪下去。

穆寒一脸清冷："何老三，你若再敢扰乱公堂，本官必不再轻饶你！"

"老奴知错，但张桂花因有疯癫病，早年就被老奴给休了，她的话不能信！"

"哦，是这样的话，那休书在哪里？可有证人？"

何老三哑口无言。

"何老三，你一而再再而三地藐视公堂，来人，杖打十下！"

"大人饶命啊，大人……"何老三脸色苍白，连连求饶。

衙役上前，一把将何老三压倒在地上，手中的长杖毫不留情就打了下去。何大牛想为他爹求情，可是一接触到穆寒冰冷的眼神，就什么话都说不出了。

何老三年纪大，身子也差，十杖下去虽然没要了他的命，但也够呛的，只见他额头沁出了冷汗，口唇青紫。

桑柔注意到那跟徐大夫长得极为相似的黑衣人眉头蹙了起来，但依然没有说话。

"张桂花，你继续。"穆寒示意张桂花道。

张桂花战战兢兢地点了点头："那小男孩被救回来后，一直待在我们家里，后来治好后，徐老爷子便找了个日子，将他接到了府中，对外声称这孩子是他的亲生儿子，之前一直寄养在老家亲戚那里，如今接回来自己养。"

穆寒眉尖一挑："大家都知道徐老爷子只有一个儿子，那就是徐鹤轩，张桂花你口中所说的孩子难道就是徐鹤轩？"

张桂花点头："是的，大人。"

张桂花的话一出，大堂外面再次交头接耳，窃窃私语，因为大家都不知道原来徐大夫并不是徐老爷子的亲生儿子。

徐大夫就是当年跌落悬崖的双胞胎之一。

桑柔的心直直往下掉，却一直跌不到底。

穆寒扫过孙老夫人的脸，只见后者脸色逐渐苍白，完全没有了之前的淡定，只是依然在她的控制范围内。

"何老三既然是在妙春堂做事，为何后来又跑到孙府去看园子呢？"

"这便是民妇跟何老三闹翻的原因，大概是五年前，徐老爷子逝世一年后，他突然辞去了妙春堂的差事，说要去孙府看园子。在妙春堂每年能有六两的收入，去孙府看园子才不过二两，他这是疯了才会这样做！我当时跟他好说歹说，他就是铁了心，我一气之下就跑回娘家，没想到这该死的老家伙，一直没有来接我。"

穆寒清冷的目光落到何老三身上："何老三，你还有什么话可说？"

何老三被打了十杖后，腰都挺不直了，只能直挺挺地俯卧在地上："老奴……老奴……"

"何老三，你去孙府有何目的？"

何老三眉头蹙成了一个"川"字，眼睛里闪着悲哀的神色，叹了一口气却依然不肯坦白。

"事到如今你还不肯说，你以为你不说就能将事实给掩盖掉吗？"穆寒一声冷笑，"来人，传黄春兰。"

"黄春兰"三个字一出，脸色变化最大的人不是徐大夫，也不是何老三，而是孙老夫人。

孙老夫人握着扶手的手不可控制地颤抖了起来，站在她身边的丫鬟也注意到了："老夫人，您没事吧？"

孙老夫人捏紧龙头拐杖，起身对穆寒道："穆大人，老身有些不舒服，想先行一步。"

穆寒抿着一抹似笑非笑的弧度："恐怕今天孙老夫人不能走，若是孙老夫人实在觉得不舒服，本官可以请府中的辛大夫为老夫人您把脉。"

孙老夫人表情一凝，那往日慈祥的眸里竟闪过一抹犀利的神色。

"穆大人您这是在变相禁锢老身吗？老身好歹也是先皇册封的三

品诰命夫人,穆大人难道就不怕老身一状告到皇上那里去吗?"

穆寒清浅一笑:"孙老夫人只怕要失望了,本官这么做,正是得到了皇上的恩准!"

孙老夫人脸色一白,更加难看了。

看来今日她是走不出这个门了!

孙老夫人表情晦暗不定,目光重新落到徐鹤轩身上,不知道她在想什么。

黄春兰被带了上来,一个四十来岁的中年妇女,瘦巴巴的样子。

"黄春兰,将你知道的一切都实事求是地说出来!"

黄春兰点头如捣蒜:"是,大人,民妇一定知无不言言无不尽!"

18.真相

黄春兰用说故事的方式将当年发生的事情说出来,内容跟吴庸当时在东茂县的描述大同小异,只是她的描述更加详细具体。

尤其她说到那女子临死之前如何被砍掉四肢做成人彘以及一对双胞胎孩子在府中过着怎样水深火热的生活时,在场的人都不由得倒抽一口凉气!

"太令人发指了!我简直不敢相信居然有如此蛇蝎心肠的人!"

"是啊,那夫人的行为用'罄竹难书'四个字都不为过!"

"大人总不可能请个人回来讲故事吧,这事情肯定跟案情有关,也许那夫人就在现场!"

惊堂木再次响起,所有声音在一瞬间消失。

所有人都屏住呼吸看着黄春兰,生怕错过一丝信息。

"咚"的一声,孙老夫人就在这个时候晕倒在地。

"老夫人,您怎样了?"她身后的丫鬟吓得脸色都白了,赶紧上前将孙老夫人从地上扶起来。

孙老夫人额头砸在地上，隆起一个血包，外面的声音再次响起。

"孙老夫人跌倒了！"

"我刚才看孙老夫人的脸色就已经很不好了，她想走，可穆大人不让她走。"

"太过分了！就不说孙老夫人这些年来为盛京的平民百姓做了善事，就说她这把年纪了，大人为什么要逼着她留下来旁听呢？"

不满的声音越来越多，孙老夫人的丫鬟就在这个时候给穆寒跪下，如小鸡吃米般地磕头："求求大人，老夫人年事已高，经不起这样的折腾，请大人开恩，让奴婢送老夫人回去请大夫！"

孙老夫人的儿子媳妇，还有孙子都在外面，看到孙老夫人这样，他们都急着想要冲进来，却被衙役给拦了下来。

"来人，请辛大夫上来！"穆寒冷然道，嘴角那抹笑容似乎有些不合时宜地扬着。

众人不满的情绪更高昂了，忽然在这个时候，有个人说道："大家别激动，你们有没有想过为什么大人不肯让孙老夫人离开？大人不是那种善恶不分的人，他这么做肯定有他的原因。"

"难道……孙老夫人跟案情有关？你们别忘了，第一宗尸体就是在孙府前发现的。"

这声音响起后，不满的声音逐渐被压下去。

四个衙役抬着一张简易木床进来，后面跟着提着药箱的辛大夫。

辛大夫给穆寒行礼后，便二话不说给孙老夫人把脉："孙老夫人这是气急攻心，不碍事的，老朽这就给老夫人施针。"

辛大夫从药箱里面拿出银针，扎到孙老夫人两边的太阳穴和头顶的百会穴上，手慢慢地捻着，过了一会儿，孙老夫人便缓缓地睁开了眼睛。

"孙老夫人现在觉得怎么样了？需要再休息一会儿，还是我们直接继续？"

孙老夫人扶着丫鬟的手站起来，回到之前的座位上，腰却挺得更直了："不用休息了，大人继续吧。"

"好。黄春兰，本官且问你，你刚才口中的夫人是谁？"

"回禀大人，民妇刚才说的事情发生在二十五年前的孙府，当时民妇是孙老夫人的贴身丫鬟，民妇口中的夫人便是孙老夫人。"

黄春兰的话一出，众人皆惊，一阵喧哗。

可这怎么可能？

孙老夫人可是出了名的大善人，而黄春兰口中的那位夫人是个泯灭天良的人，她们怎么可能是同一个人呢？

穆寒目光如剑，声音冷冽如冰："孙老夫人，对于黄春兰的话，你有什么话要讲？"

"老身无话可讲。"到了这个时候，孙老夫人反而镇定了下来。

"这么说，孙老夫人是默认当年是你杀死江心月以及一对双胞胎的？"

"没错。"孙老夫人沉默了一会儿，才缓缓地点头，"但是当年死的是一个孩子，而不是两个。"

众人一阵哗然！

说到这儿，孙老夫人拄着拐杖走到那个跟徐鹤轩很相似的人面前，居高临下地看着他："你是以风？"

那人从开堂到现在都一直保持一个姿势没有动过，而这一刻，在听到孙老夫人的话后，他终于动了。

只见他抬起眼来，那眼神冰冷如水，他看了孙老夫人一眼，然后又垂下头去。

孙老夫人仿佛受了很大刺激，身子踉跄了一下，往后倒退两步，在丫鬟的扶持下，才堪堪稳住身子："这个眼神……你不是以风，你是以寒！"

那人没有说是，也没有说不是，没有再抬头看她一眼。

"如嫣那孩子是你杀的？她肚子里的孩子……也是你的？"

又是一阵沉默。

就在众人以为他不会开口时,他再次抬起头来,对着孙老夫人露出一个阴冷的笑容,那森冷的笑意让孙老夫人顿时心头发冷。

孙老夫人一怔,继而爆发出一阵哀号:"罪孽啊,都是报应啊,都是老身造的孽,就让一切都报应到老身身上,为什么要对如嫣那孩子下手?!"

孙老夫人脸色苍白,双眼充满了悲哀。

孙老夫人因为太过激动,甚至站都站不稳,丫鬟想要去扶她,她摇摇头拒绝了。

她转身朝穆寒跪下去:"穆大人,到了此时此刻,老身也不再隐瞒,当年那些事情的确是老身所为。

"只是当年的事情都是老身一人所为,跟我子孙无关,还望大人明察,不要殃及无辜!"

"天网恢恢疏而不漏,本官不会放过任何一个罪犯,也绝不会冤枉任何一个好人。"穆寒说这话时,脸虽然是对着孙老夫人,可眼神却看向了徐鹤轩。

桑柔只觉嘴唇干燥,喉咙干涩。

她其实已经猜到了,只是不愿承认,直到她听到穆寒喊出了那个她不想听到的名字。

穆寒长眸微眯:"徐鹤轩,你自己招,还是本官帮你招?还是你想让其他人帮你一起招了?"

那人直挺挺跪在那里,沉默不语。

大堂外面再次一阵哗然,众人今天所受的刺激太大了,一个孙老夫人已经够他们消化不良的了,怎么现在还来一个徐大夫?

只是那人怎么看都不大像徐大夫啊!

听到众人的议论,穆寒朝卫展黎看了一眼,卫展黎点头,走上前去伸手将那男子眉间的黑痣撕掉,然后再从袖子里面掏出一条白布和一个黑色盒子。

他将盒子打开,然后拿着白布往里面挖了一块状似猪油的东西出来，抹在那男子脸上，仿佛变把戏一样，男子小麦色的皮肤在众人的注视下褪去，恢复底下白皙的肌肤。

众人一看，这不就是徐大夫嘛！

桑柔抓住了前面的屏风，双手在瑟瑟发抖。

穆寒听到后面传来的微小动静，眉头蹙了蹙："既然你不想开口，那本官帮你招了。

"徐鹤轩，也就是当年跌落悬崖中的双胞胎之一——孙以寒。当年你跌落山崖，被徐老爷子和何老三救起，之后改名换姓，以徐老爷子独子徐鹤轩的身份继续生活下去。

"徐老爷子一直想让你忘记以前的事情，放下恩怨重新做人，你一面答应徐老爷子，却一面扮成你死去的哥哥孙以风。在徐老爷子死后，你便开始筹划报仇的事情，你先让何老三辞去妙春堂的差事，到孙府看守园子作为探子，方便你掌握孙府的事情。"

穆寒盯着徐鹤轩，目光如炬："你从何老三的口中知道了孙如嫣的行踪后，于是便制造了一场场邂逅，以此取得了孙如嫣的好感。之后孙如嫣嫁入吴家，跟吴庸感情不好，你就在这个时候再次出现，并跟孙如嫣行了不轨之事，让孙如嫣怀上你的孩子。孙如嫣求你带她离开吴家，你却将她禁锢起来，砍掉她的四肢，做成人彘，最后抛尸孙府门前，以此来报复当年孙老夫人杀害你生母的仇恨。

"姚香儿是孙如嫣的贴身丫鬟，她知道你的存在以及你和孙如嫣之间的事情，所以孙如嫣死后，你再次杀了姚香儿。因为只有死人才不会泄露你的秘密，你将姚香儿骗到密林，将她打晕之后，在她身上绑上大石头，最后再推进湖中，让她溺水而死。

"至于薛张氏，她在妙春堂前虐待其继子，并与你发生口角，以徐鹤轩的性格的确不会杀人灭口。可是在这些年里，你一直活在仇恨之中，性格在悲痛中发生了畸形的变化，你逼自己衍变出孙以风的性格，只要一受到刺激，孙以风的性格就会出现，并控制不住杀人。"

穆寒深邃的长眸微凝，继续冷声道："为了杀死薛张氏，你让赵大怂恿薛康杀妻,再经由红梅的嘴告诉薛张氏幽鸣山有灵石的事情,将她骗到幽鸣山去。薛康以为赵大是他自己找来的人,其实赵大、红梅,还有车夫何大牛都曾经承过你和徐老爷子的恩,为了报恩而成了你的帮凶。

"当日,何大牛根本没有将薛张氏载到幽鸣山,而是和赵大两人直接将她绑架,并运到城北密林。之后何大牛再赶往幽鸣山,并掐好时间,让住在山脚下的樵夫看见自己,为自己做时间证人。

"之后你割掉薛张氏的耳朵,再将她活活烧死,并弃尸于密林中,不,应该是说你性格中的孙以风。你醒过来之后,觉得不妥,便回去密林想查看有没有落下线索,不料尸体却早一步被人发现并报官。

"为了逼你现出另一面的性格,本官让林氏扮演虐待继子的妇女,并在你经过的途中被你看到。之后你便如本官所预测的那样,你再一次忍不住出手。徐鹤轩,本官说的可有错?"

徐鹤轩依然沉默。

穆寒凝眸:"何大牛、红梅,你们为了报恩,不惜助纣为虐,成为帮凶,你们可知罪?"

何大牛一脸惶恐,相反,红梅却比他淡定多了。

只见她看了徐鹤轩一眼,反问道:"穆大人说的这些都是穆大人一人之言,并没有证据,所以民女不服!"

"你要证据是吧?"穆寒冷然一笑,不紧不慢道,"你同母异父的哥哥赵大都招了,这个证据你觉得够吗?"

红梅一怔,继而跳起来,扑到赵大的身上,拳打脚踢:"你个该死的浑蛋,你居然敢出卖徐大夫,当年要不是徐大夫,娘的命怎么可能医好?你个忘恩负义、狼心狗肺的家伙。"

赵大被打得"嗷嗷"叫,起初还躲闪,后来就不耐烦了,一把将红梅推开:"你们想给徐大夫陪葬尽管去,别拉上我,我赵大人生还长着呢,还不想这么快就去死!"

红梅没站稳，跌倒在地上，她"哇"的一声忍不住哭了出来，还一边哭一边向徐鹤轩道歉："徐大夫，是我们对不起你！"

红梅哭了一会儿，忽然想起什么东西，她擦掉眼泪，回头看着穆寒道："穆大人，这事其实跟徐大夫无关，所有的人都是我红梅一个人杀的，跟徐大夫无关。薛夫人脾气不好，经常打骂人，我受不了，所以就将她烧死了！"

穆寒嘴角扬起一个嘲讽的弧度，清冷一笑："那孙如嫣和姚香儿呢？你又为什么想杀她们？据本官所知，你根本不认识她们。"

红梅一脸惊慌，支支吾吾："我……我……"

穆寒看着她不急不慢道："作为帮凶，罪不至死，可要是杀人了，那可是要斩立决的，要是你跟赵大都死了，谁来照顾你们的母亲？"

红梅咬牙，挣扎了一番后，最后颓然地坐在地上。

从开堂到现在从未开口的徐鹤轩终于开口了："红梅，别把事情往自己身上揽，你的恩已经报了，剩下的事情我必须自己来面对。"

红梅一怔，然后恸哭起来："徐大夫……我们对不起你！"

"徐鹤轩，你欲图杀林氏灭口，被本官当场抓获。本官现在指控你四条罪状，包括杀人未遂、杀害孙如嫣并抛尸孙府，将姚香儿推入冰湖，导致其溺死，以及火烧薛张氏，你可认罪？"

徐鹤轩抬起头来，双眸淡定，他定定地看着穆寒："在我认罪之前，我想知道一样事情，你是何时发现我的破绽？"

"不是本官发现你的破绽，而是你自己暴露了自己。当时在密林里，秦仵作被野狗袭击时，你忍不住出手相救而暴露了自己的行踪，当时雪地上留下的脚印长约七寸半。

"你知道自己留下了脚印，为了消除我们对你的怀疑，所以你故意安排了一出戏给我们看，告诉我们你的鞋码是八寸。而这个帮你的人便是妙春堂的伙计徐双，你通过他，让感激你的百姓给你做鞋子，并让我们看到，为的就是让我们知道，你的脚比雪地上的脚印要大上半寸。

"大家都知道小脚可以塞进大鞋里面,而大脚要塞进比自己脚小的鞋子里,却会很难受。你的确设想得很周到,七年如一日地穿比自己脚长大一寸的鞋子,只是百密有一疏,当日本官去找你,本官的轮椅不小心压到你的鞋头时,你竟然一点反应都没有。我当时就猜测到了,你的脚根本没有八寸长,你往鞋子里面塞了棉花,所以轮椅压上去的时候,你才会没反应。"

徐鹤轩嘴角扬起一抹苦笑,他当时整个心思都放在秦桑柔身上,那时候她在冰湖中泡了那么久,脖子又被野狗咬伤了,他顾着担心她的身体,心思便没那么集中了。

现在想来,原来穆寒一早就给他下套,用秦桑柔来分散他的注意力。

徐鹤轩想得到的,桑柔自然也想到了,她紧紧地咬着嘴唇,指甲掐进掌心肉里面。

穆寒看着脸上挂着苦笑的徐鹤轩,冷漠道:"你还有什么想说的,本官一并满足你的愿望。"

徐鹤轩沉默了半晌,才开口道:"请大人开恩,放过红梅、何大牛,还有赵大他们,他们虽然帮了我,可是杀人的过程都是我一个人完成的,而且就算没有他们,我一个人也能完成,只是需要多一点时间。"

穆寒挑眉:"那你又何必将他们都拖下水呢?"

徐鹤轩脸上再次露出了那种悲绝的苦笑:"就如你所说的那样,我的身体里有两种性格的存在,一旦发病的时候,我是没法控制它,甚至我根本不知道自己做了什么事情,只在事后通过别人才知道,可那时候错误已经酿成,我所能做的,便是尽量去弥补。"

穆寒蹙眉:"你不知道自己做了什么事情?这是什么意思?"

"譬如说,我身体的另外一种性格杀了薛张氏,但整个过程,其实我自己并不知道。直到几天后,薛张氏死了,我从杀人的手段中才意识到自己又犯病了。因为这样的事情已经不是第一次发生了,只是当我知道的时候,已经晚了。"

所有人都听得目瞪口呆,这样的事情真是闻所未闻,这到底是什么怪病?

徐鹤轩承认了自己所有的罪行,之后他和孙老夫人都被收押关进了牢房。穆寒说他要将案子禀明圣上后,让圣上做决定和处决。

但大家心中都明白,徐鹤轩难逃一死,只是看怎么死罢了。

众人嘘唏不已,一时半会儿都没了言语,都不知道该说什么。

今天这事都超乎了大家的想象,他们怎么也想不到盛京里的两个大善人居然是杀人不眨眼的大恶魔。

百姓们想起他们两人杀人的手段,都忍不住不寒而栗,可想到他们平时和善乐施的样子和他们做过的那些善事,又心有不忍。

破案之后的第二天,整个盛京都沸腾了,街头巷尾每个人都在讨论这个事情。

尤其是成功挤进审察司旁听了整个过程的人,更是被大家包围了起来,众人反复问他们当时审案的过程,这些人俨然成了名人。

对于徐鹤轩的病,有些人疑神疑鬼,觉得徐大夫并不是病了,而是鬼上身!他孪生哥哥的灵魂没有消散,一直附在他身上,他哥哥占用了他的身体,他才会什么都不知道。

审察司和首司大人也因此再次名声大噪,人们都在称赞他断案如神,神乎所以,神不知鬼不觉中就看出了凶手的破绽,一击即中,让凶手措手不及!

19.矛盾

桑柔不知道自己是什么时候回去的,也不知道自己是怎么回到暖香斋的,她再次病倒了。

烧了两天两夜,何妈说她一直在说梦话。

清醒的这天，徐双来穆府找她。

"秦姑娘！"徐双一见到她二话不说就给她跪下。

她知道徐双来找她是为了什么，却无能为力，她让徐双起来，徐双不愿意。

"徐双想求秦姑娘到穆大人面前为徐大夫求情美言几句，徐大夫虽然犯下这等罪，可是他也是被逼的！当初若不是孙老夫人那毒妇人如此残害徐大夫，现如今他应该是大门户的公子哥，怎么会害上这种不可思议的疾病来？

"这些年来徐大夫一直活得很不容易，直到现在他还会经常从噩梦中醒过来。我每次想起徐大夫小时候过的那些日子，就忍不住落泪，徐大夫真是太可怜了，他是被逼害上这种病的，要是没有这种病，他也不会到处杀人，这一切的根源在于孙老夫人，该死的人是她！

"秦姑娘，你跟穆大人接触的机会多，你替我们求求穆大人，求他从轻发落！"

桑柔只觉喉咙干涩，发不出声音来。

徐双这是在异想天开，就不说她只是仵作身份，不得干涉案情，就徐鹤轩犯下的罪来说，谁求情都没用。

他连杀三人，根据当朝律法，他会被当众处斩或处于凌迟！

想到这点，她的心仿佛被一只无形的手给捏住了，让她几欲不能呼吸。

徐双看她迟迟没有答应，脸色一变，咬牙切齿地看着她："我以为秦姑娘是那种感恩图报的人，没想到居然也是一个狼心狗肺的小人！

"当初要不是徐老爷子和徐大夫救你和你爹，你们早就饿死街头了！现在不过让你去给徐大夫求个情，你都不愿意，你对得起自己的良心吗？

"而且这事还赖你，如果不是你，徐大夫怎么会暴露自己的行踪？怎么会被抓获？"

她唇色尽褪，被徐双的目光刺得浑身一缩，连忙后退了几步。

徐双说得没错，是她害了徐大夫。

如果当初她不去密林里找蓑衣莲，她就不会撞上姚香儿的尸体，更不会被野狗袭击，那么徐鹤轩就不会为了她而出手。这样一来，他就不用暴露自己的行踪，被穆寒找出破绽而最终被抓获，那他现在就不用死了。

徐双走了，带着满心的愤恨和对她的诅咒走了。

"秦桑柔，从今以后我徐双不再认识你这个人，你、你会不得好死的！"

当夜她再次发起烧来，她身子一下子如坠冰窖，一下子又仿佛置身于火炉之中被炙烤。

她梦见了第一次见到徐鹤轩的情景。

当时她爹满身是血地被人抬回来，隔壁的张叔帮她找来了郎中，可那郎中来了之后，只看一眼就说不中用了，让赶紧准备后事。

任她心智再早熟，可那时候也不过是个十二岁的孩子，听到郎中的话，她吓得流泪不止，若她爹真的去了，那她在这个世界上就孤零零一个人了。

后来不知道是谁无意中说到城东妙春堂的大夫妙手回春，说不定能救她爹一命，她听完二话不说便疯了一样跑出门，到城东找人。

那日大雨滂沱，她无数次摔倒在泥路上，脚被鞋子磨出了水泡，全身更是被雨浇得跟落汤鸡一样，可是她不敢停，生怕一停下来，她爹就没救了。

城东到城北足足一个多时辰的路程，当她找到妙春堂的时候，天色已晚，加上又下雨刮风，妙春堂早已经关门。

她还记得当时那种冷彻心扉的绝望，如同寒冬腊月被人从头浇了一盆冰水一般，不知道是冷，还是害怕，她全身不住地颤抖。她一边哭一边拍打着妙春堂的门，求他们救救她爹。

雨太大了，雨声盖住了拍门声，也盖住了她的哭声，在那半个时辰里面，没有一个人过来看她，天地之间仿佛就只剩下她一个人。就在她几乎要绝望之时，门"吱呀"一声忽然被打开了，她看到了门后面走出了一个长身玉立的少年。

他看到她时，仿佛吓了一跳。她当时的样子应该很可怕吧，披头散发，全身湿透，脸庞黑灰，她生怕他跑掉，从地上跳起来一把就抓住他的手臂，他月白色的衣袍上顿时多出两个黑色的手印。

"求求你，救救我爹，他快要死了，求求你！"她泣不成声。

他长长的眸扫过衣袍上的手印，她敏感地捕捉到了，以为他嫌弃自己，连忙道歉："对不起对不起，我不是故意的，我给你洗，你让大夫出来，救救我爹好不好。"

她以为他肯定会生气，可是让她意外的是，他朝她露出一个如水中浅月般朦胧美好的笑容，然后从袖子里面掏出一块干净的白布递给她，温和道："别急别急，你先把自己擦干，可别着凉了，我这就去给你叫大夫过来。"

后来，他和徐老爷子冒着倾盆大雨跟她回了城北的家，连夜给她爹治疗，用了三个多时辰，愣是把她爹从鬼门关给抢救了回来。

后来他们知道了她家的情况，非但分文不取，还经常救济他们。就如徐双说的那样，如果不是他们，他们父女俩早就饿死街头了。

画面一转，徐鹤轩穿着当年那身月白色长袍，忽然站在她面前，哀怨地看着她："秦桑柔，你为什么不肯救我？难道你真的跟徐双说的那样，是个忘恩负义的人？"

她摇头，想为自己辩解，却一句话也说不出来，只能看着他干流泪。

忽然！

不知道从哪里跑出两个衙役，一把抓住徐鹤轩，将他按跪在地上，一个刽子手出现在他背后，高高举起手中的刀——

"咔嚓"一声，徐鹤轩的头被砍断，滚落到她的脚下，血淋淋的，双眼至死都没有合上，瞪着她，仿佛死不瞑目。

"啊——"她吓得浑身哆嗦，发出一声尖叫，随即整个人醒了。

夜色昏沉，淡淡的月光透过窗子洒下来，四周寂静无声，风一吹，她打了一个哆嗦，这才发现自己竟然出了一身冷汗。

心还在剧烈地跳动着，她忽然觉得口干难忍，摸着床沿走到桌子旁，想去给自己倒杯水，门就在这个时候被打开了，淡淡的冷香随风飘进来。

她抬头，看到他站在门口一脸担忧的神色，不由得怔了怔。

他应该是匆忙中赶过来的，他头上没有别发簪，一头如墨的长发随意倾泻下来。

她脸上还有没来得及干掉的泪痕，眼睫边上覆盖着一两滴小水珠，双颊因为发烧而呈现不正常的酡红，赤脚站在地上，露出一双羊脂玉似的秀脚。

他脑海中忽然涌现那日在密林时，握着这双秀脚的触觉，细腻光滑，白皙如玉，宛若一朵盛开的白婵花。

他喉头微微滚动了一下，头微偏过去没看她："我听到尖叫声。"

桑柔眼皮微微垂着："我没事，只是做了个噩梦。"

他"哦"了声，便没有声响，目光扫过她赤裸的脚，沉默了一下还是开口了："你才大病初愈，光脚容易着凉。"

曾经也有个人小心提醒着她不要着凉了，可是现在这个人被她害得关在大牢里面，等待他的将是死亡的召唤。

她抓着桌沿的手忽然捏紧了，猛地抬头看着他："我梦见徐大夫被砍头了，死不瞑目地看着我，他问我为什么要忘恩负义？"

穆寒的眉头渐渐蹙了起来，他回头看着她，良久才叹道："你在怨我？"

他的声音在夜色中更显冷情，却依然悦耳。

是的，她心中是有怨气的。

她生气他利用了自己，让徐大夫因此而放松了警惕，当日她就有些怀疑，他为何要带上自己。

当时萧辰羽三番五次怀疑她包庇徐鹤轩，而他却对她说，他相信自己的选择。

她以为他是真的相信自己，原来到头来不过是她的一厢情愿。

他所说的、所做的，不过是想稳住她的情绪，然后利用她让徐鹤轩上套。

她怎么就那么傻呢？

穆寒闭紧了狭长的眸，似疲倦："这事是我对不起你，可你得明白，徐鹤轩犯的是死罪，他受到制裁是迟早的事情。"

桑柔只觉心凉到了底："你走吧，我暂时不想见到你。"

穆寒看着她眸色幽暗，眉头蹙起。

桑柔转过身去不再看他。

良久后，门"吱呀"一声被关上，他走了。

桑柔站在原地半天，一股悲恸从心底涌上来，如滔滔不绝往上涌的泉水，止也止不住。

最终她还是决定去见徐鹤轩。

牢房里血和腐烂的味道混合在一起，臭味扑鼻而来，让人作呕。

桑柔蹙着眉走到一间牢房前面停了下来。

隔着栏杆她看到了徐鹤轩，穿着白色的囚服，头发凌乱，双颊凹陷，显得颧骨又凸又高。

喉咙好像被什么哽住一样，好半天，她才挤出三个字："徐大夫……"

坐在铺着稻草地上的男人浑身一震，猛地睁开眼睛，他的眸里有那么一刹那的慌乱，垂放在两边的手抓了抓裤子，而后又松开。

好半天，他才又恢复了冷静和往日的淡定，朝她露出一个淡淡的笑容，走过来时脚下的铁链发出沉闷的声响。

他走到距离她一只手臂的地方忽然停了下来，低头看了一下脚下的铁链，苦笑道："过不去了。"

桑柔心中又是一阵难过。

她嘴巴张了好几次，却始终没有找到一句合适的话。

最终还是徐鹤轩打破了沉默："你怎么来了？"

"我觉得我必须来。"

徐鹤轩也明白这是两人最后一次见面，两人又是一阵沉默。

"你回去吧，这里太潮湿了，你伤寒未好。"他的声音一如既往地清润如玉，没有一丝窘迫。

她摇摇头，两行清泪顺着眼角滚滚落下："对不起。"

这几天，她内心饱受内疚的折磨，若不是她，徐鹤轩不至于落到今天这个田地。

徐鹤轩看到她的眼泪，下意识伸手想去帮她擦掉眼泪，可脚下传来的刺痛和声响却让他莫名烦躁了起来，拳头被他捏得咯咯作响。

"别哭，这根本不是你的错。"她虽只说了三个字，可他却听明白了。

"可是如果不是我，徐大夫你也不会被抓到。"

"就算没有你，只要我不收手，以穆大人的聪明才智，他迟早都会抓到我，而且我罪孽深重，这些都是我应得的。"他苦笑。

她想说，他也是受害者之一，他会变成这样都是孙老夫人所赐。

可这理由是那样苍白无力，如果每个人受到了苦难和不公平待遇，就得要杀人的话，那国将不国。

"你真的不要内疚，其实这些年来我每天都活在地狱里，被抓到后反而轻松了，这或许是我最好的结局。"

他当时想过如果能逃过这一劫，他便让媒婆上门向她提亲，只是现在想来，一切都是注定的。

他第一次发病是在他十三岁那年。

他出去找药途中遇到一个妇女在殴打她的继子，他上前劝说了几句，妇女不听，他便作罢。

本以为只是一场偶遇，直到两年后，他在家中地下室里找到了一副尸骨，从旁边遗留下来的信件中确定了妇女的身份。

其实就算他不被抓到，他也配不上她。他这个样子，哪天说不定就对她下手，可是她是他最不想伤害的人。

"秦老爹的药我已经将单子和症状交给了徐双，以后你尽管去找徐双就好，他知道怎么做的。"

她好不容易憋回去的眼泪再次滚滚落下，到了如今这样，他还一心为她打算。

"回去吧，以后别再来了。"他深深地看了她一眼，仿佛在记住她的样子。

他回到刚才的位置坐下，闭上眼睛，不管她说什么，他都不再开口。

她在牢房前一言不发地站了好久，久到她全身都开始发冷她才离去。她将身上剩下的一点银子给了狱卒，让他给徐鹤轩送去一床厚被子。

桑柔走后，监牢里重新变得一片死寂。

忽然，一个虚弱的声音从对面的牢房响起来："对不起孩子，是老身对不起你，希望你能原谅老身……"

徐鹤轩的肩膀不着痕迹地颤抖了一下，但没有转身，也没有回答。

监牢里再次恢复了死一般的寂静，除了偶尔传来几声老鼠发出的声音，再也没有其他的了。

第二日，狱卒进来送饭时，发现孙老夫人已经死去多时，身子都变僵了。

她倒在地上蜷曲着，眼睛睁得大大地看着对面的牢房。

狱卒赶紧上报，尸检的结果是孙老夫人是吞金自杀。

三天之后，徐鹤轩在监牢里被赐予毒酒而身亡，他的身后事由徐双处理。

桑柔想去给徐大夫上炷香，却被徐双拒绝了。

徐双嘱咐家丁不让她进去，她在徐家门口站了好久，徐双让人赶她走，她不走，最终被泼了一身的冷水。

"像你这种忘恩负义的女人，有多远滚多远！"徐双一脸愤怒地瞪着她。

她全身都湿透了，周围的人对她指指点点，她不想徐鹤轩死后还因为她被人议论，便走了。

但她没有马上回穆府，她不想回去，更害怕见到他。

她这一次进审察司，是否真的做错了？

当初如果不进去，徐大夫是不是就不会死？

她越想脑袋越涨，疼得她想骂人，冷风吹来，她冷得直颤抖，但还是不想回去。

她在一家酒楼里坐了好久，待天色暗下去，她这才慢慢从里面走出来。

她刚走出酒楼，忽然听到楼上有人叫她，她抬头，看到一个陶瓷花瓶朝她的头顶砸下来。

"小心！"

她还来不及反应过来，旁边传来一个声音，然后她就被一个身影给撞开了，一把跌坐在地上。

陶瓷花瓶在她脚边裂开，四分五裂。

她浑身一震，脑袋顿时清醒了不少，如果不是有人将她撞开，此时开花的便是她的脑袋。

有人要她死！

将她撞开的人在撞开她后就追上楼去。

此时夜色降临，路过的人不多，桑柔坐在地上，只觉后背一阵阵发凉。

"秦姑娘，你没事吧？"卫展黎回来，看到桑柔还坐在地上，一脸惊魂未定的样子。

桑柔从破碎的花瓶上抬头,看到了卫展黎。

"你……跟踪我?"

卫展黎的眼神游移一下,脸上露出为难的神色:"是穆大人吩咐我跟着秦姑娘,大人担心秦姑娘出事。"

听到穆寒的名字,她的头垂下去,看着地面。

"大人其实这几天也不好受,当初大人那样做,大人跟秦姑娘你还没好。"

那时候穆寒还没有喜欢上她,所以被利用也是可以的。

桑柔冷笑一声。

卫展黎挠挠头,他想帮穆寒说好话,但好像起了反作用。

"我嘴笨,不会说大道理,但就算不是秦姑娘你,徐大夫被抓也是迟早的事情。"

穆寒这样说,徐鹤轩也这样说,现在,卫展黎也告诉她这样的道理。

道理其实她都懂,但内疚和被利用的愤怒并没有因此而少一分。

"秦姑娘,你别怪大人,徐大夫能不用当众处斩或者被凌迟处死,都是多亏了大人去求皇上。"

她眼皮子颤抖了一下,终于再次抬头:"你刚才追上去,可有追到人?"

卫展黎摇头。

20.白头

回到穆府,卫展黎立即将这事禀报给穆寒。

穆寒双眸骤紧,隐着杀气:"可问过酒楼掌柜,当时是谁在使用那个房间?"

卫展黎点头:"问了,没人,属下当时追上去时,也没看到那房间有任何人影。"

"对面和隔壁的房间呢？"

"没继续盘问，属下当时才一人，担心会有人对秦姑娘不利，所以就急着下去了。"

"你暗中追查这事。"

"是，大人。"

在卫展黎要飞出去的时候，穆寒补上一句："这事暂时不要让萧大人知道。"

卫展黎一怔，然后还是点头了。

桑柔以为当晚他会过来，所以撑着不想睡着，可她好几天都没睡好，最终还是熬不住睡着了。

醒来第一件事便是跑到窗口去看，却是什么都没有。

顿时，她的心像被挖了个洞，空得她难受。

他没来，倒是何妈发现她手擦伤了，硬是将辛大夫拉了过来。

其实她伤得并不重，就是破了一点皮。

"小姑娘，你怎么一天到晚受伤啊？"辛大夫说这话的时候，胡子还是一抖一抖的。

她想了一下，好像进审察司到现在，的确一直在受伤，她都有些无语了。

这次要杀她的人是谁？

跟上次让人强奸她的人是同一个人吗？

若是，这个人是谁？为何三番五次想要置她于死地？

若不是，那这个人又是谁？桑柔感觉全身一阵寒冷，朝问梅阁的方向看过去……

几天之后，是徐鹤轩的头七。

为了不跟徐双他们撞上，桑柔选在下午去祭拜徐鹤轩。

山风呼啸，寒意刺骨，她爬上山坡，入眼满目的萧条让人心情更加压抑。

徐家陵园所在的位置不算偏僻，徐大夫的墓也很容易找，一眼望过去，最新的那座便是他的，坟茔用汉白玉砌成，坟前摆设着鲜果和一束鲜花。

她走到坟前，蹲下去点上三炷香，再将昨晚做好的红豆糕找个地方放下去。

徐大夫生前很喜欢吃红豆糕。

她还记得他第一次尝她做的红豆糕时，双眼一下子就亮了："这是我吃过最好吃的红豆糕。"

后来她每每受了徐家的恩惠，都用红豆糕作为回报。

时间过得飞快，她在墓前一待就是一个下午，她正打算将酒洒在地上下山时，一个黑影笼罩过来，她抬头一看，愣住了。

穆寒没看她，蹲下去，接过她手中的酒杯，将酒洒在徐鹤轩墓碑前，低低地说了两句话。

桑柔由于心如打鼓，没有听清他的话。

山风扬起他的衣摆，他逆光而站，双眸有些晦暗难懂，桑柔仰头看了他一眼，他正好看过来，两人都没有说话。

气氛有些微妙。

他朝她伸出一只手，声音低沉道："夜色晚了，我们走吧。"

她蹲着没动，垂着眼抿唇不说话，长长的眼睫在眼睑下投下一小片阴影。

穆寒蹲下去，伸手将她被山风吹乱的头发别到耳后，叹口气道："这次是我不好，以后都不会了。"

不知道是他的指尖太过于冰凉，还是他的话太过于烫人，她浑身抖了一下，喉咙里开始冒起了酸泡泡。

天空忽然飘飘扬扬地下起了小雪，小雪落在两人头上、身上。

穆寒将狐裘脱下来盖在她身上，伸出一手，捏住她的下巴，将她的脸往自己这边带。

她想把脸撇开，他不给，但手中也没太用力，并没弄疼她。

"以后我每年都陪你过来祭拜。"

她目光流转，心跳如雷："徐大夫不会想看到你。"

"他想。"穆寒口气无比肯定，"因为他想看到你幸福，我也想。"

他说："桑柔你看，下雪了，我们再坚持一下，一会儿就一起白头了。"

桑柔胸口微微发热，他炙热的气息喷在她耳根旁，她好像被小兽咬了一下，又疼又痒。

"走吧。"他再次站起来，伸手去抓她。

她想躲，他不给，抓住她的手，努力让手指头找到她的指缝，跟她十指相扣。

她浑身又是一颤，他感觉到了，将她身上的狐裘系上收拢，再次道："走吧。"

她耳根发热，终于微不可闻地吐出了三个字："我腿麻。"

他微怔了一下，走到她面前蹲下："上来。"

"不用，等一下就……"

"上来。"他语气似有些不耐烦，干巴巴的，"你想冻死我？"

桑柔这才意识到他身上穿得挺单薄的，狐裘给了她穿，继续耗下去，的确很容易着凉。

她有些扭捏地趴上去。

她贴上去的时候，明显感觉到他身子也抖了一下，抬眸瞥到他发红的耳根，发堵的心情好像一下子被山风给吹跑了。

他背着她一阶一阶地走下山路，他走得不快，雪花覆盖在两人头上，她没有帮他挡。

如果可以，就这样一路到白头吧。

她看不到他微扬的嘴角，站在山下等他们的卫展风却看到了。他将头偏过去，偷偷擦了一下眼角。

寒风拂过……

那一年，雪飘满山。

当晚，穆寒就病倒了，脸色苍白如纸，桑柔吓得双腿都软了。

辛大夫拿着针在他身上狠狠地扎了又扎，用了一个多时辰才让人将他丢去药桶泡着。

"浑小子，不想活了就说，不要每次都麻烦老夫。"辛大夫气得不行。

辛大夫是典型的刀子嘴豆腐心，偏生刘管家就是听着不乐意，两个年过半百的人又吵了一顿，甚至几乎闹到要打起来。

从药桶出来，又是一个时辰后的事情，可能折腾得太久，他服了药很快睡着了。

桑柔想进去看他，却被丝竹给挡在了门口。

"丝竹，你让我进去看看，看一眼我就走。"她很少这样低声下气地求人。

可想起刚才穆寒白得没有一丝血色的脸，她的心就揪得难受，不去亲眼看见他没事，她没法冷静下来。

"不行，如果不是你，少爷怎么会病倒？"丝竹瞪着她，满眼的狠光。

"我不是故意的。"

"你不是故意的就将少爷害成这样，要是故意的，那还得了？"后面的话丝竹是小声嘀咕出来，她骂桑柔是个扫把星，不仅害了穆谷雪，现在还来害穆寒。

她浑身冰冻似的冷。

"丝竹，慎远哥在休息，你在这里嚷嚷什么？"穆谷雪从里面走出来，脸带着少有的不悦和威严。

桑柔看到穆谷雪，双眸亮了亮："谷雪，我想进去看看大人。"

穆谷雪上下打量了她一眼，然后慢慢扬起一个温柔的笑容："桑柔，慎远哥睡着了，你还是明天再来吧。"

穆谷雪走了,但她把丝竹给留了下来。

有丝竹在,桑柔就进不去。

卫展黎不在,卫展风被萧辰羽给指使去做其他的事情,桑柔实在是求救无门,只能回暖香斋,想着等明天穆寒醒后再来看他。

一回到暖香斋她就觉得不对劲了,有人来过她的房间!

她每次出门都会关窗户,可现在窗户被人打开了,她双眸骤紧,看了左手边的柜子一眼。

她从枕头底下摸出一把钥匙,奔过去打开柜子一看,穆寒送给她的雕刻木偶全部被齐头切断成两半。

像是寒冬腊月被人从头浇了一盆冰水般,她冷得直打战。

头疼得像是被人拿着锤子击打一样,她很累,却睡不踏实,一个晚上翻来覆去的。

忽然,她似乎有感应一般,偏头朝窗口一看,顿时吓得浑身鸡皮疙瘩都起来了——她睡觉前明明关了窗,不知道何时被人打开了一条缝!

她迅速从床上一跃而起追出去,外面异常安静,除了夜风呼啸的声音,什么都没有。

她回到房间检查窗口,这才发现窗口不知道什么时候被弄坏了,关不紧。

这一下,她再也没法睡了。

第二日去隐月楼的路上,她见到了穆谷雪,显然,穆谷雪是在等她。

穆谷雪脸上带着甜美的笑容,朝她走过来,想去钩住她的手臂:"桑柔,好巧哦,你也是要去看慎远哥吗?"

她往旁边一躲,躲开了穆谷雪伸过来的手,看着穆谷雪一字一顿道:"你喜欢穆大人?"

穆谷雪没想到她会这么直接,微怔了一下,但脸上的笑容并没有散去。

"我跟慎远哥从小一起长大,他对我爱护有加,我有不喜欢他的理由吗?"

穆谷雪这话说得模糊,可她却听得明白看得清楚——她爱穆寒,爱得发狂。

那次烫伤事件,雪儿被挖眼杀死,还有她被丢花瓶,还有昨晚一件件的事情涌上脑海,她不寒而栗。

"你就不怕我将事情告诉大人?"她的声音冷了几分。

穆谷雪笑得更甜了:"你不会的。"

她微皱眉,她不知道穆谷雪哪里来的自信,可很快她就知道了。

穆候阁来了。

"父亲,原来你一大早就来了这里,害女儿一顿好找。"穆谷雪一脸小女儿姿态地埋怨。

穆候阁一脸无奈又宠溺的表情,回头对穆寒道:"这丫头在这里可是给你带来了不少麻烦吧?"

"父亲!"穆谷雪跺脚,一脸嗔怒的模样。

穆寒嘴角带着少有的温和笑意:"义父把谷雪教得很好。"

"你不用为她说好话,我自己的闺女我能不知道吗?"

"父亲,哪有这么嫌弃女儿的?"穆谷雪不依了。

穆候阁哈哈大笑,回头看到桑柔:"这位姑娘是?"

"父亲,这位是秦桑柔,审察司的仵作,平日多亏了她陪女儿说话。"穆谷雪走过去,钩住桑柔的手臂。

那么多人看着,桑柔不好拒绝,给穆候阁行了礼。

她虽然不大确定穆候阁的身份,但以他能够养得起辛大夫这样的神医,又能给穆寒铺路复仇等种种事情来看,他非富即贵,并不是一个简单的人物。

穆候阁给人很威严的感觉,但面对着穆寒和自己女儿时,他跟一般的父亲没有两样,尤其是对穆谷雪,看得出来,他很疼爱这个女儿。

穆候阁说了一些感谢她陪伴穆谷雪之类的话，她小心应答。

说了一会儿话，辛大夫就出来赶人了："你们这些人，一个两个都没看出来大人需要休息吗？走走走，别在这里堵着。"

谁也不敢惹辛大夫这个火药桶，穆候阁笑着说要跟辛大夫一起喝两杯，辛大夫拖着人走了。

桑柔微垂着头准备跟大家一起出去，身后却传来了穆寒的声音："秦件作，你留下来。"

她稍微动了动身体，扭头看到穆谷雪脸色有些难看。

穆谷雪回身，眼露关心神色："慎远哥，你没听到辛大夫的话吗？案件的事情交给子萧哥帮你处理就好了。"

"除了秦件作，你们都下去吧。"穆寒声音还是淡淡的。

穆谷雪脸色僵硬了一下，但很快再次露出温柔的笑容："就知道说不动你，那你自己注意着点。"

穆寒点点头，神色淡淡，这样的热脸贴冷屁股，换作一般的人，早觉得尴尬，可穆谷雪却仿佛没有感觉到一般。

桑柔暗暗佩服她的强大，同时也觉得背后发凉。

穆谷雪走的时候，别有深意地看了她一眼，仿佛在警告她别乱说话。

终于都走了，房间里面就剩下他们两个人，落针可闻。

她垂着头看着地面并不看他，但能感觉到他炙热的眼神一直落在自己身上。

"你过来。"他声音不变。

她迟疑了一下，走到离他两三步的地方停下。

"大人有什么吩咐吗？"

穆寒眉头微蹙了一下："你帮我倒杯水过来。"

她照做，倒了水递过去，他不接，只拿眼看她，她没办法只好走近两步，将茶杯放到他嘴边。

他就着她的手慢慢地喝，长眸一直落在她脸上，一眨不眨，她如坐针毡。

良久,他幽幽叹了一口气:"你就不看我吗?"

她不说话,看他把水喝完,正想将茶杯拿回去,手却被他抓住了,紧紧不放。

"你真的不看我一眼?"他的声音听上去带着一丝哀怨的感觉,很不真实。

她看了他一眼,又羞又恼:"你别这样,被人看到不好。"

虽然他有心要娶,可毕竟两人什么都没定,被人看到,传出去被说不检点的人只会是她。

"没有我吩咐,没人敢进来。"他稍一用力,她整个人跌坐在床板上,脸顿时就红了。

穆寒长眸扫过她微红的双颊,喉咙滚动了一下:"是不是谁给你委屈受了?"

他咬字很轻,热气喷在耳边,她心跳如打鼓,想起他刚才对着穆候阁温和的笑容,嘴角抿了抿,最终还是摇头。

穆候阁是他的救命恩人,对他也有养育之恩,她不想他左右为难。

"若是没有,你进来到现在怎么都不看我,难道不是心里在气我?"他将手扣进她的指缝间,跟她扣握着。

她挣不开,看外面没人经过,只好由着他。

"你有什么好看的?"

"本首司可是盛京第一美男子,怎么不好看了?"

她倒是没想到他还有这么一面,嘴角扬了扬:"原来大人这么不要脸。"

他伸手刮了一下她的鼻头,似带着一丝咬牙切齿的味道:"牙尖嘴利。"

她的脸彻底红透了,整个人像只蒸熟的虾子。

她没敢抬头,要不然她会看到他的脸,其实不比她好到哪里去。

两人十指交握静坐了好一会儿，谁也没说话，却让她嘴角再也没法压下去。

"最近你尽量不要一个人出去，若是想出去，带上展风。"走到门口时，他的声音从背后传来。

她蹙眉看他："你查到是谁对我动的手？"

他双眸微闪了一下："目前还没查出来，你小心就是。"

她看着他，没法分辨他话里的真假，若是他知道对方是谁，他这样子是否是在袒护？

刚挂了一层蜜的心，仿佛一下子又跌进了苦水池里面，甜和苦裹在一起，分也分不开。

桑柔将窗门给修好了，可一到晚上还是没法入眠，心中充满了惶恐，总感觉有人盯着她。

晚上没法入睡，她的精神很差，眼睑下也起了青青的痕迹。

她跟穆寒没有再独处，一来每次去，都是一大帮人在，二来人多口杂，若是传出闲言闲语，总归对她不好。

他也知道这一点，所以除了那次外，没有再单独留过她。

因为知道他喜欢吃鱼，她倒是给他做过几次鱼汤，他每次都喝得很干净。

过了几日，他身子好了起来，更是神龙见首不见尾，她忍不住问过展风一次，展风说他进宫了。

涉及公事，她没敢再问。

越到年底，年的气氛越浓，到处一片和乐忙碌的样子。

这天她上街买好了很多年货，准备回乡下跟她爹一起过年。

看到穆谷雪跟穆候阁相处，她心里就越想念她爹。

不知道是不是穆候阁到来的原因，穆谷雪没再对她出手。

这日起来，丝竹来通知她，说穆候阁设了筵席，让她过去。

她一进去，朝四周扫了一下，却没有看到穆寒的身影，可她刚才问丝竹时，她是说有的。

原来是鸿门宴。

21.刺杀

穆谷雪将桑柔的表情尽收眼底,扬唇笑道:"桑柔,快进来啊,就等你了。"

穆谷雪还亲自过来钩着她的手。

穆候阎看着她们,她不好推开穆谷雪。

穆谷雪笑得更温柔了,忽然凑近她耳朵小声道:"展风跟慎远哥进宫了。"

她心一颤,穆谷雪这是在提醒她,一会儿不管发生什么事情,都不会有人来救她。

穆候阎看她们两人感情那么好,还笑着提议让她们结拜姐妹,她僵硬着嘴角将话题扯开。

入席后,她坐在穆谷雪的对面,穆谷雪像个小女儿一样,一直对穆候阎撒娇。

穆候阎平日绷着张脸,可这会儿倒是笑得一脸慈祥。

穆谷雪终于不闹了,穆候阎这才转过头来,对桑柔道:"秦姑娘不要客气,多吃一点,我这闺女真是被老夫给宠坏了,从小霸道得很,看上什么就一定得要。"

来了,一场戏演完,终于要进入主题了。

桑柔嘴角控制不住扬起冷笑的弧度。

"可老夫就这么一个闺女,不宠她还能宠谁?这段时间真是感谢秦姑娘陪我家谷雪,这杯老夫敬你。"

穆候阎仰头一杯饮尽,然后看着桑柔,桑柔没办法,只好跟着喝了,白酒入肠,烈得她的心都收紧了。

穆候阎将酒杯放在一旁,话题一转道:"听说秦姑娘上次奋不顾身救了慎远的命?"

她嘴抿了抿，还来不及开口，就被穆谷雪抢了话："是啊父亲，真是多亏了桑柔，要是慎远哥出了事，女儿也不想独活了。"

"女儿家说这种话，你也不害臊！"穆候阁虽是在训话，但样子一点也不严厉。

"女儿就是喜欢慎远哥嘛，这辈子非他不嫁！"

穆候阁又训了几句，可是穆谷雪就是打定主意闹。

最后，穆候阁仿佛没办法一般，叹口气，看着桑柔道："真是让秦姑娘见笑了。"

桑柔嘴角扯了扯，没扯出笑意。

"老夫老了，唯一放心不下的就是这闺女，好在慎远优秀，跟谷雪青梅竹马又门当户对，交给他老夫很放心，秦姑娘你觉得呢？"

桑柔握着筷子的手收紧，心也跟着收紧，仿佛被一只手捏着一般，呼吸不过来。穆候阁在委婉地告诉她，她跟穆寒门不当户不对，她配不上穆寒。

之后穆候阁没有再对她说什么，以他的身份他要做什么事情，也不会直白地来。

倒是穆谷雪坚持送桑柔回去的路上，直接跟她撕破了脸皮。

穆谷雪说自己对穆寒势在必得，叫桑柔最好有自知之明早点放手。

桑柔看着穆谷雪不无得意的脸，跟穆谷雪对视："穆小姐，除非穆大人他亲口跟我说，我配不上他，否则我没打算放手。"

穆谷雪气得半死，当场就沉下脸来了。

桑柔没有继续跟穆谷雪纠缠，直接回了暖香斋。

虽然气到了穆谷雪，可她心里并没有因此而好受一点，穆谷雪两父女的话虽不好听，却也是事实。

她跟穆寒两人的身份，就像两座大山，她无论如何都翻越不过去。

这种无力感让她挫败，让她烦躁不安。

她委婉地问了何妈穆寒有没有回来，何妈说不知道，她也不好意思去隐月楼找他。

她原本想等等,看穆寒今晚会不会过来,她歪靠在床上,眼皮子越来越重,迷迷糊糊地就睡着了。

不知道睡了多久,只听外面传来敲门的声音,她从睡梦中醒过来,怔了一下,然后双眸就亮了。

是他!

她顾不上穿上外衫就奔过去开门,一个肥胖的身影立在门口,手中拿着一把匕首,二话不说就朝她的脸刺过来!

她浑身一个激灵,起了一身的鸡皮疙瘩。

她往旁边一躲,躲过了对方朝她刺过来的匕首,闪着寒光的匕首擦着她的手臂而过,一阵刺痛。

"小娼妇,不要脸,我打死你!"那妇人披头散发,目光呆滞。

桑柔吓得失魂落魄,一刻也不敢耽搁地往后跑,推开窗口跳了出去。

"来人啊,救命啊!"

"秦姑娘,怎么了?"最先被惊动跑过来的是一个守夜的婆子,手里拿着棍棒。

"有人要杀我。"她浑身哆嗦,连说话都在颤抖。

那婆子回头看,并没有人。

桑柔这才发现那妇人并没有追杀出来。

很快,其他人也陆续过来了,其中包括穆谷雪和她的丫鬟丝竹。

丝竹跟着几个小厮进去,里面随即传来她的声音:"奶娘,你怎么会在这里?"

"奶娘,你说话啊?"

丝竹从里面跑了出来,一脸要哭的样子:"小姐,奶娘又发病了,这次手里还拿着匕首。"

穆谷雪一脸担忧:"那赶紧让人将她手里的匕首弄开,可千万别伤了奶娘。"

桑柔冷眼看着她们主仆俩,慌乱跳动的心渐渐平静了下来。

"发生了什么事？"一个清冷的声音由远而近。

穆谷雪最先转身，朝他奔过去："慎远哥，奶娘又发病了。"

穆谷雪没敢往穆寒的怀里靠，在他面前停下，用水汪汪的眼睛含情脉脉地看他。

穆寒的眼睛从穆谷雪头顶上越过，落在桑柔没有穿鞋的脚上，眉头蹙起来，偏身就朝她走过去。

"吓着了？"他手微动了一下，想去抓桑柔的手，但立即反应过来，停在了半空。

她的脸色肯定很难看，因为当她抬起头来的时候，他的眉头蹙得更紧了。

他将狐裘脱下来披在她肩上，帮她系上带子的时候，手快速地捏了捏她的手掌："别怕，有我。"

穆寒想让她进去休息，但她拒绝了，她要亲口听穆谷雪如何解释。

穆谷雪说林婶有夜游症，经常半夜起来活动。穆谷雪含着泪水给她道歉，求她原谅林婶，说林婶很不容易。

年轻的时候丈夫被一个女人给勾引走了，林婶受了刺激，所以落下了这个病症。

"我明天让林婶给你赔不是，桑柔你那么善良，你会原谅林婶的是不是？"

桑柔看着穆谷雪那泫然欲泣的样子，内心冷笑不止。

她将手从穆谷雪的手中抽回来，盯着她："是的，我会原谅她，毕竟已经失去了丈夫。"

她特意将"失去"两个字咬得很重，穆谷雪怔了一下，脸当场就黑了。

暖香斋再次恢复了安静，桑柔坐在床边，心里仿佛被石头压着一般，又堵又难受。

穆谷雪这女人太可怕了，任何事情都做得滴水不漏。

林婶的身世有穆候阎做证，林婶的病症是辛大夫以前就诊断的。

至于为何林婶会在暖香斋住，何妈给出了解释，她说自己跟林婶一见如故，想着暖香斋还有空房，索性就让她从问梅阁搬过来一起住，两人也有个伴，没想到却出了这事情。

穆谷雪将所有人都拖下水了，桑柔即使猜到是她做的，也拿她一点办法都没有。

桑柔心里很难受，她怕再这样下去，她会死在穆谷雪的手里。

可她又不甘心就这样妥协，一想到要离开他，她心里就跟被刀割一般。

门口忽然再次传来敲门声，她心一惊，浑身寒毛都竖起。

"谁？"

"是我。"他的声音随即传来。

"我进来了？"

她没应，不是不想回答，而是喉咙里哽得难受，她怕一出口，眼泪就会掉下来。

穆寒在门口等了一下，然后推门而进，看到她垂头坐在床边的样子，心像被针扎了一下，涩涩地疼了起来。

他大步走过去，在她面前蹲下去："对不起，我来晚了。"

她僵硬地摇头。

看她眼眶红透拼命忍着眼泪的样子，穆寒的心像被一只无形的手给攥紧了，疼得他呼吸不了。

他身子朝前一倾，双手一捞，将她拥在怀里。

她身子一震，想挣扎，他却压着不给动，她僵着身子，忽然听到他的声音低低地传过来。

"桑柔，我也怕，怕来迟一步就见不到你了。"

她忍了一天的眼泪再也忍不住掉下来，手抓着他身上的衣衫，无声地流泪。

穆寒感觉肩头有温热的东西滴落，那温度仿佛会灼人一般，他浑身一颤，将她搂得更紧，几乎想将她嵌入怀里，从此就不再怕分离。

他帮她擦了眼泪，帮她清理了脚底的小伤口，跟她说，他会等她睡着后再离开。

她其实睡意全无，可看到他眼底的疲色，还是照他的话去做了。

或许是太累了，也或许是因为他在身边的关系，她最后居然真的睡着了。

穆寒站起来，将她身上的被子拉好，长眸凝在她脸上良久，忽然俯低下去，在她额头上轻轻吻了一下。

关上门，他看着卫展风道："从今天开始，你只需要负责她的安全。"

卫展风一怔："那大人您呢？"

"这个不用你操心，你只需要负责好她的安全，懂了吗？"他双眸寒光闪闪。

卫展风心一凛，点头："属下明白。"

刚回到隐月楼，卫展黎的身影也跟着出现了。

"可有消息？"他闭着眼睛歪靠在太师椅上，一脸疲倦。

"没有，属下已经四处打听过了，秦姑娘路过酒楼那天，隔壁两间厢房都有人，左边那家是城北林家，右边那家是城北顾家，两家人都表示不认识秦姑娘，也跟秦姑娘没有任何的过节。

"属下暗中跟踪过他们几天，没有发现什么异样。"

听到卫展黎的话，穆寒的眉头越蹙越紧，他忽然猛地睁开眼睛，眼底寒光闪闪："孙家。"

卫展黎没跟上："什么孙家？"

"孙妍，当初桑柔被赶出京兆尹府，便是因为她。"

这段日子徐鹤轩的案子将他忙晕了，差点忘记了孙妍这个人。

卫展黎听到孙妍的名字，双眸凝了凝，然后应好离去。

卫展黎走后，穆寒走到窗口，看着暖香斋的方向，长眸冷光闪闪，隐着杀气。

当年他因为太小，没有办法保护家人，可现在他有能力了，谁敢碰他逆鳞，谁就必须得死！

桑柔第二日起来，便发现卫展风在府内也跟着自己。

"你跟着我，那大人怎么办？"

"大人那边有我哥在，秦姑娘尽管放心。"

桑柔并不知道卫展黎被派出去探查的事情，听到卫展风的解释，也就放心了。

她没有跟穆寒提起木雕被毁坏的事情，因为不想他为难。

如果换成其他人，她肯定早说了，可是穆家对他的意义有多重，他不说她也明白。

只是每次看到那些被砍成两半的木雕，她就难受，好在后来穆寒又开始给她陆续送来了不少小玩意。

其中一个是她最喜欢的，那是一个用木雕刻而成的人偶，人偶跟他有几分相似。

这一次是他亲手交到她手里的，她当时双眼就亮了。

他说，我做了两个，男的给你，女的在我那里。

她看着手中的木刻男偶，心中微动，提出想看看女的，没想到却被他拒绝了。

"为什么不能给我看？"她一脸不解。

"不给就不给，哪有那么多的为什么？"他说这话时，耳根微微有些红的迹象。

她本来看不看都无所谓，可看到他这个样子，好奇心一下子就被勾了起来，可无论她好说歹说，他就是不愿意给她看。

她心痒得就跟被猫抓一样。

她收到了她爹的来信，要她一定回去过节。她原本就准备要回去的，只是这会儿因为心里多了一个人在这边，居然产生了几分不舍的感觉。

更让她惊喜的是,在她准备回乡下时,她迎来了她人生的第二次柳暗花明。

她见到了皇上。

22.赐婚

这天早上,桑柔刚起来不久,回到穆府,便有下人来通知她,说大人让她去正厅。

她问小厮发生了什么事,小厮说不知道,刚到正厅,她看到满满一屋子的人。

穆候阎坐在右边椅子上,穆谷雪站在他后面,眼睛时不时地往对面的穆寒身上扫,萧辰羽坐在穆寒右手边的位置。

除了他们,屋子里还多出了两个她不认识的人。

一个二十来岁,坐于最上首的位置,一个四五十岁,站在年轻男子后面,一脸恭敬。

正厅里的所有人都对那年轻男子一副很恭敬的样子,包括穆候阎,这让桑柔感到很奇怪。

她一边走进去,一边悄悄地打量。

只见那男人锦衣为袍,长身玉立,鬓若刀裁,面如冠玉,年纪虽轻,却自带一种常人没有的威严,不怒自威。

就在桑柔打量那年轻男子的时候,年轻男子也正在打量她,只是不一样的是,他的眼神要比她大胆多了。

肌如丽日薄雪,樱唇浓淡总相宜,小脸尖尖,眼睛大而水灵,长密的眼睫毛眨动之间,荡漾起一波波的涟漪,让人的心忍不住跟着荡漾了起来。

朱衍来之前就听说了这新来的审察司仵作是个美人,只是他没想到竟然是个如此绝色的美人!

就在两人互相打量的时候,有个人脸黑了下来。

穆寒大步走过去,将桑柔挡住,低头看着她,声音沉沉道:"见到皇上还不跪下?"

皇上?

桑柔当时是真的震惊了,那人居然是皇上!

她真是没想到,皇上居然如此年轻。

她微怔了一下后,才后知后觉地跪拜行礼:"民女秦桑柔参见皇上。"

"美……秦仵作请起。"朱衍悄悄抹了一把冷汗,他差点就说成美人请起,穆寒扫过来的眼神简直可以将人冻成冰。

他是万万没想到穆寒这面瘫王居然也有为女子心动的一天。

不过,也终于让他等到了这一天。

他跟穆寒,还有萧辰羽年纪相仿,当他还是太子时,萧辰羽是他的伴读,两人感情很好,后来萧辰羽给他引荐了穆寒,两人理念不谋而合,他大为欣赏。

可以说,当年穆寒和萧辰羽两人是他的莫逆之交,也是他的幕僚,当时争夺储君之位时,他们两人起了至关重要的作用。

现在在朝廷上,他们两人是他的左右臂,私底下,三人说话却还像朋友一样。

"谢皇上!"桑柔站起来,心中依然打鼓。

她猜不透为何皇上想见她。

穆寒淡淡扫了她一眼,站在她身边不走了。

穆谷雪看到两人并肩站立的样子,死死攥紧袖子下的拳头,丝毫感觉不到指甲嵌入肉里的痛感。

朱衍看穆寒那在乎的样子,觉得不捉弄一下他,实在对不起自己,可抬眸对上穆寒那双如琉璃的眼,他马上打消了这个念头。

只见他咳嗽了两声:"前些日子,无头雪尸得以侦破,朕非常开心,多亏了审察司上下齐心协力,其中秦仵作功不可没。"

"民女只不过做了自己的分内事,不敢邀功。"

"秦仵作此言差矣,在侦破案子的过程中,仵作的作用是至关重要的,秦仵作年纪轻轻,又是个女子,已经有如此成就,果然是青出于蓝。"

"谢皇上夸奖,民女愧不敢当。"

穆谷雪看着桑柔,眉头越蹙越紧。她扭头又去看穆寒,没能从他脸上读出任何情绪,只是她心中不安的感觉一点一点在扩散。

朱衍看着桑柔俊眸带笑:"朕决定了,朕要赏你!"

桑柔微微一怔,有些不确定自己有没有听错,她微扭头去看穆寒,只见他嘴角微微往上扬起。

他那胸有成竹的样子感染了她,她的心雀跃了起来。

"朕决定为你除贱改良,从此以后你就是良民。"

除贱改良!

她浑身一震,几乎不敢相信自己的耳朵。

这可是她连想都不敢想的事情。

站在朱衍身后的王公公看她一脸怔愣,良久都没有反应,连忙咳嗽了一声。

穆寒垂眸看她,微冷的眼角瞬间柔和了下来,伸手拉着她,一起跪下:"臣替秦仵作谢主隆恩。"

桑柔这才回过神来:"民女谢主隆恩。"

朱衍剑眉一挑:"穆大人,朕赏的是秦仵作,你凑什么热闹?"

穆寒的目光如出鞘的利刃直直刺过去,若是眼神能够杀人的话,此时朱衍早已经千疮百孔。

王公公哆嗦了一下,感觉快被那股冷意给冻伤了。

桑柔感觉到两人间诡异的气氛,但又想不明白。

朱衍仗着自己是皇帝,无视穆寒寒光凛冽的眼神,继续道:"穆大人你之前在乾清宫,除了求朕为秦仵作除贱改良之外,你还说了什么,朕忘记了。"

这些年来这家伙何曾对任何一个女子动心过,若不是彼此太熟悉,他都快要以为这家伙是断袖。

现如今穆寒想娶妻,他自然是要快刀斩乱麻,赶紧将穆寒送入洞房,免得夜长梦多出了什么变故。

为了穆寒的终身大事,他这皇上也是操碎了心啊。

桑柔闻言一怔,皇上的意思是,这个赏赐是穆寒帮她求来的?

她心微微发热,好像无意中被人塞了满口的蜜,黏糊糊的,却从嘴里甜到心里。

穆谷雪几乎把眼珠都给瞪了出来,心像被一只手紧紧拧着,几乎呼吸不过来。

穆寒那冷冷地看了朱衍一眼,知道他这是在逼自己当着桑柔的面,求他赐婚。

当时他在乾清宫时,朱衍可是满口答应会给他赐婚的,没想到临时却摆了他一道。

穆寒如刀犀利的眼神,朱衍看了,浑身打了个哆嗦,但还是朝他挤眉弄眼。

没办法,谁叫他是皇上,就是他再过分,谁敢对他抱怨?

看皇上的意思是,穆寒除了为她求个身份以外,还求了其他东西,皇上在逼穆寒自己说出来。

桑柔也很感兴趣,她扭头去看穆寒,却扫到了他发红的耳根。

感觉到她这边的视线,穆寒也偏了偏头,迎上她的视线。

桑柔心微微一震,似乎感应到了什么。

朱衍看两人"深情对视",他可不甘愿就这么被冷落,他咳嗽了两声,提醒穆寒要抓紧时间。

穆寒回过头去,看着朱衍道:"求皇上赐婚,臣想娶秦桑柔为妻。"

这话一落地,犹如平地一声雷,炸开的可不是桑柔一个人。

穆谷雪、穆候阁以及萧辰羽都受到了不同程度的震撼。

穆谷雪几乎要跳起来,知女莫若父,穆候阁早一步微偏过身,暗中按住穆谷雪的手。

穆谷雪浑身一阵发寒，低头看向自己的父亲，穆候阁看到爱女双眼中的悲痛绝望，心里一阵绞痛。

可他权力再大，也大不过皇上。

他千算万算，居然算计不过穆寒，他是万万没想到，穆寒居然会求皇上赐婚。

看皇上那样子，明明就是已经答应了。

大势已去，这一场战，他们两父女输得彻底。

穆谷雪看到穆候阁对她摇头，眼里包含怜惜和哀求，她一下子就回过神来。

是啊，上头坐着的那个人可是皇上啊，她要是惹怒了皇上，到时候可是要牵连九族，她就是再爱穆寒，也不敢如此自私。

可是看着自己爱的人为另外一个女人求赐婚，她的心好像被人生生挖了一块，疼得她想死。

桑柔心中的震惊简直无法用言语来描述，本能地战栗了起来。

朱衍目光落在两人红粉的耳根上，嘴角扬起一个很诡异的弧度："朕可以为你赐婚，只是朕怎么觉得秦件作好像一副不乐意的样子？"

穆寒目光沉沉，朱衍装作没看见，继续问桑柔："秦件作要是不愿意，可直接说出来。"

桑柔喉咙好像被哽住一般，她不是不愿意，她是太愿意了，以致说不出话来。

穆寒原本是胸有成竹的，可看桑柔良久没反应，眉头不禁蹙了起来。

"穆大人你都看到了，秦件作不愿意嫁你为妻，朕虽然是皇上，但这强人所难的事情，朕可不喜欢做。"

朱衍说得一脸正义凛然，身后的王公公面不改色，但心中却为穆寒点了一根蜡烛。

穆寒的眉头几乎都可以拧出水来了，朱衍看得心花怒放，能让面瘫王为难,实在是一件大快人心的事情。

"穆大人也老大不小了,想成家的想法朕也明白,这样吧,要不,朕为你赐婚其他女子吧。"

一听这话,桑柔立即急了:"皇上,民女愿意。"

"愿意什么?"

她的脸是滚烫滚烫的,她的心是扑通扑通剧烈跳动的:"民女愿意嫁给穆大人为妻。"

穆寒听到她的话,起初脸上没有任何反应。过了好一会儿,他双眸才一点一点亮起来,最终亮如天上星辰。

他的手伸过去,扣进她的指缝里,十指交握:"谢皇上赐婚,谢主隆恩!"

朱衍瞪眼,这臭不要脸的,瞧他心急得,自己还没答应赐婚呢。可当他看到穆寒弯弯扬起的嘴角时,他也忍不住沾染了那笑意。

"王公公,传朕旨意,秦家之女秦桑柔破案有功,特去除贱籍,并赐婚于审察司一品首司大人穆寒,择吉日成婚!"

"喳。"

皇上一走,穆谷雪的眼泪就再也忍不住滚落下来,一股脑地冲了出去。

穆候阎心疼爱女,连声怒斥丝竹:"还愣着干吗,赶紧去?"

丝竹这才反应过来,连忙追上去。

穆候阎一脸怒气地看着穆寒。

萧辰羽脸色也是非常难看,浑身上下都散发着不痛快。

桑柔明白这两人为何这样,抬头去看穆寒:"我先回去了?"

穆寒捏了捏她的手,用两人才听得到的声音道:"好,我晚上去找你。"

桑柔前脚刚踏出门槛,就听到身后传来茶杯摔地破碎的声音。

"慎远啊慎远,你到底有没有将我这个义父放在眼里的?"

桑柔眉头蹙了蹙，还是走了。

这是他要面对的关卡，她帮不了他，她留在现场，只会让穆候阎和萧辰羽怒气更甚。

当天她被赐婚后，小厮丫鬟都巴结着对她说恭喜，真心假意她懒得去分辨，都笑着感谢对方。

其中最真心为她开心的，当属何妈。

"真是太好了，我早说了你是个有福气的姑娘，被我老婆子给说中了吧？桑柔啊，这穆大人是面冷心善，你看他对我这老婆子都那么好了，他一定会好好对你的。"

"我知道。"她的嘴角压也压不住地上扬。

当晚她瞪着眼睛等到半夜，他才过来，一脸掩不住的倦容。

"你怎么还没睡？"他一来就去抓她的手，扣进她的指缝，紧紧握住。

"说好了等你。"她看他的样子，知道穆候阎和萧辰羽那两关并不好过，但他没说，她也没打算问。

只是一个是他敬爱的义父，一个是他的好兄弟，现在闹成这样，他该多心烦啊。

虽已经赐了婚，他们也没做任何越界的事情，他将她的头压在他的肩头上，两人十指交握坐了好久。

他说："桑柔，我们一定可以白头，对不对？"

她说："对，一定可以的。"

相握的手收紧再收紧，她的心仿若千树万树梨花开，开出一片花海。

一家欢喜一家愁，当晚穆谷雪就病倒了，穆候阎怒气滔天，将房间里的所有东西都砸了。

等穆谷雪病一好，他就带着穆谷雪回穆家，萧辰羽也有好一阵子没来穆府。

这自是后话。

第二卷

连环奸杀案

1. 回乡

瑞雪兆丰年，今年的雪特别多。

桑柔踏着雪回到了石河县，穆寒有提过跟她一起来石河县向她爹提亲，可一来他公务繁忙，而且她也担心这突然间带着个人回去向她爹提亲，会吓到她爹。

如果这人换成普通人还好，可他官居一品，她怕她爹一时消化不来，于是两人商量着等开春后他再跟她一起回来提亲。

虽然没有跟她一起回来，但他坚持派了卫展风送她回来，还有一车的礼品。

"卫大人，辛苦你了。"

"秦姑娘客气了，这是我应该做的。"卫展风的声音带着浓浓的鼻音，说完便咳嗽了起来。

"对了，这段日子怎么一直没有见到萧大人？"桑柔问道。

"萧大人被穆大人派去西域办事了，没有一年半载是回不来的。"

西域？桑柔微瞪眼。

西域在塞外，路途遥远，条件艰苦，穆寒怎么会将他派去那种地方？

"是不是发生了什么大事？"

"没有。"

虽然卫展风说没有，但桑柔还是多少猜到了一点，只是没追问下去。

卫展风送她回来后便连夜赶回盛京，桑柔心中很过意不去，不过这点内疚很快就被见到她爹的喜悦给冲散了。

她爹已经从顾老先生那里知道她去审察司做仵作的事情，当场气得差点晕过去。

后来经过顾老先生的宽慰和分析后,那股怒气也渐渐平息了,这会儿又听到她因立功而被除去贱籍,不禁喜极而泣。

"太好了,太好了,要是你娘知道了,她肯定也会很开心的。"

除去贱籍,这可是秦老爹一辈子都不敢想的事情。

"爹,您别激动,明儿去祭拜娘亲时,我会跟她说的。"

秦老爹用袖子擦了一把眼角:"你能这么有出息,爹心里觉得特别欣慰,只是你若能早日找个婆家,爹就真的放心了。"

秦老爹一直撑着这口气不敢让自己走,其实就是怕自己走后,她一人孤零零地活在这世上,没人疼没人爱。若是她能找到照顾她的人,他就可以放心去找她娘,再也不拖累她。

这些年来,她一个女子又要养家又要照顾他这个半瘫痪的废人,她的不容易,他怎么能不知道呢?

灯光下,她娇颜酡粉,一副小女儿娇羞的模样:"爹,女儿有心上人了,他说过了年开春就过来跟你提亲。"

"哐当——"

秦老爹手中的酒樽掉在地上,嘴巴张得老大,一脸不置信的样子:"你、你刚才说什么?"

她把话又重复了一遍。

秦老爹眼睛一眨,嘴巴一张,号啕大哭了起来。

她是真的被吓坏了,什么苦日子都过来了,她还从来没有见过他这个样子。

桑柔好声劝着,秦老爹还是号了好一会儿才罢休:"小柔,快帮爹重新倒一杯,今晚爹要大醉一场,爹太开心了!对了,他是哪里人,多少岁?双亲可在?家中是否还有其他的兄弟姐妹?还有他是不是跟你一样一起在审察司当差的?"

她有十几年没有在她爹脸上看到这么开朗的笑容。

她眼眶顿时就红了,一边帮她爹倒酒,还从带来的东西里面找出她爹爱吃的东西给他送酒,一边回答他提出的问题。

除了穆寒是一品官这事,其他能说的她都照实跟她爹说了。

秦老爹非常满意,忍不住再次号啕大哭,拿银子让她明天一早去村口老张家买只烧猪,他要亲自感谢秦家列祖列宗的保佑。

桑柔有些啼笑皆非,但都一一应下了,弄到深夜才将她爹给哄去睡下。

她拖着疲倦的身躯躺下,明明浑身疲倦,却一点睡意都没有。

她看着窗外偷跑进来的白月光,脑中浮现他的侧颜,嘴角忍不住往上扬起。

甜蜜和思念将心涨得满满的,有些涩有些甜,就像初秋还没有熟透的果子,这种不可思议的感觉让她觉得很新奇,只是,不知道他是否也跟自己一样?

就这么胡思乱想着,弄到天蒙蒙亮才睡下,才眯了一小会儿,她爹就催着她赶紧去买烧猪。她听着她爹兴奋的声音,知道这几天她都别想有好觉睡了。

之后,她随她爹的意思去买了一只烧猪回来,又去买了不少纸钱,和她爹去拜祭先祖和她娘。周围的邻居和亲戚从她豪迈地买下一整只猪的行为嗅到了铜钱的味道,都不约而同地上门,话里话外问她是不是找到好婆家要飞上枝头了。

她本来不想说的,可她爹那嘴巴,拦都拦不住,她只能任由他去。任由他去的结果是,接下来的几天她差点被"恭喜,以后发达了可不要忘了我们"这些声音给淹没了。

好不容易送走了这些八辈子都没有联系过的亲戚,她终于找到时间,和她爹去拜访顾老先生。这几个月来,多亏了顾老先生的帮助,她爹的腿现在已经有感觉了。

不过顾老先生告诉她,若是要彻底医好她爹的病,还得请辛大夫出山,她盘算着回去之后探一下辛大夫的意思。

顾老热情好客,硬是拉着他们在那里用了晚膳才肯让下人送他们回来。从顾府回来的途中,天空又开始飘起了雪花,还淅淅沥沥地下起了冰粒子。

她爹跟顾老两人聊得开心，以致多喝了两杯，一躺到床上就睡得不省人事。她将屋子简单收拾了一下，然后回房间准备拿衣服沐浴更衣时，听到关着的窗子外面传来了"咚咚"的声音。

桑柔心中一紧，难道还有小贼不成？

她拿起放在床头边上的棍子，小心翼翼地走到窗边，准备悄悄打开窗子，给小贼来个出其不意，打他个落花流水哭爹喊娘的。

可是她还来不及动手，就听到外面传来一个怪里怪气的声音："桑柔，开窗，快开窗。"

是秦吉了！

她一个激灵，三步并作两步走，一把将窗子打开，只见秦吉了披着一身的白雪蹲在窗沿上，几乎快被冻成冰棍了。

"秦吉了，你怎么会在这里？"

秦吉了长喙一张，就啄在她的手臂上："秦吉了快死了，秦吉了快死了！"

她一吃痛，回过神来赶紧将它抱进屋子，拍掉它身上的雪花，然后用厚厚的棉袄衫卷成鸟窝的模样，用热水囊敷着，等温度刚刚好时再将它放进去。

经过她的一番抢救，秦吉了很快就缓过劲来，只是身子背着她，好像在生她的气。

桑柔有些哭笑不得，但又深深知道，这会儿可绝对不能笑，否则这小家伙可就真的生气了。

她跑到厨房拿了些水和稻谷过来，秦吉了起初还一脸嗤之以鼻的样子，可这份傲骨维持不了几息，它就一头埋进稻谷里面狼吞虎咽，好似饿了好久的样子。

"慢点吃，你吃完了我再给你拿。"她好声好气地讨好着这小家伙。

秦吉了吃饱喝足，气似乎也消了，它从棉袄里面跳出来，走到桑柔面前，抬起它的左脚。

桑柔一看，上面别着一张字条，她心中一喜，赶紧将字条拿下来，还顺便摸了摸秦吉了的头表示感谢。

她手微微有些颤抖，将小字条展开，上面只写了一行字：可缓缓归矣。

管家刘承明看到桑柔大包小包站在穆府门口，着实是吓到了，好半天才找回自己的声音："桑柔姑娘，我怎么没听说你今天要回来？"

桑柔脸带一丝羞涩："家中无事，所以就提前回来了。"

刘承明这样的人精怎能不懂她的意思，他也没拆穿她的小心思，只笑着问道："可需要我现在去通知大人？"

桑柔脸更红了，连连摇头："不用不用，我回来不是为了见他的。"她说完恨不得咬了自己的舌头，一张脸红得跟柿子似的。

刘承明的眼睛落在她肩上的秦吉了身上，脸上的笑意更意味深长了。

桑柔几乎是落荒而逃，好不容易摆脱了刘管家那双火眼金睛，一回到暖香斋就撞上了何妈。

一阵寒暄后，何妈笑得一脸暧昧："提前回来，可是因为穆大人？"

桑柔刚凉下去的脸又烧了起来，摇头如拨浪鼓："不是不是，我是担心万一出了命案会赶不及回来。"

何妈拍了拍她的肩膀，一脸"我懂的"的表情看着她："不用解释了，何妈都懂的，何妈也年轻过。"

桑柔快哭了。

她憋着一口气，本想证明给大家看，她真的不是因为他才提前回府的。

可是打扫好屋子，又把被子、棉袄等抱出去暴晒，她还是没能平息掉心中那股想见他的冲动,反而还越发汹涌。

她头一扭,看到正在啄稻谷吃的秦吉了,眼睛一亮:"走,我送你回去。"

桑柔朝隐月楼走过去,起初是龟速,后来越走越快,到最后几乎是在小跑。

一踏进隐月楼,一阵空灵的琴声就从里面传了过来。

时而如山涧泉鸣,时而又似环佩铃响,最后又变成了潺潺流水,绕过桥下,缠绵悱恻,余音绕梁。

她听过他吹箫的声音,却没见过他弹琴。

她放轻了脚步,慢慢走进去,生怕惊扰了这么美妙的琴声。

她绕过走廊,琴声恰好在这个时候戛然而止,一个声音随即响起:"慎远哥,你觉得我弹得如何?"

是穆谷雪的声音!

穆谷雪什么时候回来的?他为什么没跟她提起?

她以为穆谷雪那次被穆候阎带走,就不会再回来了,可现在听两人说话的样子,仿佛之前的事情没有发生过。

穆谷雪是他的义妹,她知道他们不可能一辈子都不联系,可她的心里就是不舒服。

她忽然不想见他,转身刚要离去,半路失踪的秦吉了从天而降,张开长喙道:"桑柔,稻谷。"

秦吉了每每饿的时候都会这么大爷般地"命令"她。

桑柔暗叫一声糟糕,撒腿就跑。

可她还未来得及跑出走廊就被人抓住了手臂,低沉的声音从后面传来:"你跑什么?"

她挣了挣,想把手抽出来,可他不放,反而找到她的指缝,跟她相扣。

穆谷雪的双眸落在两人相握的手上,心仿佛被人狠狠地掐了一下,疼。

"桑柔,你回来了?真是太好了。"穆谷雪看着桑柔,笑得一脸甜美。

若不是有之前那些事情,她真会被穆谷雪的笑容给骗去,现在,她只会觉得心惊胆战。

穆谷雪仿佛看不出她的冷淡,自说自话了好一会儿,然后说还有事情要去做,让她空下来了去自己那里玩。

桑柔应得很僵硬。

穆谷雪前脚一走,他就拉着她往书房去。

"砰"的一声,房门在两人身后关上,她心一抖,然后就被紧紧抱住了。

"别动,让我抱抱你。"他收紧手臂,困住她的挣扎。

她心跳如雷,脸也开始燃烧。

"你要回来,怎么没说?"

"我怕有案子,到时候赶不及回来。"她还是这个借口。

"你是想我了吧?"

她说没有,然后被他报复性地箍得更紧,然后听到他咬着牙阴冷冷道:"可我想你了。"

我想你了,桑柔。

多动听的话,她的心像被扔到了蜜罐里面,甜得她忍不住想笑。

"其实,我也想你了。"她低声道。

他将她推开,长眸亮亮地看着她:"你再说一遍。"

她说,我也想你了。

他脑子一空,俯下身,狠狠地压住了她的唇瓣。

全身的血一股脑全冲到了脸上,她浑身哆嗦了起来。

她惊慌失措地挣扎,他似乎觉得被打扰了,俊眉蹙了蹙,将她往身后的墙上带过去。

桑柔只觉眼前一花,身子被他扶着一转,下一刻她整个人就被按在了墙壁上。

起初是浅尝辄止,他轻轻摩擦着她的唇瓣,仿佛那是美味的水晶樱桃,怎么吃都吃不腻。

可渐渐地,他似乎不满足了,唇舌一顶,撬开了她的唇,然后开始新一轮的攻城略地。

桑柔感觉自己要窒息了,嘴巴被啃得生疼,满嘴都是他的气息,她的心快跳出嗓子了。

她想推开他,可是全身使不出一丝力气,若不是他扶着她,只怕此时她早瘫坐在地上。

前后夹击,她退无可退,只能沉沦……

2.算计

穆谷雪约了桑柔几次,但都被她以各种借口给推了。

穆谷雪仿佛一拳揍在棉花上,她鼓足了勇气回来,无奈对方不接招。她回来前,她爹一脸心痛又恨铁不成钢地质问她为何要回来,难道他穆候阎的女儿还怕没人要吗?

来穆家求亲的媒人几乎把穆家的门槛给踏破了,可这些人都不是穆寒啊。

他们再好,也不是她想要的。

敲门声响起,将穆谷雪的注意力给拉了回来。

丝竹打开门,一品仙居的小厮站在雅间门口:"穆小姐,有个姓孙的小姐说想见您。"

"姓孙的?"穆谷雪黛眉微挑,微有些疑惑。

"是的,她说您看这封信就明白了。"小厮将一个信封双手递给穆谷雪。

穆谷雪展开信扫了一眼道:"有请。"

小厮下去,丝竹好奇问道:"小姐,是哪家的孙小姐?"

穆谷雪眉头蹙了蹙:"将军家。"

丝竹咂舌。

"穆小姐,我想跟你谈个合作。"一番寒暄后,孙妍开门见山,直接抛出了自己过来的目的。

"什么合作?"穆谷雪不动声色,仔细打量着眼前这个身穿粉红色海棠花襦裙的女子。

穆家虽不是盛京的名门大户,可孙妍这个人她是知道的,只是两人素未谋面,她想不出她们有什么好合作的。

"秦桑柔。"孙妍看着她,露出似笑非笑的笑容。

听到秦桑柔的名字,穆谷雪双眸动了动:"孙小姐这话让人云里雾里。"

"听说皇上将秦桑柔赐婚给首司大人,而据我所知,首司大人是穆小姐的心上人,难道穆小姐不想将首司大人给抢回来吗?"

穆谷雪心惊,看着孙妍试探道:"孙小姐跟秦桑柔有过节?"

"没错,那小贱人得罪过本小姐,恰好得知穆小姐也对她颇有微词,所以想跟穆小姐一起合作,看看如何教训那小贱人。"孙妍美眸中掠过浓重的戾气。

原来去年的时候,孙妍和兵部尚书的女儿从白云观祈福回来的路上,撞死了个老太婆,被告到京兆尹府,她让桑柔在验尸单上做手脚,却被拒绝了。虽然最终府中车夫替她顶罪让她逃过一劫,可她也因此怀恨在心。

穆谷雪有些心动了,穆寒将卫展风安插在桑柔身边保护她,自己想动桑柔并不容易。

"你想怎么对付她?杀人的事情我可不做。"

"那是自然。"孙妍笑了笑,"我只是想给她点教训,譬如在她脸上划道小疤痕或者让人毁了她的清白,穆小姐你觉得如何?"

穆谷雪双眸中闪过一抹亮光,正中她意!

如果桑柔被毁容或者被毁掉清白,她跟穆寒的亲事也会跟着一起毁了。她之前几次想毁桑柔的容,却都被桑柔侥幸逃过。

若孙妍真能帮她,的确是解了她一大难题。

孙妍看着穆谷雪眼中的亮光,知道她心动了,之后两人围绕着如何教训桑柔进行了一番讨论。半个时辰后,孙妍才带着丫鬟离开。

"小姐,您这么光明正大地去找穆小姐,很容易留下把柄。"回去的路上,小翠小心翼翼地说出自己的疑虑。

"本小姐要的就是这点。"

小翠更不明白了。

"本小姐就是故意让人知道,万一真的出了纰漏,我就将责任全部推到穆谷雪身上。"

穆家对穆寒恩重如山,她就不信穆寒下得了手。

"秦桑柔那小贱人,你真的只是想给她一点教训吗?"

"当然不是,本小姐要她死!"孙妍的美眸中闪过一抹淬了毒般的厉色。

从石河县回来的第二天,桑柔就问过辛大夫,能否为她爹诊治,辛大夫一口应下了,她百般道谢。

回去后立即写信给她爹,过了七八天,她爹在顾老的陪同下一起来了穆府。

将她爹安排妥当之后,当晚她便将皇上赐婚的事情跟她爹说了。她爹愣了好半天才回过神来,然后像上次那样喜极而泣,哭着说她终于苦尽甘来,祖宗显灵之类的话。

第二日,穆寒带着一大堆补品来拜见她爹,她爹比她还紧张,一双手都不知道该放在哪里好。

他说:"秦叔,我会好好照顾桑柔,请你放心将她交给我。"

"好,好!"她爹连连点头,一张嘴几乎咧到了耳边。

她从来没有见她爹这么开心过,当晚她亲自下厨,做了好几样家常菜,她爹又一次喝醉了。

她爹喝酒后又是哭又是笑的,嘴里还叫着她娘的名字,说终于可以放心去见她了。

桑柔好不容易将她爹哄去睡觉，回到房间，见到穆寒居然还没有走。

"过来。"穆寒冲她招手。

她走过去，被他牵着坐到他旁边的位置，两人大腿挨着大腿，没有一丝缝隙。

"我已经让人准备彩礼，等过些日子秦叔身子好了后，我们一起送他回石河县，然后我再亲自上门提亲。"他一边捏着她的手，一边低低道。

她微有些诧异："皇上已经答应赐婚了，你为何还要上门提亲？"

"我不想你受委屈。"

他一品首司大人在赐婚后还亲自上门提亲，说明他对她的重视和在乎，这样一来，那些私底下说她高攀的人，便被封了口。

她的心像被什么咬了一口，又麻又酥："慎远，遇到你实在是我的幸运，谢谢你。"

"也是我的幸运。"他捧着她的脸，俯低下去，嘴唇覆盖上去，两人又是一阵缠绵。

3.命案

京兆尹赵大人将公函双手递上去，颔首低眉大气都不敢出。

穆寒打开公函扫了一眼，眉头微蹙了起来："你可有亲自上门访查？"

赵胜额头沁出了一层冷汗，又不敢拿手去擦："没有，但属下有派人上门查问过死者的父母，死因大同小异，都是暴病而亡。"

这半年来他就接到了四起死亡报告，在天启国，家中有人去世，不管是自然死亡，还是意外身亡，都必须第一时间报官，由官府做出判决后才能安葬。

如果死的人都是老人的话,那根本没什么好大惊小怪的,可现在怪就怪在这死的四个人都是年华正茂的少女,而且都是暴病而亡。

这事情怎么看都透着一股奇怪,所以他在和师爷商量之后,决定将此事上禀审察司。

若是没有事倒好,万一真的出了事,他也不会因此而被牵连。

穆寒将公函放下:"你回去吧,有需要本官会叫人通知你。"

"是,穆大人。"赵胜点头离去。

桑柔过来时,正好撞上刚要离开的赵胜。

赵胜看到她一脸吃惊和羞愧,没说两句就借口有事走了。

进到书房,她一眼就看到他案上放着的公函:"是不是又发生了命案?"

穆寒捏了捏眉心,一脸很疲倦的样子。她有些心疼他,想过去帮他按摩一下,却被他拉到怀里,嘴唇就覆盖了下来。

良久,穆寒才依依不舍地松开她红润的唇瓣,她浑身无力地瘫软在他身上。

"刚才赵胜过来,盛京半年内死了四个少女,都是十六七岁的年纪未出阁的富家小姐,四家人过来报案,皆称是暴病而亡,赵胜觉得有蹊跷,便上报上来。"

桑柔一听就来精神了:"这的确听着有问题。"

四人身上出现的重合之处太多了,可这世上哪里有那么多的巧合呢?

根据以往验尸的经验来说,这四人应该不是暴病而亡,而有可能是死于他杀,而且还极有可能是同一人所为。

"我也是这么想,所以我准备亲自上门查访。"

她的双眼亮晶晶的:"需要我一起去吗?或许需要验尸也说不定。"

他挑眉:"你想去?"

她点头,一脸期盼。

他指了指自己的脸颊:"那你亲亲我。"

她一怔,脸又燃烧了起来:"流氓!"

他一脸认真严肃的样子:"你要是害羞,那换我亲你好了。"

桑柔哭笑不得,两人在书房胡闹了好一会儿才出门。

高墙厚瓦,仪门精雕,陆府大门前面立着两只栩栩如生的石狮子,十分威武。

里面的院落富丽堂皇,雍容华贵,怪不得陆府被称为盛京第一绣品大户。

陆老爷用袖子擦了擦额头上的冷汗,战战兢兢地笑道:"穆大人光临寒舍,不知道是不是有什么事呢?"

穆寒也不迂回,直接开门见山道:"本官从京兆尹府那里得知你的女儿陆怡冉的事情,所以有几个问题想要问你。"

陆老爷眼神闪烁了一下,口上却说:"穆大人您请问。"

"你说贵千金是暴病而亡,那在这之前,可有什么症状?"

陆老爷摇头:"没有,小女身子从小不错,一年四季都很少生病,所以这次忽然发生这事,我跟她娘都很接受不了。"

陆老爷的妻子陆夫人站在一边用袖子擦了擦眼角,一脸悲伤。

"那在贵千金发病之前,她可去过什么地方?"

陆老爷摇头:"没有,小女平日里都是大门不出二门不迈。"

"那你说说你们发现贵千金暴病时的情况。"

"是,大人。"陆老爷又擦了擦额头上的汗,"当时大约卯时,小女住的院落里发出一声尖叫,将大家都吵醒了。过了一会儿,便有下人匆匆来禀告,说小女没气了。我和夫人赶过去,只见那孩子脸色苍白地躺在床上,完全没有了生气,我让人去请大夫,大夫来了,说没救了,让准备后事。我一面让人准备,一面让人去京兆尹府报案,整个过程大概就是这样。"

穆寒将手中的杯子放下去，抬眸看着陆老爷道："陆老爷能否把刚才的话再说一遍，本官刚才走神了。"

桑柔看了穆寒一眼，他怎么可能在这种时候走神呢？这说明他跟她的感觉是一样，都觉得这陆老爷有问题？

一般人家死了女儿，都是悲伤欲绝，这陆老爷虽然眼有悲伤，但说话的语气太过于平静，语调平淡，回忆起女儿死的情景，也没有一丝的情绪波动，这很不正常。

陆老爷一怔，然后点点头，正要准备开口，忽然被穆寒打断道："你等等，陆夫人，你能回答本官这个问题吗？"

陆家夫妇同时一怔，陆老爷脸色有些着急了起来："大人，我夫人她悲伤过度，这个问题还是由小的……"

"放肆！"卫展黎一声呵斥，"大人面前岂容你放肆！"

陆老爷浑身一抖，赶紧跪地求饶："大人饶命，小民知错了！"

陆夫人跟着跪下去，恨恨地看了她丈夫一眼，然后将陆老爷之前的话重复了一遍。桑柔发现两人说的话一模一样，几乎一字不差，唯一的区别就是陆夫人说话时，几次哽咽得差点说不下去。

陆夫人由于悲伤过度，精神不济而被丫鬟扶去隔壁房休息。桑柔跟穆寒交换了个眼神，便跟着溜了出去。

"最先发现贵千金没气的人是谁？"

陆老爷回答道："小女的近身丫鬟小翠。"

"她人现在在哪里，本官想见一见她。"

陆老爷支吾了一下："那丫鬟……小翠她母亲病重，昨日便回乡下了。"

穆寒嘴角往上一扬："哦，这么巧，自己伺候的小姐才死两天，她就迫不及待地想回去，连头七都等不得，这让人不得不怀疑。况且贵千金死的时候只有她一人在身边，最先发现的人也是她……"

陆老爷的脸色更加难看了，汗如雨下："启禀大人，其他的小民不敢说，但小女的死绝对跟这丫鬟没有关系。"

"你为何如此肯定？"

陆老爷再次支吾了起来，他用肥手擦了一把油腻的脸："她五岁时我们从牙婆手里买过来，她便一直待在府里，对她的习性品德我们最清楚。"

穆寒皱眉，这陆老爷说话前言不搭后语，漏洞百出，一看就是有问题。他俊眉一挑："陆老爷，你前面才说那丫鬟回乡下了，现在又说她是从牙婆手里买来的，你这说谎也不先打好草稿，你这是以为本官好糊弄吗？"

陆老爷吓得脸色铁青："小民不敢，小民不敢，小民只是太紧张了，所以才说错话。"

穆寒冷笑："那本官再给你一次机会，小翠现在在哪里？"

"回……回乡下了。"

"好，你现在就将小翠老家在哪里告诉本官，本官这就让人去接她回来。"

陆老爷眉头深深蹙着，牙关咬紧："她没告诉我们，只说是下亢村的，小民具体也不知道她是哪里人。"

"很好。"穆寒冷冷道，"你以为这样本官就查不出来吗？展黎，立即通知黄廖县的知县，让他立即带人布下天罗地网，务必将这个叫小翠的人给本官带回来！"

"是，大人！"卫展黎应声而去。

陆老爷拳头捏紧，双眼通红，猛地抬起头来，注视着穆寒："大人，小女的确是暴病死的，大人这样苦苦相逼又是为何？"

"本官现在有证据怀疑贵千金根本不是暴病而亡，而是他杀。本官作为一方父母官，将凶手绳之以法，是本官的责任，难道陆老爷不希望你女儿沉冤得雪吗？"

陆老爷的精神几乎崩溃了："小民听不懂大人在说什么，小女本来就是暴病而亡，何来的沉冤得雪之说？"

隔壁房间里，桑柔让衙役控制住了丫鬟，然后溜进了陆夫人休息的房间里面。

她一走进去,便看到陆夫人正歪靠在贵妃榻上,脸色苍白,不断地用手擦着眼泪。

陆夫人哭得太伤心,以致桑柔进到房间来她都没有发现。

"冉冉,你死得好惨,是娘没用,只能眼睁睁看着你枉死。"

"既然你觉得陆小姐死得冤枉,那你为什么不把事实的真相说出来?"

陆夫人听到房间里响起桑柔的声音,吓了一跳,猛地从榻上站起来:"你什么时候进来的?"

"我什么时候进来并不重要,重要的是陆小姐是被人杀死的,可你这个做娘的明明知道,却不愿意为她昭雪,害她死不瞑目!"

陆夫人脸色煞白得没有一丝血色,浑身颤抖:"我不知道你在说什么,你出去,否则……我叫人了!"

"如果夫人执意不肯将真相说出去,我们也拿夫人没有办法,只是盛京半年里像陆小姐这样暴病而亡的人已经有四个,我刚才过来时,跟丫鬟打听了一下,府中还有另外一个刚及笄的小姐,难道夫人就不担心凶手的手再次伸到陆家来吗?"

陆夫人跌坐在榻上。

桑柔转身离去,当她走到门口时,陆夫人的声音响了起来:"你别走,我……我都告诉你……"

桑柔回到正厅,在穆寒耳边低语了几句。

穆寒点头,抬眸,冰冷的目光落在陆老爷身上:"陆老爷,你夫人已经将所有事情都说了。"

陆老爷一怔,瘫坐在地上:"她怎么可以……"

原来事情是这样子的:四天前,小翠像平时一样去叫陆怡冉起床,可打开房间,却发现陆怡冉没在房里面,她马上去报告陆家夫妇。陆家夫妇慌了,赶紧让下人去找,找了一天一夜,终于在城南大罗山上的一座破庙里找到了陆怡冉的尸体。

当时他们看到陆怡冉时,她已经躺在血泊里,全身的血都被放光了,赤裸着身子,血泊上放着一朵白色的花。

陆老爷脸色颓然,仿佛一下子老了几十岁,最终同意了让桑柔给陆怡冉验尸。

由于不是第一现场,而且尸体已经被破坏掉,所以能得到的证据其实并不多。

"陆怡冉,年十七,双眼闭合,嘴紧闭,手呈爪子状,右手腕有一条一寸半长的血痕,身上只有少量尸斑,切开颈部,并无出血、充血和血肿的现象,喉咙并无残余物。切开死者左右手血管,并无出血,证明死者的确是失血过多而死;死者下身红肿,指入阴门,无暗血出,已非处子之身,除此之外,其余地方没有明显外伤[④]。"

桑柔将白布盖在陆怡冉身上,用醋洗手的时候,听到屏风外面传来穆寒的声音:"陆老爷,那朵放在血泊之上的花是什么花,你可知道?"

"不知道,那花好像不常见,其貌不扬的样子,而且当时都那个样子了,谁还顾得上一朵花。"

"那贵千金在出事之前可有去过什么地方,见过什么人?"

陆老爷凝思想了一下:"这个我不是很清楚,这个得问我夫人和她的贴身丫鬟,或许她们会知道,我常年在外做生意,对家里的很多事情还不如她们知道得清楚。"

陆老爷的声音听上去很沉重,还带着一丝愧疚。

很快,陆怡冉的贴身丫鬟小翠被唤了过来。那是一个十三岁大的小丫头,长得很瘦小,眼睛大大的,一副担惊受怕的样子。

脚才跨过门槛,她就"砰"的一声跪下去:"奴婢见过大人。"

"本官且问你,在你家小姐出事之前,她可有去过什么地方,见过什么人?或者曾经得罪过什么人?"

[④]:参考《洗冤录》

小翠身子颤抖如筛子："小姐平时很少出门,也很少跟人往来,她就喜欢一个人待在房间里看书弹琴,尤其是在和余家定亲之后,她就更加不喜欢出门……"

"你刚才说陆小姐和余家定亲了?这是什么时候的事情?"

小翠抬头去看陆老爷,陆老爷替她回答道："小女跟城南余家的二子余谦于月前定下亲事。"

穆寒挑眉："贵千金是不是不喜欢这桩婚姻?"

陆老爷脸上出现了一丝复杂的情绪："自古姻缘都是媒妁之言,父母之命,她作为大家闺秀,哪有喜欢和不喜欢的说法。"

穆寒冷然一笑："陆老爷,都到了这种时候,你不想着为你女儿昭雪,反而还怕家丑外传,你难道就不觉得有愧于心?"

陆老爷脸色一阵红一阵白："小女在定亲前曾看中一个穷书生,我不同意他们在一起,并让下人将那书生打了一顿。我怕再出么蛾子,就让我夫人赶紧给她定门亲事,没想到……唉!"

穆寒挑眉："出事之后你没有怀疑过是书生干的?"

陆老爷点头："自然是怀疑过,我当天就派人去找那穷书生,可他们回来说,穷书生早在一个月前就因感染风寒病逝了。"

"对于贵千金和书生的事情,余家可知情?"

"应该是不知道的,余家二子很喜欢小女,知道小女暴病……后,还来家里哭过两回。"

小翠突然叫了一声,被穆寒的长眸扫过去,她又缩成个乌龟状,穆寒问她是不是想起了什么。

小翠连连点头："是的,大人。上元节那天小姐曾到华榕寺去上过香,她说想为林书生超度灵魂,之后还在那里求了支签,只是签文并不好,回来后小姐就更闷闷不乐了。"

从陆府回来后,穆寒让人暗中调查余谦,结果证明余谦的确跟陆怡冉的死没有关系,他当时正在澜洲做生意,知道陆怡冉死讯后才匆匆赶回来。

第二日，他们又去查访其他三家。在穆寒的手段下，其他三家也最终说出了事实，那三家女儿的死因跟陆怡冉一模一样，都是被掳走，发现时全身赤裸躺在血泊里，旁边有朵白色的花。

而更巧的是，这三个女死者都在生前去过华榕寺，并让华榕寺外面的算命先生解过签文。

桑柔趴在书案上，看着手里拿着笔的他记下各种相似点："作案手段一样，那应该可以肯定凶手是同一个人。"

穆寒"嗯"了声。

"她们四人死前都曾经去过华榕寺，那我们是不是应该亲自到华榕寺走一趟？"

他又"嗯"了一声。

她这会儿才意识到有些不对劲，作为一个仵作，她不应该参与到案件的侦查过程。

她抬眸去看他，心中有些忐忑："你是不是生气了？"

他又"嗯"了声，随即手中的笔顿住，抬起头来："你刚才说什么？"

他的眼如古井微澜，让人看不透，她心有些惴惴不安："你是不是不喜欢我参与案子？"

时已三月初，白兰花正开得灿烂，风中送来阵阵幽香。

穆寒走到窗边，看着她："过来。"

她不知道他想干什么，但还是走了过去，他伸手摘下一朵白兰别到她的耳边，并从背后搂住她的肩膀，将她压向自己。

"你这样很好。"

有什么东西猛地撞进她的胸口，闷闷的，却又酸酸甜甜的，让她说不出话来。

4.访查

翌日,天空飘起了蒙蒙细雨。

雨洗残冬,如丝细雨中,杏花如烟,花瓣上沾满了晶莹的水珠,远处的山、水、树,一片朦朦胧胧。

一阵清凉的春风迎面扑来,带着些泥土芳草味,沁人心脾。

上华榕寺的路并不好走,路被雨水打湿,坑坑洼洼,全是泥土,他们走了一个多时辰才到达华榕寺。

可能是下雨的缘故,来上香的人并不多。

华榕寺依山而建,规模颇大,据说很是灵验,所以百年来香火不断。

早在他们上来之前,卫展风便带着衙役上来,暗中监视华榕寺,并通知了华榕寺的法如方丈。

因不想打草惊蛇,所以知道他们到来的人并不多,穆寒一行人到达内堂时,等待他们的只有一个法如方丈,还有一个穿着灰色僧袍的年轻人。

桑柔一眼就落到穿灰色僧袍的年轻人身上,他看上去年约二十五岁,身上虽然穿着寺里的僧袍,却没有剃发。

他个子不高,瘦骨伶仃的样子,因为太瘦,双颊狠狠地凹陷进去,显得颧骨又高又突出,加上倒八字的眉,看上去颇有点尖嘴猴腮的感觉。

这人应该就是在观音殿外给陆怡冉解签的那个人——莫嗔。桑柔看到他的第一感觉就是不舒服,不明白为什么华榕寺会安排这么一个人来解签。

他们来之前就对莫嗔做过一番调查。莫嗔其实不算是真正意义上的出家人,正确来说是带发修行,只不过自从他五岁来到华榕寺,就一直没有离开,过的是跟僧人没有两样的生活,只是不知道为什么没有剃发。

法如方丈对穆寒行了个佛礼。

穆寒请法如方丈入座，淡淡道："佛门乃清净之地，本官本不该打扰到方丈的清修，只是数月来出了几桩命案，这四个死者都曾经跟寺中这位莫嗔师父接触过，所以本官来这里进行例行查问。"

法如方丈又念了一声法号："穆大人请自便。"

法如方丈看了莫嗔一眼。

莫嗔走到了穆寒面前，露出一口洁白的牙齿道："穆大人请问吧，我定知无不言言无不尽。"

"上个月上元节的时候，死者陆怡冉，城南陆家绣品的大小姐，曾来过寺里上香，并在你这里解了支签，你可还记得？"

"不记得。"莫嗔想都没想就回答，"每日来往寺庙的香客众多，我怎么可能记得住每一个香客？更何况上元节那天人流比往常要多几倍。"

"既然如此，那本官就让你见见她，或许你能想起点什么来。"

两个衙役抬着一个担架走了进来，将担架放到莫嗔旁边，然后一把将盖在上面的白布掀开到脖子的地方。

法如方丈又念了一句"阿弥陀佛"，然后闭上眼睛，一边转动着手中的佛珠，一边默念着佛经。

莫嗔站着的时候，右手放在背后。桑柔并没有跟着进内堂，她在内堂的门口等待，此时看过去，正好看到莫嗔右手的中指比一般人要长。

她也看到，莫嗔在看到尸体的刹那，右手颤抖了一下。

"怎样，现在想起来了吗？"

莫嗔还是那副漫不经心的样子："想起来了，这位姑娘的确在我这里解过一支签——第四十六签'刘邦斩白蛇，下下之卦'：犬儿生两口，柳眼泪珠浮。悲叹无情绪，心酸自苦忧。她当时求问的是姻缘，我告诉她婚眷无缘，进退两难，勉强成婚，只恐相逢在梦中。"

穆寒挑眉："一个月前的事情你为何记得如此清楚？"

莫嗔耸耸肩："我在庙中帮人解签三年，她还是头一个在听完签文后,当场哭得不能自已的人。"

"三月初一的子时到寅时,你人在哪里?"

"白云观山上。"

穆寒俊眉微挑,还来不及开口,法如方丈睁开眼睛开口道:"每逢初一十五,老衲便会带着寺中弟子到白云观去作法祈福,当天晚上会留宿在白云观里,当时莫嗔就住在老衲隔壁,跟另外一个弟子住在一起。"

白云观到城南需要两个时辰的脚程,来回四个时辰,他根本没时间动手。

法如方丈叫来了当时和莫嗔一起住的弟子,他证实了法如方丈的话,并且补充,丑时他起来方便时,莫嗔正在一旁睡觉,未曾出过房门。

桑柔蹙眉,地点对不上,有人证,也就是说当晚将陆怡冉从陆府绑架走的人根本不是莫嗔。

之后穆寒又问了其他几个问题,还问了有关前面三个死者的问题,莫嗔都以不记得为理由,毕竟已经过去了几个月。

桑柔想起华榕寺里有个长生堂,可供人们立长生牌位。

虽然看穆寒的查问一时半会儿不会结束,可她在这里又帮不上忙,想了一下,便转身往长生堂的方向走过去。

她娘去世那年,她爹带着她来华榕寺为她娘立了一个长生牌位,后来一直忙于生计,就再也没有来过,相隔也有十四年了。

她循着记忆中的路线找过去,却没能找到,最终还是在一个小僧人的帮助下才找到了长生堂的位置。据小僧人介绍,随着信徒的增加,旧的长生堂已经不够摆放牌位,所以五年前,在信徒的资助下,建了一座新的长生堂。

新的长生堂是一座三层高的塔,比记忆中的那个长生堂规模的确大了很多。

小雨还在淅淅沥沥地下着,雨水伴着湿冷的气息扑鼻而来,除了清新的泥土味道,还有一股独特的芬芳。

她循着芬芳的气味找过去,绕过长生堂,有一条青石板小路,小路两边种着一种花。

左边的花她认出来是朝阳花,玫红色的朝阳花在雨中绽放,绽放的花朵像一个个小喇叭,因而这种花还有一个很通俗的名字——喇叭花。

只是她更喜欢朝阳花这个叫法。

小路右边的花跟朝阳花颇为相似,圆茎叶卵圆,绿叶的底部呈现心形。只是奇怪的是,它的花朵并没有盛开,而是全部闭合着,有些是还没绽放的花骨朵,有些已经枯萎凋零,有些收合着,白色的花瓣向内卷曲。

朝阳花之所以叫朝阳花,就是因为它早上开花,黄昏凋谢,到了第二日,无论天气晴朗还是下雨,它还会照样开花。

可现在在她眼前的花并没有开花,由此可以确定右手边的花并不是朝阳花。

就在桑柔蹲下凑近去闻花香的时候,后面传来一个有些低沉的声音:"这花叫夕颜花,黄昏至夜间开放,黎明前闭合,跟朝阳花刚好相反。"

桑柔唬了一跳,立即回头,只见她身后半丈开外的地方站着一个身穿土黄色僧衣的和尚。

那和尚年约四十五岁,浓眉大眼,鼻子高挺,却配上一张圆脸,顿时将他脸上的刚硬之气中和了不少。

"阿弥陀佛,惊扰到施主,是贫僧的罪过。"和尚颔首,双手合十抱歉道。

"师父不用介意,是我打扰了师父的清修,应该是我说抱歉才对。"桑柔站起来,学他双手合十。

"阿弥陀佛!"和尚又念了一句佛号。

她微侧身,垂眸看了一眼夕颜花:"朝阳花随处可见,这夕颜花倒是第一次听说,不过这名字倒是很贴切,只可惜今天没能一睹它的风采。"

在同一条路上,种着外形相似、可名字相对的花,一种黎明开花,黄昏凋谢,另外一种刚好相反,两种花隔路而种,却生生世世不得相见。

而它们的名字也十分有趣,朝阳象征着希望,夕颜却象征着凋零,两者放到一起,趣味横生之余,不知道为什么,让人忽生感伤。

"施主若是喜欢的话,他日可选在黄昏时再来。"和尚的表情由始至终淡淡的,不喜不悲,带着出家人才有的出尘。

桑柔点头:"师父是负责哪个佛堂的?"

"贫僧法号释心,目前负责管理长生堂。"

桑柔双眸一亮:"我本打算到长生堂为一个朋友立长生牌位,只是走到堂前,被花香吸引了过来。"

"既是缘分,那今日便由贫僧为施主亲自办理。"

"谢师父。"

长生堂里香烟缭绕,安神的檀香弥漫在长生堂的每个角落。一走进长生堂,便看到台案上放着密密麻麻的长生牌位,一个穿灰色僧衣的小僧正在擦拭长生牌上的灰尘。

小僧看到释心,立即放下手中的抹布,双手合十虔诚地行了个佛礼。

释心淡淡地点头:"你帮我拿一个新的牌位过来。"

小僧应好而去,很快就拿着一个没有写名字的牌位过来。

"施主想为哪位亲人立牌呢?"释心的声音在淅沥的雨声里,更显低沉,仿佛沉淀了岁月和沧桑。

"徐鹤轩。"

释心的动作微微怔了一下,但脸上并没有情绪波动,反而是站在一边的小僧看了她两眼,被她抓到又立即闹红了脸垂下头去。

桑柔沉默了一下:"两位师父应该都听说过徐大夫的事情吧?"

"阿弥陀佛！"释心念了个佛号，"徐施主是华榕寺的香客，贫僧与他也曾有几面之缘。"

桑柔微有些惊讶，据她所知，徐大夫并不是一个虔诚的信徒，但转念一想便明白了，他应该跟自己一样，是来寺中为亲人立长生牌的。

"不知能否告知徐大夫生前在长生堂立了多少长生牌，以后他的香油钱都由我来负责。"

如果亲人常年没来添香油，寺庙会在一段时间后，将长生牌的位置清理出来，给新的人。她这次过来，除了给徐大夫立个牌位，也是想着将她娘的牌位重新补上。

释心听到她的话，又念了一声佛号，然后让一边的小和尚去将登记册拿过来。当她看到登记册上的名字时，她的心不由得一震，徐大夫这些年来竟然都有帮她娘添香油，可他从来没有跟她提起过这件事情。

而当她在登记册上看到自己和她爹的名字时，不禁瞪大了美眸："释心师父，这个光明灯又是什么？"

"长生牌是为已故的亲人祈福，而光明灯则是为还在世的亲人祈福，祈祷亲人平安健康，无灾无难。"

桑柔只觉鼻子一酸，眼泪差点就夺眶而出。

根据登记册上的记录，徐大夫是五年前为她和她爹点上光明灯的，可这一切他从来没跟她说。他为她做了那么多事情，却偏偏忘了自己，登记册上根本没有他自己的光明灯。

现如今天人两隔，她想为他点一盏光明灯都不能，只能为他立一个长生牌。

之后释心帮她在新的长生牌上写上了徐大夫的名字以及生辰，放置在徐老爷的长生牌旁边。

"释心师父，我能否去看一下光明灯？"

释心点头，带着桑柔走进内堂，内堂的门口处有一架木梯，是通往二楼的。

楼梯打扫得很干净,但光线并不是很好,有点昏暗,鞋子踩在木板上,发出沉闷而单调的声音。

一踏上二楼,便看到一座塔形的光明灯,最上面有一个陶瓷做成的小塔,塔下共有十二层,每一层中有小隔间,上面放置着一盏盏小油灯,小油灯下面有一张条子,用红笔写着供奉人的名字。

"秦施主的光明灯在这里。"释心指着其中一盏光明灯淡淡道。

桑柔走过去,果然在第四层的油灯下面看到自己的名字,旁边放置的是她爹的光明灯。她心一缩,只觉得喉咙再次有些哽咽了起来。

在光明灯前站了一会儿,她转身准备离去时,忽然想起一件事情,她回身看着释心道:"释心师父,我想为我一个朋友点上一盏光明灯。"

"阿弥陀佛,秦施主请告知贫僧要供奉的名字。"

"穆寒,禾草旁的穆,寒冷的寒。"

释心点头,拿起毛笔蘸了蘸红墨,然后在一张白色的条子上写上"穆寒"两个字。

"秦施主想为供奉人供奉哪种光明灯?"释心的脸色在灯光中昏暗不明。

她刚才进来便注意到了,不同的光明灯座供奉的意义不一样,分别分为消灾、功名、平安、本命、延寿等五种禄位灯。

"平安,跟我的一样。"

恰好她的光明灯旁边有一个空位,可是释心却没有将穆寒的光明灯放在那里,而是放在第七层的某个空位上,她心中微微有些失落,但并没有多言。

"咚"的一声闷响,从楼阁上方传了过来,桑柔吓了一跳,猛地回头看向三楼楼梯的方向。

"秦施主勿要惊慌,定是贫僧养的小猫又调皮了。"释心淡然解释道。

她点点头，转身下楼梯，就在这个时候，楼阁上再次传来沉闷的声音。

她看了释心一眼，只见他低垂着眼睛，一脸淡定，一副见惯不怪的样子，她也没再多问下了楼梯。

来到一楼，她刚捐好香油，便听到穆寒低沉有磁性的声音从背后响起："你怎么一个人跑到这里来？"

她回身，看到他背着光向自己走来，他的脸在昏暗的光线中有些阴晴不定，只有那双眼睛幽深坚定，一直锁在她身上。

她扬唇，看着他道："我过来为个朋友立个长生牌。"

"我认识吗？"他长眸微挑。

桑柔被他看得心里莫名有些发虚："是徐大夫。"

不知道是不是她多心，总觉得他在听到"徐大夫"三个字的时候，脸色更加阴沉了，只看着她不说话。

"徐大夫在世时，多方照顾我和我爹，而且我刚刚才知道，他这些年来，一直为我娘供奉长生牌，所以……"

"走吧。"他丢下这句话，转身就走。

她连忙跟释心道别。

下山的过程中，他一直阴沉着一张俊脸，薄薄的嘴唇抿成一条线，直到坐上马车，他还是没跟她说一句话。

"你在生气？"

穆寒凤眸"嗖"地睁开，看着她道："你说呢？"

"是因为我擅自离开吗？"她试着找让他生气的原因。

他看着她咬牙切齿："其中之一。"

好吧，那就是说她做错的事情还不止一件。

看着她一脸无辜的样子，穆寒脸色一沉，长臂将她捞到怀里，低头一口含住了她的嘴唇，故意用力一咬，她疼得差点蹦起来。

他犹自不解气，又咬了一口。她这次连痛呼的声音都不敢发出，一张脸涨得跟煮熟的虾子一样，推着他的胸膛，睫毛颤了颤："你不要这样,这是在马车里。"

这会儿她双颊酡红,泛着诱人的粉色珠光,眸泛波光,那样子像极了一只受了惊吓的兔子,让人恨不得一口吞下。

穆寒这样想,也是这样做的,好一会儿后他才松开她,手指抚摸着她被虐得有些红肿的嘴唇,脸上却是阴沉得可以滴出水来:"下次再敢这样,惩罚可就不止这样了。"

桑柔像脱了水的鱼儿,大口地喘着气,她是真的觉得自己又委屈又无辜。

她脑子一个激灵,抬起湿漉漉的眼睛看着他:"另一个原因是因为……你吃醋了?"

穆寒一怔,耳根开始发热,好在马车里面光线比较暗,这才没有把他给出卖了:"不是。"

桑柔差点就笑出声来了:"我也为你点了一盏光明灯。"

穆寒眼睛亮了亮,嘴上虽然没有说什么,但脸上开始阴转晴。

5. 失踪

那天从审察司回来后,穆寒吩咐让卫展风小心跟着莫嗔,有什么情况随时来报告。

隔天,京兆尹府再次接到一宗少女暴病的报案,跟之前的四起案子一样,死者父母都宣称死者是暴病而死。

赵胜哪里敢耽搁,将柳家来报案的家丁强制扣留在京兆尹府,然后匆匆就赶过来审察司。

这一次出事的是城西的柳家,死者是柳家的嫡二小姐柳清瑶,年十六。

穆寒立即带人赶往城西柳府。

柳家愁云笼罩,府中一团忙乱,哭声滔天,尤其是柳夫人已经哭晕过去了三次,柳老爷也一副愁眉苦脸的样子,但还能支撑得住,管家正在指使下人准备后事。

当柳老爷被告知审察司的首司大人已经在门口时,吓得当场就怔住了,手中的杯子掉落在地上也没有察觉。

首司大人怎么会在这个时候来柳府呢?柳老爷是个精明的生意人,心思转了一圈,眉头就蹙了起来,心中明白这事情估计瞒不了了。

所以在穆寒说明来意,并提出要验尸时,柳老爷只是犹豫了一下便点头答应了。

虽然他们赶到柳府的动作很快,可是尸体还是被破坏了,尸体被擦拭了一遍,脸上沾染的泥土之类的东西也被擦掉了,尸体上很多印记也都被擦洗掉了。

死者的症状跟之前四起案子大同小异,但桑柔注意到有一个地方不同。

这次的死者柳清瑶下身没有红肿的迹象,指入阴门,有暗血涌出,这说明柳清瑶还是处子之身,她并没有遭到侵犯。

出事的过程也基本一样:先是失踪了一天一夜,之后在城西的茗杨山上找到了死者,死者全身赤裸地躺在血泊之中。柳家夫妇商量后,也放弃了报官的打算,毕竟这关系到死者以及整个柳家的声誉。

"那你有没有在血泊上看到一朵白色的花?"桑柔忽然插进来问道。

"白色的花?"柳老爷凝眉想了一下,"好像有吧。"

柳家对当时现场的情况一问三不知,但可以确认的是,血泊中的确有一朵白花,但不知道是什么花。

从柳府出来,他们到案发现场勘查了一遍,只是现场的环境也被破坏掉了:泥路上到处都是大小不一的脚印,重叠在一起,就算里面有凶手的脚印,也分不出来。

柳家为了不被人发现,还将沾染到血的泥土全部铲掉,又从附近重新挖了一些泥土埋上。

这导致他们在现场一无所获。

穆寒让卫展黎继续去监视莫嗔，换卫展风回来。

卫展风一回来听到又出命案了，顿时一怔："我昨晚一直没有离开华榕寺，莫嗔从戌时回房后，就一直没有出来过。"

"你确定在屋子里的人是他？"穆寒凝眉再次确认。

卫展风肯定地点点头："是的，属下每过一个时辰会通过屋顶的瓦片偷看房间里的状况，昨晚他回房后，抄写一个时辰的经书后便上床了。凌晨丑时时起来过方便，但不到几息就回来了，后来一觉到天亮。"

案子进入了一个死胡同，穆寒扬扬手让卫展风下去。

桑柔看他眉心深锁不展，走到他背后为他按摩两边的太阳穴："我们将脉络重新梳理一遍，或许有什么线索是我们遗漏了的，反正你不用太担心，就如你之前说的，天网恢恢疏而不漏，凶手总会被绳之以法的！"

穆寒嘴角微微上扬起一个弧度，伸手抓住她的手，十指相扣。

"你最近不要自己一个人出去，要是有事情要出去，就带上展风，知道了吗？"

她笑道："你这是担心我被人掳走？"

他点头："是。"

他看她粉唇滴樱，容色含羞，似一朵春天枝头上绽开的第一抹春色，美得让人怦然心动。

纯黑的眼睛微微一暗，他将她拉坐到自己的腿上，俯身覆盖了上去。

"唔……你怎么又这样了……"

他原本是真的没打算干什么的，可无奈美人太秀色可餐，他没法坐怀不乱。

连续下了几天绵绵的细雨，早上起来，桑柔推开窗，发现终于放晴了。

清晨的微风带着些许的凉意，吹在脸上凉丝丝的，她忍不住打了冷战，嘴角却扬起了个上扬的弧度。

春回大地，到处一片生气盎然，晨曦中随处可见麻雀穿梭在树丛中的身影，阳光下，这种静谧的美好让她心头充满了喜悦。

这段日子，是她过得最开心最幸福的时光。

她爹的双腿在辛大夫的医治下，已经能拄着拐杖下床行走了。她爹像个孩子一样喜极而泣，她也跟着红了眼眶。

这么多年了，她真是一点也不敢想象她爹还能再自己走路的一天。

她和穆寒的感情也越来越好，他有空的时候，总是喜欢黏着她，牵着她跟她十指交缠。

他当着她的面亲手给她雕刻两个小人偶，还是一男一女，只是这次是两个小孩子，他说希望以后生两个孩子，一男一女。

她拿着那小人偶，羞得脖子都红了，却是满心欢喜。

只是他还是不愿意给她看那个像她的人偶，她的好奇心被提到了最高点，他就是不满足她，她气得牙痒痒的。

他还说，等手上的案子结束后，就带她去拜祭他的父母。他说他的父母知道他给他们陆家找了这么美的媳妇，他们肯定很安慰。

她又高兴又为他心疼，想想这一路走过来，真的就跟做梦一般。

想起两人第一次见面时针锋相对、互相毒舌的样子，她忍不住弯了眉眼。

她正在思苦忆甜，她爹过来，跟她说他要回城北一趟，去感谢以前那些帮助过他们的老邻居。

她不大想见那些人，她爹也不勉强，她给了银子，让个小厮陪她爹一起去。

她爹嘴上虽然说不用，可扬起的嘴角却一早出卖了他的想法。

她将她爹送出门，嘱咐他早点回来，她爹满口答应，可是她等到夜幕降临，还是没有等到她爹和小厮两人的踪影。

她开始有些不安了起来。

"秦姑娘你别急，我这就安排马车，我们先去城北找一下。"刘承明知道后立即提出要陪她去城北找。

她点头，跟着刘承明还有卫展风一起去了城北，却被告知她爹在日落之前就回去了。

"一个多时辰了，我爹他出事了。"她心中的不安在加剧，不祥的感觉越来越浓。

"秦姑娘，你别乱想，或许你爹已经回去了呢？"刘承明再次安慰。

可回到穆府，还是落空了，她爹没有回来。

一个小厮急匆匆跑进来，气喘吁吁道："秦姑娘，外面有个妇人，说有人让她将这东西交给你。"

小厮手中拿着的是个食盒，她急忙打开一看，吓得几乎晕死过去——食盒里放着一只血淋淋的手。

那手粗糙苍老，尾指还多出一小节，是她爹的手！

她如坠冰窖。

何妈过来抓住她颤抖的手："桑柔啊，你别哭啊，那可能不是秦老爹的手，你再认一认。"

眼泪簌簌下掉，她想控制眼泪，眼泪却流得更凶。

"他们尽管冲着我来，为什么要对我爹下手啊？他苦了一辈子，这才刚享一点福……何妈，是我害了我爹！"

何妈他们一直安慰她，可她的眼泪停不住，更控住不住脑子想象她爹被人杀死的样子，她一下子就失去了理智。

她冲出暖香斋，一鼓作气地跑到问梅阁，刚好看到从厢房里面走出来的穆谷雪，她疯了一般狂冲而去。

丝竹看她样子不对劲，立即将穆谷雪反推回厢房，门"砰"的一声在她面前关上。

"穆谷雪，你给我开门！你把我爹还给我！"她不管不顾地拍着门大喊。

门里的穆谷雪起初还好声好气地问她怎么了，最后也有些不耐烦了："秦桑柔，你到底发什么疯，你爹不见了你找我出气算什么？"

"穆谷雪，你一次两次对我下手，我都忍了你，可是你千不该万不该对我爹下手！"

"你有病，我听不懂你说什么。"

"你要是心里没鬼，你就出来跟我对质，你出来啊！"

她拍到手都痛了，穆谷雪就是不开门，下人也不来帮她。

何妈都劝说跟穆谷雪没关系，她不知道该从何解释，这一桩桩的事情太多了，可她手中却一点证据都没有。

她脑子几乎要炸开一般，身子又冷得如置冰窖。

不知道拍了多久，忽然一个黑影笼罩过来，有人拉住她的手，扣进她的指缝里，将她拽过去。

她撞进一个怀抱里，一只手抹去她脸上的泪水。

"别哭，我回来了。"

她抬眸，泪眼看到他一脸心疼内疚地看着自己，立即丢盔弃甲，溃不成军。她想问他怎么不早点回来，她想说是穆谷雪搞的鬼，却只默默地流泪。

"我知道了，我知道了。"他连连说了两声，将她抱起来，然后对卫展黎和卫展风道，"请穆小姐出来。"

他声音冰冷淡漠，夹杂着可寻的怒气，穆谷雪在里面听到，当场就泪目了。

"穆小姐，您是要自己出来，还是要我们进去请您？"卫展黎开口问。

房间里面一度没有声音，在卫展黎问到第三遍的时候，门终于"吱呀"一声从里面被打开了。

穆谷雪一眼就看到穆寒，他坐在亭子里，将桑柔抱坐在他腿上，一边给桑柔擦眼泪,一边柔声安慰,那温柔呵护备至的样子,是她一辈子都没有看过,却一直渴求的东西。

穆寒一个冷眼夹着风雪扫过去:"穆谷雪,你最好自己招了,否则本官不介意对你用刑。"

他叫她穆谷雪,他不相信她,他还当着那么多下人的面给她难堪,他是真的一点都没有为她着想过!

可他为什么要这么对她啊?她有哪点比不上秦桑柔,为什么他就不爱她?

"慎远哥,不是我干的。"

"雪儿是你弄死的,林婶是你特意安排的,我之前不拆穿你,是想还你们穆家的恩情,事不过三,我已经仁至义尽,你再不招,我只好让人将你押下去。"

穆谷雪浑身一抖,美眸里充满了惶恐:"你说的那些事情是我做的,可是这次不是我,我没有让人绑架秦桑柔她爹。"

"你不用狡辩了,穆谷雪,你还让人砍断了穆寒送给我的木雕,还有那次我被人扔花瓶,你哪一次不想置我于死地?"

穆寒双眸骤紧:"木雕被砍断了?你怎么没有告诉过我?"

"我……怕你为难。"

穆寒将她的手握得更紧,他说过不让她受委屈,可他根本没做到,穆家的恩情压在他头上,却要她来承受委屈。

穆寒恨不得抽自己两个耳光。

"木雕是我做的,林婶也是我安排的,雪儿也是我叫人弄死的,可是我没让人要你的命,我没有!"穆谷雪的情绪也崩溃了。

"来人,将她押下去,她若是不招,就按照程序来。"

"你……慎远哥……"穆谷雪因为过于震惊,反而忘记了流泪,她真没想过有天他会对自己下手。

穆谷雪连同她的丫鬟丝竹一起被关进牢房。

穆寒不顾下人的眼光,将一直颤抖的桑柔抱回了隐月楼。

他将她放在床上，让她睡一觉，她摇头，说自己睡不着。

"如果，我说如果真是穆谷雪做的，你会怎样？"

到时候穆候阁会给他施压，若是他对穆谷雪下手，他也会成为众人眼中忘恩负义的代表。

她知道他的为难，可是她憋得难受。

"如果是她，我会依法惩治，只是这事，还有扔花瓶那事，都不是她做的。"

她瞪眼："不是她，那是谁？"

"孙妍。"

她琢磨着这个名字，过了一会儿，如同被雷击一般，眼睛瞪得更大，她几乎忘记了这个人。

"上次张贵的事情，也是孙妍？"

穆寒点头，将她一把抱住："应该也是她，只是我手中还没有拿到确切的证据，加上她父亲的身份，我暂时动不了她。不过你放心，我会将秦叔救回来的。"

提到她爹，她的眼泪又流了出来。

"你明知不是穆谷雪做的，那你为何还要关押她？"

"我怀疑她见过孙妍，还有，她如此对你，她理应受到惩罚。"

他这样算是公报私仇，可她……好喜欢，好欣慰。

6.绑架

穆谷雪一口咬定她没有叫人对付秦桑柔，也没有绑走秦老爹，丝竹更是战战兢兢地说自己什么都不知道。

穆谷雪没被用刑，但脸上脏兮兮的，完全没了千金小姐的样子。

丝竹被杖打了十棒，屁股都几乎开花了，她一直哭，骂骂咧咧地说自己和穆谷雪都是无辜的，是被陷害的。

昨日将食盒送到府上的妇人只是一个路人，她说在路上被人拦住，让她将食盒送到穆府交给桑柔，她就能得到一两银子。

妇人没有多想，根本不知道里面是什么东西，查问她对方长什么样子，她说对方戴着帷帽，帽檐压得很低，她没看清楚对方的样子，只知道是个男人。

穆寒一早就出去了，保护桑柔的人由卫展风换成了卫展黎，桑柔有些奇怪，因为这段时间都是由卫展风保护她。

她问卫展风去哪里了，卫展黎眼睛有些闪烁，说大人另有安排，她感觉有些古怪，但没追问。

用完午膳，她还是坐立难安，于是想着去后花园走走，顺便消食。路过一个亭子的时候，一个下人刚好经过，她脚下被一个东西砸了一下。

她趁卫展黎不注意，将那纸团捡起来，跟卫展黎说想回去了，不想继续逛。

回到房间，她将纸团展开，上面写着一行字：要想你父亲平安无事，就一个人到长安街。记住，若是发现有人跟踪你，你就等着给你爹收尸。

她的手颤抖不已，原想将纸团给撕碎，但最终还是改变主意，她将纸团放进锁东西的柜子里，然后跟卫展黎说她想出去外面走走。

卫展黎想了一下说好，并跟了上去。

她带着卫展黎到市集，买了一大堆东西，全部让卫展黎给她提着，卫展黎整个人都差点被礼品给淹没了。

路过一家成衣店的时候，她让卫展黎在外面等她一下，她挑选一两件衣服就回去。

卫展黎想跟进去，可一来他手上东西太多，二来这是家女子成衣店，他一个大男人进去不好。

他犹豫了一下还是点头了，并让她万一有事就大声叫他。

桑柔满口应好，挑了好几件衣衫并让一个女伙计跟她进去。

卫展黎在外面等了大约一炷香的时间，还没有看到桑柔出来，不禁有些着急，他让成衣店老板娘帮他进去看看。

老板娘进去不久，就传来一声尖叫，卫展黎将手中的东西扔掉，闪电般蹿进去。

试衣服的小房间里面，桑柔不见了踪影，女伙计被人用衣衫捆在凳子上，塞住了嘴巴。

卫展黎脸当即沉下来，飞过去拿掉女伙计口中的布："那姑娘呢？她去哪里了？"

女伙计被卫展黎凶巴巴的样子吓得不轻，哆嗦着道："那姑娘将我绑起来，然后从窗子跳出去跑了。"

卫展黎浑身一震，他以为桑柔是被人绑走了，万万没想到她是自己跑的。他从窗口追出去，人海茫茫，却没有桑柔的踪影。

他一点也不敢耽误，赶紧回穆府禀报这事。

桑柔从成衣店出来后，立即按照纸团上的指示来到了长安街。她在长安街逛了一会儿，有个痞子般的男子从她身边经过，快速将另一个纸团塞到她手里。

她到角落展开一看，对方让她到后边巷子，有一辆马车在等她。

她来到巷子口，果然看到那里停着一辆马车，车夫身材魁梧，头戴着一顶大帽子，压得低低的。

她一走过去，他就粗声粗气喝了一声："快上车，别磨蹭！"

桑柔稍微迟疑了一下，还是钻进了马车里。

马车不大，但打扫得很干净，角落处还放着一个铜鼎，里面正燃烧着熏香，只是没有烟出来，所以并不觉得呛人。

车夫将帘子放下时，别有深意地看了她一眼，那眼神她读懂了，带着男人猥琐的欲望。

桑柔心中的不安加剧，将出门时带出来的小匕首从袖袋里拿出来，塞到靴子里。

车夫吆喝一声，马车快速奔跑了起来，不过刚驶出城门，马车就停了下来。

车夫再次撩开车帘,将一条绳子扔到她面前:"将你自己绑起来。"

他的眼神一直盯着她的脸看,欲望明明白白地写在脸上,让她觉得恶心万分。

她装作没看到,将绳索拿起来捆住自己的双脚。

看她捆好,车夫盯着她的胸脯笑了一声:"真他娘的够味,老子真想当场就办了你!"

桑柔忍着胃里翻滚的恶心,装作轻松笑道:"大哥怎么称呼?"

"你打听这个做什么?老子告诉你,少玩花样,今日你是怎么都跑不了的!"

"就跟大哥你说的这样,我跑不了,我问大哥名字,是听大哥口音不像盛京的,倒像是陈家村那边的?"她随便猜了个地方。

"什么陈家村,老子是冯家村的!"冯寿生从前头又拿出一条绳子,让她转过身去,要反手捆住她的双手。

"大哥,我肩膀受过伤,反手会很痛,反正我也跑不了,打也打不过你,你看能不能就绑在前面就好?"桑柔水汪汪的眼睛盯着他,用哀求的口气求他。

"奶奶的,都说英雄难过美人关,老子总算是领教了,就依你一回。"冯寿生将她的手捆住,捆好后,还在她的胸脯上抓了一下。

桑柔的眼泪差点就下来了,又不敢真哭,冯寿生看她识相,也没再为难她,回到马车上继续赶路。

桑柔不知道他要带她去哪里,她今日自己出来,是为了见她爹,可她现在有些怀疑,对方根本没打算带她去见她爹。

"冯大哥,我还要多久才能见到我爹?"

冯寿生闻言没有回答,哈哈大笑了两声。她心里的不安感加剧。

她爹怎么样了?是已经被杀死了吗?

想到这个可能性,她的心就跟被人拿皮鞭狠狠抽了一般。

"冯大哥,只要你放我走,不管对方出多少银子,我出两倍给你。"

冯寿生的声音迟疑了一下才响起:"放你走,穆大人怎么可能放过老子?你当老子傻啊?"

"我跟你保证我不会报官。"她急急道。

"给老子闭嘴,再啰唆老子现在就干了你!"冯寿生的声音忽然又凶狠了起来。

桑柔原以为他刚才迟疑了,她能用银子诱惑打动他,没想到失败了。

马车颠簸了起来,从方向来看,这是往郊区密林去。

越往里面走,人烟越稀少,她被救出来的希望也就越渺茫。

她的心直直往下坠,手心冰冷一片,不知道穆寒会不会找到她留下的纸团顺藤摸瓜地赶过来,就算他找到了,她等得了吗?

桑柔决定自救。

她刚才求冯寿生不要将她的双手反手绑着,就是为了能取出她靴子里的匕首。

她弓起身子,用手将藏在靴子中的匕首一点一点给拔出来,冯寿生估计也没猜到她会将匕首藏在靴子里。

好在她刚才灵机一动,将匕首给换了位置,冯寿生绑她双手的时候,还顺手将她的袖袋摸了个遍。

她将刀鞘用嘴拔掉,然后尽量不弄出声音地开始割脚下的麻绳。

麻绳很粗,她又担心动作太大会将冯寿生引来,所以一时半会儿根本割不断麻绳,不过铁杵磨成针,眼看着就剩下一点了,马车却在这个时候一个急刹车停了下来。

铜鼎被撞倒,里面的香灰撒了出来,桑柔赶紧将匕首藏进袖子里面,然后借力马车壁,轻轻一蹬,整个人翻了个身,脸刚好扑到香灰上。她将脸在香灰上来回扫了几次,然后将脚放下去。

她刚做完这一系列动作,车帘就被撩开了,冯寿生凶神恶煞的脸出现在马车前面。

他看到桑柔脏兮兮的样子，微怔了一下，然后猥琐地笑了起来："你以为你把自己弄脏了，老子就下不了手吗？"

桑柔的心一沉，她的确是有这个打算，可看来她的计划再次失败了。

冯寿生恶狠狠地将她从马车上扯了下来，一把扔在地上。

桑柔往四周看了一眼，到处都是参天大树和茂密的草丛，她果然没猜错，这里的确是深山野林。

这也就意味着不会有人来救她，她今天看来真的要命丧于此。

桑柔脸上煞白如雪，后背出了一身冷汗。

冯寿生居高临下地看着桑柔，铜铃般的两只大眼睛从桑柔的脸上扫过，最后落在她的胸口上，随即露出一个猥琐的笑容：

"这么标致的美人儿，就这么死了未免有点太浪费了，不如死之前爷给你开个苞，等你死了下了地狱，就能跟其他鬼风流快活了，哈哈哈……"

冯寿生的话太猥琐了，桑柔一阵阵反胃。

冯寿生一步步地朝桑柔走来，桑柔屁股往后挪。

"冯大哥，审察司办案的手段你肯定听说过，你要是杀了我，迟早会被抓到。"

冯寿生怔了一下，眼中闪过一抹犹豫。

"这个不用你为老子操心，穆大人再厉害能厉害得过孙将军？"

他既然接下了这桩交易，就已经骑虎难下了，放了秦桑柔，孙妍根本不会放过他。

他只能按照计划走。

事到如今，桑柔知道冯寿生是不可能被说动的，她立即放弃了这个方案。

她的目光落在自己的脚上，注意到上面的麻绳还差一点就能挣断，她双眸微闪，在地上挪动屁股的同时，双脚动得更加厉害。

冯寿生急着将她给办了，一时没注意到她脚下的绳子，就在他俯身蹲下来要去扯她衣服时,她双眸一冷,双脚一蹬,瞄准他的下身蹬上去。

"啊——"冯寿生发出一声哀号,抱着下身在原地跳了起来。

脚下的麻绳本来差一点就要断了,又经过她两次这么蹬来蹬去,一下子就松了。

冯寿生怒发冲冠:"臭婊子,敢踢老子,看老子怎么弄死你!"

他再次朝桑柔冲来,桑柔脚下的麻绳正好被解开,她麻溜地爬起来就跑,可没跑出两步,头发就被冯寿生从后面抓住了。

冯寿生扯着桑柔的头发,手中一用力,桑柔便撞进了他的怀里。

"跑啊,臭婊子,怎么不跑了?"

桑柔疼出眼泪,却咬着嘴唇不让自己说出任何一句求饶的话,对于他这种亡命之徒,对他示弱说道理都是没用的,所以她不想浪费自己的时间和口舌。

"怎么不说话了?装哑是吧?等一会儿看老子怎么干到你哭!"冯寿生说的话粗俗猥琐。

他喷出的热气洒在脸上,让桑柔全身都起了鸡皮疙瘩,她抑制住那股想作呕的冲动,将头偏过去。

冯寿生看她一脸嫌弃,更加生气了,再次将她扯过来,使得她头皮热辣辣作痛。

就在冯寿生的手往她身上摸去的时候,天上传来一声怪叫:"坏蛋!"

桑柔心中一喜,是秦吉了!

冯寿生抬头一看,只见一个黑色的肉团子朝他飞奔而来,速度快如闪电,下一刻他便再次"啊"地惨叫一声。

秦吉了刚好啄到他的左眼皮上。

左眼一阵剧烈的疼痛,冯寿生松开桑柔,长臂乱挥,将秦吉了给打飞了出去。

桑柔边朝秦吉了跑过去,边挣扎着想将手上的麻绳解开,她将秦吉了从地上捡起来，撒腿就跑。

冯寿生彻底怒了，他不顾眼睛的剧痛，朝桑柔追上去。

桑柔的心从没跳得这么快过，也从来没有这么害怕过，她没命地跑、没命地跑。

就在冯寿生几乎要追上她时，前面的丛林里响起了窸窣的声音，一个猎人打扮的中年男人从丛林里走了出来，手中拿着弓箭。

桑柔双眼一亮："救命，有人要杀我！"

猎人跑上前来，将桑柔护在身后，手中的弓箭对着冯寿生道："你是什么人？为什么要追杀这位姑娘？"

冯寿生气喘吁吁，双眼红如血，怒瞪着猎人："你个啥东西，少管老子的事，否则老子连你一起灭了！"

冯寿生从身上拔出一把匕首，朝猎人刺过来。

猎人手一松，弓箭飞过去，直中冯寿生的右大腿，冯寿生跪倒在地上，血如泉涌。

"走！否则我马上废掉你另外一条腿！"猎人故作凶狠地说道。

冯寿生看了看猎人，又看了看他身后脸色煞白、颤抖不已的桑柔，想了一下，捂着腿站起来掉头走了。

看到冯寿生走了，桑柔这才双腿一软，跌坐在地上。

7.营救

宫中的事情处理好，穆寒便提前回来了，不知道为什么，他今天一直觉得心神不宁。

他的马车一驶出皇宫，卫展黎的身影就出现在马车里，有些慌张："大人，秦姑娘不见了！"

他脸色一沉，仿若千年寒冰："怎么回事？"

卫展黎表情微凝，将事情一五一十地告诉穆寒。

穆寒沉默了一下道："你说秦姑娘本想去后花园散心消食，但才去到又说不想散了，回到暖香斋不久就说要出门？"

卫展黎点头："是这样的，属下当时也觉得有点奇怪，她明明是想去散心，怎么才走过去又马上走了？"

"当时除了你们两人，后花园还有没有其他人？"

卫展黎先是摇头，忽然小叫一声："对了，当时有个小厮从秦姑娘身边走过，我看是府上的人，也就没太在意。"

"那小厮的样子你可还认得？"

卫展黎点头。

马车飞奔，很快就回到了穆府，穆寒让刘承明将府上所有的小厮都聚到院子里。

刘承明立即去办，很快小厮都被叫了过来，满满地站了一院子，卫展黎不用穆寒吩咐，当即就上去认人。

可他走了两圈，却没有发现下午那个小厮。

卫展黎朝穆寒摇摇头，穆寒挥手让刘承明将人遣散。

"刘管家，府上的小厮全部都在这里了吗？"

刘承明点头："府上的都在这里了。"

穆寒眉头越蹙越紧，然后朝书房走去，他们几人都马上跟上去。

来到书房，穆寒将画卷展开，抬眸问了卫展黎几个问题，五官身高、脸上有什么特色之类的。

卫展黎一一作答，穆寒一边问，一边画着，画好后，他让卫展黎过来辨认："可是这个人？"

卫展黎过去一看，连连点头："没错，就是他。"

刘承明也跟了上去，仔细辨认了一下，然后脸上出现恍然大悟的表情："这个人不是府上的。"

"那怎么会出现在府里？"穆寒的声音冷了三分。

"这人是穆小姐带过来的，一直在问梅阁为穆小姐跑腿，平日里也不归穆府管。"

穆寒立即带人赶去问梅阁，但没有找到那小厮，他直接奔去牢房。

穆谷雪看到穆寒，立即从地上爬起来，泪眼婆娑："慎远哥……我真没绑架桑柔她爹。"

穆寒冷冷看了她一眼，将手中的画卷在她眼前展开："这个小厮你可认识？"

穆谷雪怔了一下点头："认识，他叫石三，是穆家的家生子。"

"在哪里能找到他？"

"他不在问梅阁吗？"穆谷雪嘟囔了一句，看穆寒的神色，反应过来，他们肯定是找不到人才找到她这边来的。

"我也不知道。"穆谷雪冷笑。

不需要她的时候将她随手丢到牢房，需要她的时候就招招手，她又不是小狗！

穆寒俊颜一沉："所以你打算余生都在牢房里度过？"

穆谷雪一怔："你什么意思？"

"桑柔不见了。"

穆谷雪浑身一震，孙妍的名字闪过她的脑海。

"是孙妍带走了桑柔，若是出了人命，你就是同谋。"穆寒脸色阴沉，说到"人命"两个字时，手微不可察地颤抖了一下。

穆谷雪咬唇："不会出人命的。"

"你哪里来的自信？以你的手段，你以为你玩得过孙妍吗？"穆寒将一本册子扔到她手里。

"这些是死在孙妍手中的人数，她也曾经两次对桑柔下手。"他这段时间一直在收集孙家的犯罪证据，所以才没有马上对孙妍动手。

他想一窝端，让孙家永远都没有东山再起的可能，他以为安排人护桑柔安全就不会出事，可没想到还是出了意外。

穆谷雪看着手中的册子，越翻脸越苍白，呼吸也急促了起来："她……怎么这么丧心病狂？"

"你以为她真有心要跟你合作吗？你这是被人卖了还帮人数钱，她不过是找你当替死鬼。"

穆谷雪脸色死白如灰，连连后退了两步。

她不喜欢秦桑柔这个女人，是秦桑柔抢走了穆寒，她数次想将秦桑柔毁容，然后将他给抢回来。

但仅此而已，她并没想要秦桑柔死。

那日她在一品仙居跟孙妍见了面，两人只是讨论要如何教训秦桑柔。孙妍让穆谷雪调动两个人给她，方便她将秦桑柔骗出来。穆谷雪安排了丝竹和石三，可之后她并没有收到任何来自孙妍那方面的消息，她还以为孙妍没准备好。

昨天秦老爹不见，她心中觉得有些不妥，可一时还没反应过来，现在经穆寒这么一提醒，她才意识到她被人利用了！

她不仅被利用了，而且还被出卖了！

穆谷雪朝一直躲在一旁没有开口的丝竹看过去，上下一打量，果然发现了不对劲，丝竹手腕上戴着一只成色极美的镯子。

那镯子一看就价值不菲，以丝竹的身份她根本买不起。

她快步走过去，一把抓住丝竹的手腕，声色俱厉道："你说，你到底做了什么事？"

丝竹脸色顿时变得苍白："小、小姐，奴婢没有……"

"你现在有能耐了，居然能越过我去，既然这样我也不敢留你！"

丝竹浑身一震，跪行到穆谷雪的脚下，抱着她的腿哭道："小姐你不要赶奴婢走，奴婢无亲无故，你叫奴婢能去哪里？"

丝竹在她身边照顾多年，她也心有不忍，只是这一次就算穆寒不对丝竹出手，她也不能留丝竹了。

一个卖主求荣的下人，没人敢放在身边。

她将丝竹的手踢开，看着穆寒道："她知道石三的下落。"

丝竹惊恐万分："小姐，奴婢知道错了，你救救奴婢！"

穆谷雪低头看着丝竹，一脸冰冷："你何止错了，你是错得离谱！"

丝竹不仅没有帮到穆谷雪，反而还差点害她万劫不复。

丝竹起初还嘴硬，被抽了几鞭后就立即招了。

原来这石三在盛京还有个八竿子都打不到的亲戚，卫展黎带人过去，将躲在床下的石三给抓了回来。

一顿严刑逼供之下，石三也尿了，哭着将一切都招供了。

秦老爹被扔在城郊一座破庙里，穆寒让卫展黎赶紧过去救人。桑柔这边，石三说他只知道对方给了他一张纸团，让他交给桑柔，但纸团里面写了什么，他也不知道，因为他不识字。

穆寒听后脸更黑了，眼睛危险地眯了起来，周身散发着可怕的低气压，众人吓得大气都不敢喘。

忽然他眼睛一闪，转身就要走出牢房，穆谷雪手一伸，快速抓住他的手臂："慎远哥，我爹在盛京有些人脉，我可以让他们帮忙。"

穆寒回头冷冷看了她一眼，冷声道："不用。"

他将她的手掰开，决然离去。

穆谷雪跟跄了一下，差点跌坐在地上。

想起他看着自己时冰冷而疏离的眼神，她胸口一痛，眼泪就滚落了下来。

穆寒快速走出牢房，朝暖香斋跑去。

他在床底下找到桑柔藏起来的钥匙，将木柜打开，一张皱皱的纸团赫然放在一对木雕上面。

他手微微有些颤抖地将纸团拿起来，眉头蹙成了个"川"字。

"大人，现在要马上备马车去长安街吗？"刘承明看了纸团上的字问道。

"不用，去了那里也找不到人。"穆寒走到书案上，快速写一封信，然后将信和一个令牌模样的东西交给卫展黎。

他压低声音道："你拿着它们去无花门，将东西交给门主花今晨，他就知道该怎么做了。"

卫展黎点头而去。

"大人，难道你想直接去将军府？"

穆寒摇头："不去。"

虽然他恨不得手刃孙妍这个女人，可现在他就算去了将军府，也讨不到好处。

以他的权势，目前还撼动不了孙将军。

穆寒没有去将军府，而是直接去了无花门。

等他赶到无花门时，孙妍已经被抓了过去。

穆寒头上戴着一顶黑色帷帽，在一个无花门徒的带领下兜兜转转，转了好久才来到一个地下室门前。

"请。"

穆寒将帷帽摘下来递给那门徒，走进一间巨大的石室。

石室里面装饰低调，却处处显出豪华，石壁四周和地面铺着华贵的织锦，家具是清一色的紫檀木。

穆寒的目光直接落在矮几后面的男人身上，只见他一身红衣似火，脸上戴着一个狰狞的面具，面具遮住了他的上半张脸，只露出嘴巴和眼睛。

红衣妖娆，可穿在他身上却一点也不显女气，反而有种说不出的锐气，他就是花今晨。

"怎么样，她招了吗？"穆寒毫不客气地在花今晨对面坐下。

"招了，不过也等于没招。"

"什么意思？"穆寒剑眉一挑。

"她只吩咐杀死秦桑柔，至于冯寿生会将人带到哪里，她也不知道。"

"这冯寿生是什么来头？"穆寒眼神幽深，晦暗不明。

"冯寿生是个亡命之徒，常年混迹在各大赌场，欠下了一屁股的债，孙妍找到他，并给他一笔钱，让他办完事后便离开盛京。"

花今晨的声音冰凉沉静，如古井无波，只是那双淡褐色的眸子却犀利无比。

穆寒闻言，眉心蹙得更紧了，花今晨这话的意思是，这事情等于进入了一个死胡同。

"你也不用太担心，我已经布下天罗地网逮捕冯寿生，并让人到盛京周围的深山野林展开地毯式搜索，只要一有消息，我马上叫人通知你！"

穆寒点头，离去时在一间地牢里看到披头散发的孙妍，正浑身颤抖地蜷缩在角落里。

8.线索

"高大哥的救命之恩，桑柔没齿难忘！"桑柔朝高远拱手道谢。

高远挠挠头，又摆摆手："秦姑娘你不用太客气，遇到那种情况，就是换成别人也会出手相救的。"

高远夫妇以及一儿一女一家四口住在附近的村舍里，往日以打猎为生。

高远的妻子刘香慧捧着一碗肉粥从门外走进来："秦姑娘，你先喝点粥，今晚就在这里好好休息一晚，明天让我家当家的送你回城里。"

桑柔连忙站起来接住："高嫂子，真是谢谢你们，今天要不是遇到你和高大哥两位好心人，我真是不敢想象。"

桑柔想起之前那一幕幕还是心有余悸，不知道他发现自己失踪了没有，她没有一刻像现在这样想他。

"娘，我们回来啦，好饿哦，有没有什么吃的？"一个五六岁的小女孩从外面走进来。

小女孩长得极其可爱，粉雕玉琢，圆嘟嘟的，就跟年画上的福娃娃一样，头上梳着两个双丫，手里拿着一朵白色的花。

刘香慧看到小女儿回来，脸上立即堆满了笑容，一脸宠爱："小絮儿回来了？去哪里玩了？娘亲一早就准备好吃的在等你和哥哥。"

刘香慧刚说完，一个七八岁的小男孩像一头小牛一样横冲直撞进来，手中拿着七八朵白色的花，献宝一样递到刘香慧面前："这是俊儿摘来送给娘亲的，娘亲喜欢吗？高兴吗？"

刘香慧脸上都笑出了一朵花来，接过那花朵，抱着小男孩的脸连亲了两口："娘的好俊儿，娘很喜欢，娘也很高兴。"

桑柔看着这一家子其乐融融的样子，心中不无羡慕。

一股幽香传过来，她一顿，这香味好熟悉，好像在哪里闻过。

刘香慧站起来，看到桑柔定定地看着她手上的花，便笑道："秦姑娘可知道这是什么花？"

桑柔摇摇头："味道很熟悉，可是看花朵又好似没有见过。"

"秦姑娘没见过也不稀奇，这是我们老家衡水县才有的，这花叫夕颜花。"

桑柔双眸一亮："原来这就是夕颜花啊，我前两天才见过，只是前两天见到的时候是白天，没有看到花开的样子，怪不得觉得味道那么熟悉呢。"

"这就对了，这花都是在黄昏开花，黎明之前凋谢，秦姑娘要是喜欢的话，明天移栽几株回去吧。不过，这花就是有个不大吉祥的寓意。"

"不吉祥的寓意？什么意思？"

"在我老家，如果爱一个姑娘，就会在她家门前放上一朵朝阳花，如果恨一个人，就会放上一朵夕颜花。夕颜花代表着复仇的意思。"

桑柔心中一个激灵，脑子里闪过什么东西，但一时又抓不到。

刘香慧看桑柔脸色顿变，以为她哪里不舒服。

"秦姑娘，你怎么了？"

"我没事，我想出去走一下。"桑柔说完走出了门口。

夜风袭来，夜空中繁星点点，草丛里传来春虫的鸣叫声和阵阵幽幽的花香，她顺着香味寻过去，在屋舍不远的地方看到了那开得正灿烂的夕颜花。

夕颜花的叶子跟朝阳花很相似，可是花朵却不一样。

夕颜花的花朵不是喇叭状的，它的花冠很大，雪白雪白的，花瓣中略带淡绿色，摸上去软软的，满手的幽香。

凉意扑面，让她慢慢冷静了下来。她蹲在地面上，拿起一根树枝，学穆寒分析案情的方法，将所有的信息全部都写下来。

出事的五个女子都是未出阁的女子，家世都不错，在定亲之前，都有心属的男子，后来因为种种原因，或因家庭，或因生活窘迫，跟别人定亲，被掳走奸杀，血泊里放朵白花……

桑柔双眸一凝，血泊里的花朵会不会就是夕颜花，代表着复仇的意思？凶手觉得自己是在替天行道，惩罚这些在他看来不忠不义的女子。

这个或许就是凶手的动机。

桑柔继续分析，而这些女子都曾经去过华榕寺，在那里求过签文，长生堂后面种了夕颜花……

桑柔心中一凛，突然有了一个大胆的设想，他们将所有注意力放在莫嗔身上是不对的。

凶手不是莫嗔，或者说他充其量是帮凶，真正的凶手有可能是——释心师父。

桑柔想起当时在长生堂听到的奇怪声响，她背后惊出了一身冷汗。当时在上面弄出声响的有可能根本不是猫，而是被绑架的柳家二小姐柳清瑶。

如果真的是释心师父的话，那就解释得通为什么柳清瑶被杀死那晚莫嗔有不在场的证据，因为人根本就不是他杀的！

桑柔的心快速地跳动了起来，不行，她得快点回去，她要将这个猜测快点告诉穆寒，否则会有更多的女子遭到毒手。

桑柔回到屋舍，向高远夫妇道别。

高远夫妇听到她现在就要走，都一副无比震惊的样子。

"这么晚了，你一个姑娘家怎么回去？"刘香慧瞪大眼睛，"就别说有可能遇到野兽，就是从哪里蹦出个人，不得吓死你？"

桑柔闻言也有些犹豫，她不是没想过这个问题，但她又怕时间耽误得越久，会死更多的人，而且，她心中实在挂念他，又怕他担心自己。

高远想了想道："秦姑娘，要不这样吧，今晚你就在这里住下，明天一大早我亲自送你进城，你觉得如何？"

桑柔想了想，只好答应，主要她不想麻烦到高远夫妇，如果她坚持要回去，高远肯定会坚持要陪她一起回去。

此时，穆府桑柔的房间门打开着，里面没有点灯，漆黑一片，月光如水倾泻而下，投在窗口前的那道身影上，将地面上的影子拉得长长的，一室的孤寂。

穆寒放在窗边的手紧缩成拳，手背青筋突起，长眸在黑暗中晦暗不明。

"大人，孙将军在正厅，说想见你一面。"

风吹过，他的声音听上去冰凉如水："不见。"

"是，还有穆小姐已经在外面跪了两个时辰了……"

这一次房间里面连声音都没有响起。

天空刚蒙蒙亮，桑柔就起床了。

她从水中的倒影看到自己黑黑的眼圈，整个晚上她都在做噩梦。

她抬头看着远处天边那一抹霞红，心中有种说不出的不安。

"大人，无花门那边来消息了，说已经找到冯寿生。"卫展黎上前禀报。

"哐啷"一声,屋子里面传来一声踢到凳子的闷响,下一刻穆寒的身影就出现在门口,双眼血红,声音带着一丝平日里没有的嘶哑:"桑柔呢?"

卫展黎摇摇头:"没找到秦姑娘。"

穆寒剑眉皱得更紧:"去无花门。"

"是。"

桑柔用过早膳就和高远两人上路了。临走时,桑柔还带走了几朵夕颜花,由于是昨晚就摘下来的,所以并没有凋谢。

玉阳村在盛京郊外,两人走了三个多时辰,回到穆府已经是晌午,高远看到穆府,呆了呆。桑柔有心留他去里面用膳,他把头摇得跟拨浪鼓一样,说自己这样的身份不好进去。

桑柔劝说没用,便想拿点银子给高远作为酬谢,可高远跑得比兔子还快。桑柔看着高远的背影,忍不住摇头失笑。

那就日后再回去玉阳村亲自感谢他们,桑柔这样想着,然后敲响了穆府的门。守门的小厮看到桑柔回来,愣是把一双眯眯眼瞪得跟铜铃一样:"秦、秦姑娘,你回来了?"

桑柔点点头:"我回来了。"

小厮愣了半响,而后像炸毛的猫一样跳起来,一边跑一边叫:"秦姑娘回来了,秦姑娘回来了!"

很快刘管家、何妈,就连辛大夫都出来了。

何妈直拉着她的手不放,唠唠叨叨地说大家有多担心,辛大夫胡子一抖一抖的,让何妈赶紧别啰唆,要问正事。

心中有股暖流经过,有种回到家的感觉,桑柔越过他们向后面找那个让她思念了一个晚上的身影。

刘承明知道她是在找穆寒,于是开口解释:"大人出去找你了,一早又出去了,我已经派人去通知大人了。桑柔姑娘这一天是去哪儿了?"

"说来一言难尽,也是惊险万分,我现在有事情要找大人,刘管家知道大人什么时候可以回来吗?"

"应该半个时辰内能回来。"

可桑柔在穆府等了一个时辰,依然没有见到穆寒的身影,这个时候穆寒正在赶往玉阳县的路上。

桑柔在府中又等了半个时辰,穆寒还是没有回来,她看着几朵快要枯萎的夕颜花,心中有些着急:"刘管家,我想出去一趟。"

"桑柔姑娘这是要去哪里?"

"我想去陆家一趟,就是城南绣品大户的那个陆家。"

刘承明有些犹豫:"要是大人一会儿回来,我不好交代。"

桑柔也明白刘承明是担心自己再出意外,她想了想道:"要不这样吧,刘管家你派个人跟我一起过去,我让陆家确认个东西就回来,其他地方我都不去。"

刘承明禁不住桑柔再三求情,最终还是答应了。他派了个比较醒目的小厮,还派了穆府的马车,载他们一起去陆家。

"陆老爷,您看看,当日找到陆小姐时,血泊里的白花可是我手中这一朵?"

陆老爷拿起白花仔细看了看,然后点点头:"是这花,应该是这花没错,不过,我还是让管家来看看,当时那种情况,我压根没看太仔细。"

桑柔点头,陆老爷让小厮去请管家。

管家很快过来了,他将花细细端倪了半刻后,连连点头:"老爷没错,当时血泊上的花跟这花长得一模一样。"

桑柔心头一震:"管家可能确认?"

管家连连点头:"确认,当时那花就躺在小姐旁边,小的觉得那花好奇怪,就拿起来看了一下。"

从陆家出来,桑柔再去了文家,文家同样在城南。从文家出来,她心中已经十分确定,凶手就算不是释心,也跟他脱不了关系。

她必须将这情况马上告知穆寒,这会儿不知道他回穆府没?

她走出文府,在巷口忽然看到了晌午时就离去的高远,她有些震惊:"高大哥,你怎么在这里?"

"秦姑娘,我有些话想跟你说……不知能否借一步说话?"高远的样子看上去好像遇到了什么困难。

桑柔点点头,跟着高远往巷子深处走去,小厮狗仔跟在她身后寸步不离。高远看了狗仔一眼,眼神有些为难。

桑柔以为他是丢了盘缠想跟自己借钱之类,所以想支开狗仔,没想到狗仔却很坚定:"不行,刘管家说了,小的必须跟着秦姑娘您,一步也不能离开。"

桑柔有些为难,巷子里传来一声狗叫,高远连忙摆摆手道:"没事,那就一起过来吧。"

三人走到巷尾的拐弯处,桑柔看着高远开口道:"高大哥,你是不是遇到了什么困难?"

高远一双粗糙的大手来回搓来搓去,眼神闪烁不敢看她的眼睛。

桑柔眉心微微蹙起来,心中直觉有些不对劲,狗仔也意识到了些什么,想去拉桑柔走:"秦姑娘,车夫还在外面等着呢。"

"高大哥,你要不跟我们一起回穆府吧,不管遇到什么事情,我们都可以帮你。"

"是啊,我们大人也快回来了,我们大人是首司大人,没有什……"狗仔的话还没有说完,脖颈便吃了一掌晕了过去。

桑柔吃惊,回头只来得及看到释心的侧颜便两眼一黑。

高远看了一眼倒在地上不省人事的桑柔,抬头看着释心:"阿朗,桑柔姑娘她是个好人,你不要一错再错了。"

"好人?她就是个见异思迁的坏女人,她们这些女人都通通该死!"释心越说越激动,脸上的肉有些抽搐了起来,看上去很狰狞。

"可是首司大人已经注意到你了,你收手吧,婶娘临终时一直念着你的名字……"

"不要再说了！你走吧，我知道该怎么做！"释心将桑柔一把扛起来，点地一纵，跳上屋檐，几个点纵之间便消失了。

车夫在外面等了好久还不见两人出来，心中觉得有些不对劲，便下车过来一看，当看到狗仔躺在地上不省人事，而桑柔不知所终时，他吓得差点魂都没了。

桑柔醒过来，脖颈的地方还隐隐作痛。她不知道自己昏迷了多久，晃了晃头期望摆脱那种眩晕感。

屋里的光线很暗，窗子都被厚厚的布帘遮盖着，光线透不进来，等她慢慢适应了这种黑暗后，她才依稀辨出周围的环境。她此时被绑在一根柱子上，她的右前方堆放着一包包的货物，不知道里面是什么东西，左前方的地面上放着一个个木牌一样的东西。

木牌！

桑柔心中一凛，再看看正前方放着的那张桌子，只见桌子上放着七个牌位，正是之前她在长生堂看到的那种长生牌位。

这里是长生堂！如果她没猜错的话，这里应该就是那天她听到响动的三楼。

忽然，放货物的地方不知道从哪里闪出两抹绿光，直直盯着桑柔。桑柔心头一震，寒毛直竖，下一刻绿光那边发出一声猫叫，她高高提着的心这才松了松。

楼梯那边传来了脚步声，桑柔看过去，只见释心手中拿着一盏油灯走了上来，灯光落在他的脸上，忽明忽暗，让他看上去有些狰狞。

"果然是你。"桑柔看着释心缓缓开口。

释心没有回答她，走到桌子前面，将手中的油灯放下去，借着灯光，桑柔看清了牌位上的名字，却让她浑身的血液通通倒流——

那七个牌位，一个是徐大夫的，五个是那五名遇害女子的，还有一个是她的！

释心要杀她！桑柔惊出了一身的冷汗。

周围死一般寂静,这种寂静让人心慌,心跳加速。

释心用抹布擦拭着那几个牌位,样子很专心很认真,躲在货物后面的猫跳出来,跑到释心脚下,用身子蹭着他的脚。

释心将小猫一脚踢了出去,猫尖叫一声,跑了。

桑柔脸色煞白如雪,胃里一阵阵翻滚。

"你为什么要这么做?那些女子,还有我,都跟你无冤无仇,你为何要下此狠手?"

释心将最后一块牌位擦好放下去,回身双眸幽幽地看着她:"我这是在替天行道,收了你们这些见异思迁的坏女人!"

桑柔蹙眉,释心现在给她的感觉,跟那天完全不一样,他双眼幽深空洞,说到激动时,脸上的横肉还一抽一抽的。

释心眸中掠过深深的戾气:"若不是你背叛了徐大夫,他又怎么会死?徐大夫为你做了那么多的事情,他一死,你就迫不及待地投入穆大人的怀抱,像你这种朝三暮四的女人,就该死!"

一支匕首横空飞来,直直刺进她头上的柱子里,入木三分。

桑柔唇色尽褪,好久才感受到自己的呼吸。

"你们这些女人,跟芸娘那贱女人没有什么两样,通通都该死,该死!"释心状似疯癫,他将货物全部推倒,砸了个粉碎!

"那个朝三暮四的贱女人,跟我山盟海誓的时候说得那么动听,我为救她……那贱人却翻脸不认人,跑去嫁给那个害得我一无所有的男人。贱女人,我杀了她就是替天行道!"

释心好像陷入了回忆之中,说话有些前言不搭后语。

释心身形一闪,忽然来到她的背后,炙热的气息喷洒在她的脖子上,她浑身一抖,感觉血液都停止流动了。

"我这就送你下地狱,让你去给徐大夫赔罪!"释心将她扛起来,从窗口跳出去。

他的轻功极其了得,这个也解释了为何那五个受害女子家中防备森严,他还是轻而易举、无声无息就将人给掳走。

桑柔只觉夜风刮着她的脸,她在释心的肩膀上如秋千般晃荡着,五脏六腑仿佛翻江倒海般。

穆府里下人们跪了一地。

穆寒脸色铁青:"你将事情发生的过程详详细细给我说一遍,不能错过任何一个细节。"

车夫战战兢兢:"是大人,秦姑娘手里拿着几朵白色的花,说要去让死者的父母确认一下。秦姑娘先去了城南的陆家,出来后又去了文家。从文家出来的时候,有个很高大、皮肤黝黑的男人在文家门口等秦姑娘。

"小的听秦姑娘叫他高大哥,小的看秦姑娘的表情,应该是认识对方。那人说要跟秦姑娘借一步说话,秦姑娘同意了,但小的跟狗仔不放心,就让狗仔跟上去。过了好一会儿都没看见他们两人出来,小的怕出事就走过去一看,就看到狗仔躺在地上,秦姑娘不知所终。小的该死没有保护好秦姑娘,大人饶命!大人饶命!"

穆寒蹙眉:"你说的白花可是我手中这个?"

车夫抬头看了一眼,点头道:"是的,秦姑娘手里拿着的就是这种花。"

一个红色身影从屋檐飘落了下来,众人唬了一跳,再看到男子脸上的面具时,都不由得倒抽了一口凉气,下一刻都垂下眼睛,眼观鼻、鼻观心,装作什么都没看到。

花今晨走到穆寒面前,伸手一夺,将他手中的白花拿了过去,放在鼻子底下闻了一下,薄唇微启道:"这是一种叫夕颜的花,它有一个很凄美的爱情传说,相传以前有个千金小姐不顾家里反对,执意下嫁给一个落魄的书生,女子温柔贤惠,两人成亲后还用娘家的权力帮助书生取得功名。书生功成名就后,却用手段害女子娘家被满门抄斩。女子死后,书生在女子坟前放了这种夕颜花,原来书生一家被女子父亲陷害致死,他接近女子就是为了复仇。"

"复仇?"穆寒眉眼犀利如刀,"看来桑柔不仅发现了这种花的寓意,而且还知道了凶手是谁。"

"文家门前的那个男人应该就是救了她的猎人高远。"

穆寒点头:"我知道,但掳走她的人不是高远,而是凶手,凶手应该是从高远口中猜到桑柔识破了他的身份,所以才会急着在白天出手,目前的关键是找出盛京里哪里有种这种花。"

穆寒和花今晨两人你一言我一语地分析着,刘承明将下人遣散。

天色渐渐暗下来,他必须赶紧找到桑柔。

按照凶手的习惯,他会在入夜之后动手。

空气仿佛结冰般凝固了,气氛不是一般的沉重。

穆寒沉默了一会儿,忽然抬起头来,眸色深沉如海,那里蓄着惊涛骇浪:"今晨,我们兵分两路,你带人去华榕寺,就算凶手不是莫嗔,但华榕寺跟这几起案子脱不了关系。"

"那你呢?"花今晨挑起好看的眉。

"我去另外一个地方。"穆寒的双眸危险地眯起,这是他极度愤怒的神情。

花今晨点头:"让卫展黎跟你一起去。"

两人对视了一眼,然后兵分两路,同时点地而起,身形如影子般跳跃在屋檐之上,朝着不同的方向疾风而行。

9.得救

不知道过了多久,释心终于停了下来,他一把将桑柔扔到地上,桑柔的掌心在地上摩擦而过,顿时一阵火辣辣地痛。

她没有理手上的伤口,抬头看向周围的环境,当她的眼睛落在面前的墓碑上时,心中又是一凛,这是徐家的墓园。

他带她到徐家的墓园,难道是想在徐大夫的坟前奸杀她?

头一次,桑柔的心中因为恐惧、愤怒而全身颤抖了起来。

释心回头，居高临下地看着她，嘴角扬起一抹冷酷的嘲讽："怎么，现在知道怕了？不过现在才知道害怕已经太迟了。"

桑柔："你想干什么？"

释心看着她，脸上的横肉再次抽搐了起来："我要用你的血来祭奠徐大夫，只有将你身上不纯洁的血液全部放空，你才能得到饶恕！"

桑柔想起陆怡冉和柳清瑶两具被放空血液的尸体，浑身犹如坠入冰窖之中。

释心一步步地朝她走过来，袖子一翻，手中多出了一把锋利的匕首。桑柔逼迫自己冷静下来，她现在必须拖延时间，或许穆寒他正在赶过来救她的路上。

她抬眸冷冷地看着释心，厉声道："你不能这样做！"

释心脚步一顿，继而仰头大笑了起来："我这是替天行道，就是老天爷他都会帮我，你以为就凭你能阻止得了我？"

"你口口声声说要替天行道，说要替徐大夫报仇，可你有问过徐大夫他需不需要你帮他复仇？"

释心怔了一下，回过神来，横眉冷对："我不需要问他，而且他都被你这个朝三暮四的贱女人害死了，我去哪里问他？不如你下地狱去找他时，问问他，我送他的这份礼物他可喜欢？"

这人偏执，脾气又暴躁，情绪极其不稳定，别人的话又刀枪不入，武功又高，真是一个让人头疼的事情。

冯寿生那种混混类型的，她还可以拼一拼，可释心这种武功级别的，她可能还没动，就被打倒了。

这种局面实在令人沮丧！

"徐大夫他不会喜欢的，你根本就不知道他想要的是什么。你自己在芸娘那里受了伤害，就以为天底下的男人都跟你一样受了伤害，可事实上是，这一切是你的一意孤行，自以为是救世主，其实他们根本不需要你为他们报仇。"

"你胡说！你怎么知道徐大夫就不喜欢？哈，你在为自己辩解，为自己脱罪，你以为我就会相信你的话吗？还有，不准你提起那个贱女人的名字，否则我杀了你，我杀了你！"

听到芸娘的名字，释心再次像得了失心疯一样，手中的匕首向桑柔刺过来。

桑柔吓得尖叫起来，她闭上眼睛，可是意想中的疼痛却迟迟没有下来，她睁开眼睛，却看到释心像疯了一样，在一人高的芦苇丛里疯狂地乱砍。

桑柔惊魂未定的心剧烈地跳动着，她看着眼前暴躁疯癫的释心，却没将怒气发在她身上，刚才在长生堂也是一样。

她想起陆怡冉和柳清瑶两人的尸体，尸体上没有一丝伤痕，仿佛是一种仪式一样，尸体上不能留下任何的伤痕，要完美无瑕。

释心发泄了一阵后，又恢复了冷静，再次拿着匕首走过来。

桑柔嘴角抿了抿，看着释心冷笑道："释心师父，你做了那么多，其实你心里还是爱着那个叫芸娘的女子，要不然你也不会一听到她的名字就如此大的反应。"

释心脚步再次一顿，凶狠的眼里爆出利刃般的寒光，仿佛下一刻那利剑就会出鞘，一剑穿心。

桑柔的心再次高高提了起来，但她不敢让自己有丝毫退缩，她跟释心对视着，她以为释心这一次还是像之前那两次一样发疯，可事实让她失望了。

释心森寒阴冷的眼紧紧盯着桑柔："你在拖延时间？"

桑柔心中一紧，暴躁疯癫的释心让人觉得可怕，可是冷静的释心却更让人心惊胆战。

"你想拖延到有人来救？"释心嘴角再次冷冷扬着，他走过来，抓住桑柔的手腕，不给她任何反抗的机会。

匕首一划，血溅三尺，桑柔的手腕顿时多出了一个口子，血慢慢地流出来。

他将桑柔的手腕放回去，桑柔发现自己浑身无法动弹，只能眼睁睁看着鲜血不断地从自己身上流出。

桑柔心中一阵阵发冷。

时间一点一滴地流逝，她的心也跟着一点一点地往下沉，手腕流出来的血已经将她右半身都染红了。她感觉身子开始有些发冷，脑子也有些昏沉。

她知道自己这是失血过多的表现，她狠狠一咬牙，满口的血腥味，她不能睡着，她怕自己一睡着就永远也醒不过来了。

她还有好多话没跟他说，她甚至没来得及见他一面，脑海里浮上那张桀骜而英俊的容颜，她的嘴角不自觉地扬起。

释心从袖袋里掏出一朵夕颜花，放在她旁边，看着她嘴角的笑容问道："你笑什么？"

"因幸福而笑，我有爱的人，有爱我的人，来世上走这一趟，我已经很知足了。"

"你不怕死吗？"

"怕，谁不怕呢？但怕有用吗？"

一阵风吹过，芦苇草丛摇摆了起来，释心眉心一挑，忽地将桑柔提起来，手环住她的脖子，将她置身自己胸前："出来。"

桑柔眼睛一亮，是他来了吗？

芦苇草丛里发出窸窣的声音，一个修长的身影从里面走了出来。

夜风扬起他月白色的长袍，几丝散落下来的碎发在额前随风飘动，白月光洒在他身上，仿佛给他镀上了一层光晕，让他看上去越发身姿卓然，美如一幅画。

他来了。

桑柔朝他露出一个笑容。

穆寒凤眸落在她滴血的手腕上，两道英挺的长眉蹙成一条线。

"放了她。"

释心目光漠然："要我放了她可以，但你必须向徐大夫跪下来，磕三个头。"

桑柔朝他摇头。

穆寒看着她,然后衣摆一掀,朝徐大夫的坟墓跪了下去,一磕头,二磕头——

桑柔只觉自己的整颗心都搅动了起来,仿佛被一只无形的手掐住了一般,他为她竟然做到这般……

释心看到穆寒卑微的态度,忽然仰头笑了起来:"徐大夫,你可看到,我已经替你收拾这两个狗男女,哈哈哈……"

释心笑得那样猖狂又那样疯狂。

就在穆寒低下去磕第三个头的时候,他手袖一翻,一枚飞刀从袖口中闪电般飞出。

释心一凛,用桑柔去挡那飞刀。

穆寒手压地借力飞起,抬脚将飞刀踢偏了过去,而就在这个时候,有另外一枚飞刀以更快的速度从芦苇草丛中飞射而出,"哧"的一声,射中释心的手腕,释心手中的匕首"哐啷"一声掉在地上。

释心吃痛,眉心微皱。穆寒身形微动,和从芦苇草丛中飞起来的卫展黎两人一起夹攻释心。释心手受了伤,动作没有之前那么灵活,不过就算他没受伤,也不是卫展黎的对手。

释心怒了,眼中射出森然的肃杀,只见他掌心一推,将桑柔给抛了出去。

穆寒转变方向去接她,释心趁机一掌劈在穆寒的后背上,穆寒抱着桑柔踉跄了几步,吐出一口鲜血。

"穆寒!"桑柔失声叫道。

卫展黎眉头一皱,手中多出了一把软剑,月光之下,软剑闪动着银光。

"砰"的一声,释心直直摔倒在地,两只手腕和两只脚踝,都分别多出了两个剑窟窿。

卫展黎飞身过去,点了释心的穴道,这才回身飞奔到穆寒身边。

"大人，你没事吧？"

穆寒擦掉嘴角的血丝，抬手从自己的衣摆下方撕下一条长布，将她手中的伤口绑住。

"你别管我了，你先顾自己。"桑柔的声音听上去有一丝哽咽，他的脸色看上去实在太过吓人。

"我没事。"他看着她展颜一笑，月光下，嘴角的血迹让他看上去平添了几许嗜血的味道。

"疼吗？"他轻轻地抚摸着她手腕的伤口，手一晃动，解开她的穴道。

"不疼。"她摇头，目光扫过他额头的冷汗，心中阵阵酸楚，"没你疼。"

穆寒想说他也不疼，只是他眉心一蹙，再次喷出一口鲜血，然后抱着桑柔晕了过去。

"穆寒！"她的声音在寒风中，听上去是那样撕心裂肺。

"秦姑娘，你去休息一下，人不睡不吃是不行的。"何妈端着饭走进来，一脸心疼地劝说桑柔。

桑柔将视线从穆寒身上移开，抬头看何妈："先放那儿，我一会儿就吃。"

"现在就吃。"这一次何妈硬了脾气，将她拉起来。

她挣不过何妈，也知道何妈是一番好意，她没有继续拒绝，只是她真的吃不下去，味同嚼蜡。

那日穆寒为了救她被释心打伤了，虽然暂时没有生命危险，可是一直昏迷不醒，辛大夫说他身体太虚弱了。

当年被断经脉，这些年来又费神费心思地报仇，身子一直没有养好。

这些天来，她日夜守着他，看到他苍白日益瘦削的脸就难受，她爹被救回来了，但是失去了一只手，而且失血过多，身子也是时好时坏的。

她好不容易吃下去半碗粥,何妈就逼着她去休息。

"何妈,我真的不困,你让我在这里守着大人,我困了再去睡好不好?"

"不好。"

她还想说服何妈,门口传来一个清润的声音:"你去休息吧,再不休息很容易将身体弄垮,到时候慎远醒来,他可不会高兴。"

她回头,看到一脸风尘仆仆的萧辰羽。

萧辰羽看她看过来,眼神并没有闪躲,朝她露出一个有些不好意思的笑容。

之前因为她和穆寒的亲事,萧辰羽跟穆寒一度闹得很僵,这次因为穆寒出事,他才从西域赶回来。

桑柔看他脸上平和的笑容,沉默了一下,也对他扬起了同样的笑容。

一笑泯恩仇。

她最终还是被说服去休息,只是躺在床上,翻来覆去就是没睡意,后来不知道什么时候睡着。

夜里一直在做噩梦,她梦到穆寒死了,满身都是血地躺在血泊里,她吓得一下子就醒了。

她出了一身冷汗,下床看外面的天色,还没天亮,只是她再也睡不着了,她披上衣服,朝隐月楼走去。

卫展黎看到她有些意外,但没有阻止她进入书房。

她在书房里摸来摸去,感受着房间里他残留下来的味道,心被针扎一般,麻了一大片。

她忽然想起他做的女人偶,决定将它找出来,看看到底有什么秘密,才让他一直都不肯给她看。

她将书房所有的柜子都找了一遍,最终在一个密格里面找到了那个女人偶,果然跟她有几分相似。

她将人偶从格子里拿出来，抚摸着上面的纹路，想象他在雕刻时的心情，她想他应该是很喜悦的，因为人偶的嘴角扬着，一副很开心的样子。

她将人偶翻转过来，然后，她微扬的笑容就这样僵硬在脸上。

人偶背后刻着几个字：吾妻陆秦氏。

陆是他原有的姓氏，他后来被人追杀，为了掩人耳目才改名换姓，之后为了报恩，就没再改过来，一直姓穆。

他雕刻的是"吾妻陆秦氏"，说明在他心里，他是真的把她当妻子来看待，而不是为了报答她的救命之恩。

泪水模糊了她的视线，她将女人偶放回去，心里又酸又甜，打算等他醒来后拿这个取笑他。

第二天，当她听到萧辰羽对她说穆寒已经醒过来的消息时，她完全将这个事情丢到天边，只抱着他的手一直掉眼泪。

"别哭了，你再哭就更丑了。"他帮她擦眼泪，嘴里说着嫌弃的话，眼底却是心疼。

他不过才昏迷七天，她就瘦得双颊都凹陷进去了，眼睑下的黑眼圈重得像染了墨，这些天，她肯定很担惊受怕。

她看着他惨白没有血色的脸、起皮干涩的嘴唇，心酸得不得了，却刺激他道："你更丑。"

他哭笑不得："你想气死我？"

她伸手捂住他的嘴，眼眶再次红了："不准说那个字。"

他吃力地抬起手，握住她的手，跟她十指交缠，重重地点头："好，我不死，我还想吃你给我煮的鱼。"

她笑出了眼泪："你想吃，我就给你煮。"

他将她的手拉到嘴边轻轻吻了一下："我想吃一辈子。"

"好。"

10.破案

日子在朝着好的方向发展。

穆寒醒了,辛大夫说好生休养就死不了,刘承明不喜欢他这口无遮拦的说法,当场就一口一声"糟老头"地跟他对骂了起来。

辛大夫也不是吃素的,刘承明骂他"糟老头",他就骂对方"破老头"。

两个老大不小的人常为一句话而争个面红耳赤,这让桑柔很哭笑不得。

在辛大夫的调养下,她爹的身子也好了起来,已经能自己下床走动,虽然不能走远,但已经是很大的进步。

她爹在身子好了后,就提出要回石河县,她有心留他,他却执意要回去。

"小柔,你别伤心,爹很放心将你交给穆寒,爹的手你也别内疚,爹不怪你。"

她抱着她爹哭得像个孩子。这段日子她一直很自责内疚,觉得是自己害她爹遭受了这些罪,现在听到她爹的话,她就再也忍不住了。

她爹还是走了,不过有顾老在附近帮忙看顾着,她也不担心了。

少女被杀案很快就破了,几乎没有任何悬念,凶手就是释心和尚。

释心原名高凌朗,洛柏县人,二十五年前跟隔壁通州县女子芸娘两人一见钟情,私定终身。

没多久,长得花容月貌的芸娘,又被通州县一个二世祖,也是县太爷之子罗定给看上了。

罗定誓要娶美人为妻,可美人多番拒绝他,他让人打听之下,便知道了高凌朗这个人的存在,于是叫人将高凌朗揍了一顿。打斗的过程中,高凌朗被伤到男人的命根,从此不能人道。

高凌朗的父亲听到儿子变成这样,活生生被气死了。芸娘觉得是自己害了高凌朗，非但没有嫌弃他不能人道，反而愿意用自己的一生去赎罪。

可芸娘的父母知道了高凌朗的情况后，更是不同意这桩亲事，于是威逼利诱，并用自己的性命威胁，硬是将芸娘送上了罗家的花轿。

高凌朗知道了心爱之人嫁给了害自己家破人亡的人，伤心地离开了家乡，没人知道他去了哪里，只是十年后，罗定跌落悬崖死无全尸，而芸娘则被人掳走，被发现时，她躺在血泊之中，身边放着一朵夕颜花。

人们都猜是高凌朗做的，却没有人敢去报官，因为都怕被报复。

复仇之后高凌朗遁入空门，法号释心。法如方丈希望他能释放自己心中的仇恨，真正立地成佛，只是释心早已经魔怔，佛祖也没有办法叫他回头是岸。

这些年来，他的性格越来越怪，一听到女子抛弃男子，要另嫁其他男子的事情，他就控制不住想"替天行道"，报复这些女子。

杀人的的确是释心，可是他却没有强奸那些女子，那为什么那五个女子，除了最后一个柳清瑶以外，其他四个都出现了下身红肿，有被破身的迹象？

问题就出在莫嗔身上。

原来这莫嗔竟是罗定和芸娘之子，罗定和芸娘死的时候，莫嗔才一岁，释心来华榕寺出家时，顺便将莫嗔带了过来，告诉方丈是他在路上收养的弃婴。

法如方丈同意将莫嗔养在寺中，但只能以俗家弟子的身份，孩子是否愿意出家，长大后将由他自己决定。

莫嗔长大后，暗中查到了自己的身世，并知道自己的生父生母是被释心杀死，只是养育之恩大于生恩，更何况造成三家悲剧的起源也是由于他的生父罗定造成的。

在经过几番挣扎后，莫嗔决定装作什么都不知道，放弃报仇，只是他也不愿意出家，可就在他准备离开华榕寺时，却发现了释心杀人的秘密。

为了报答释心的养育之恩,他在释心每次杀人之后,将现场给破坏掉,为了不让受害女子父母去报官,他脱光女子的衣服,并用手指破了女子的处子之身,制造出女子被人奸杀的现象。

死者父母看到女儿被人奸杀而死,为了不让女儿和家族名誉受损,都会选择隐瞒下来,这一切都在莫嗔的算计之中。

这也解释了为何柳清瑶没有被侵犯,而其他四个有,那是因为当时莫嗔知道自己被人监视,所以不敢随意出去。

释心因为罪恶深重,结案第三日便被斩首,以儆效尤;而莫嗔不仅知情不报,还助纣为虐,被判八年牢刑;高远知情不报,被判一年牢刑。

窗棂透进一缕斜阳之光,远处岸边垂柳轻拂,湖面微澜,青瓦白墙,小桥流水,大自然挥洒着狼毫,晕染出一幅绝美的墨水画。

"秦姑娘。"一个柔美的声音打破这片宁静。

桑柔回头,看到穆谷雪站在门口,脸色有些尴尬地看着她。

"我能进来坐吗?"

桑柔犹豫了一下,最终还是点头。

两人面对面而坐,气氛有些尴尬,桑柔泡了茶。

穆谷雪饮了一杯,问她:"这茶应该是廊山白霜吧?"

桑柔给她又添上一杯,点头道:"是廊山白霜。"

穆谷雪的美眸中闪过一丝失落的神色:"秦姑娘可知这廊山白霜的由来?"

桑柔摇摇头,这茶是穆寒给她的,她对茶没有讲究。

"这白霜茶可是茶中少有的珍品,它只生长在廊山的悬崖上,灌山中灵水,吸山中灵气,长出的茶叶色如白霜盖玉,因此得名。只是环境所限,所以,每年只产五斤茶叶,这贡茶应是皇上赏赐给慎远哥的。"

桑柔闻言，有些咂舌，她知道是好茶，但不知道原来如此珍贵。

"我这次过来，是过来向你辞别的。"

她抬眸："你要走了？"

穆谷雪点头："东西已经收拾好了，明天就启程。恐怕日后见面机会不多，所以我想……在分别之前，跟你道歉。"

穆谷雪说着从软榻上下来，站着给桑柔深深鞠了一躬。

她六岁那年，她爹往家里带回来了一个容颜俊秀、身姿挺拔的少年。她一见少年就喜欢得不得了，从小就喜欢黏着他，像个小尾巴一样跟在他身后。

他性情清冷，对任何人都不冷不热的样子。可偏生她就喜欢他这个样子，岁月流逝，并没有带走她对他的喜欢，反而随着岁月沉淀而越发深厚，等她反应过来的时候，已经走不出来了。

她对他的这份情，怕他知道，又怕他不知道，更怕他知道了却装作不知道。

她小心翼翼、惴惴不安地陪在他身边，希望有一天他也能对自己与众不同，却没想到等来的却是她最害怕的事情。

桑柔出事那日，她才知道，原来他也是有血有肉的，原来他也是会在乎会生气，原来他不是对每个人都不冷不热。

她守护在他身边十年，从没见过他将那样柔和的眼神落在自己身上，在那一刻，她便知道自己输了，输得彻彻底底。

桑柔最终选择了原谅穆谷雪，不是她有多善良，而是她不习惯将不重要的人放在心里。

她的心不大，只能装她在乎的人。

而且，虽然穆谷雪做得很过分，可当年若不是穆家，也不会有今日的穆寒。

她感激这份恩情。

这日，穆寒从宫中回来，带了一身的酒气。

这人不仅脾气奇怪，行为风格也奇怪得紧，有门他偏偏不走，就喜欢从窗子里飞进来，然后从背后拥住她，每每将她吓一跳。

这次也是，她回头嗔怒地瞪了他一眼："好好的门怎么不走，你是猴子转世的吗？"

水光潋滟，媚眼如丝，穆寒被她这么一瞪，只觉心中被一根轻羽轻轻撩拨过一样，让他又酥又痒却又抓不着。

他身子一倒，在她腿上找了个舒服的位置。

桑柔推他："回房去睡，在这里很容易着凉。"

他人高马大、手长脚长的，这软榻又不大，他躺着哪会舒服。

他偏不，身子一拱一拱的，做春蚕蠕动状，拱到她另外一条腿，双手往上环住她的腰身，低低地叫着她的名字："桑柔，桑柔。"

她的心软得一塌糊涂。

看他的眉心有倦色，她伸手帮他有一下没一下地捋着那蹙起来的皱纹。

他睁开眼睛，看到她一脸柔情似水地看着自己，心中某个角落顿时被熨得服服帖帖，说不出的柔软。

他弯唇，将她的手拿下来放在嘴边轻轻啄了啄："今日在宫中皇上说要将你赐为三品仵作。"

她眼睛一亮："真的吗？"

穆寒看了她一眼："我帮你拒绝了。"

她一怔："为什么？"

他理所当然："你嫁给我后，便是一品诰命夫人，三品仵作又算得了什么？"

桑柔恨恨瞪了他一眼："三品仵作虽然不如一品诰命夫人，可那代表了我的成就，肯定了我的能力，你怎么能没经过我同意就拒绝了呢？"

桑柔以为自己是声色俱厉，那"恨恨"的一眼应该能让他意识到自己的错误，可在穆寒看来，她那一瞪，直接又把他的心给瞪酥瞪痒了。

他将她的头压下来，抬头送上自己的嘴唇："一品诰命夫人不是更能证明你的能力？"

桑柔被他亲得七荤八素，还不忘记要挣扎："这怎么能是证明？"

他一手压着她的脖子，一手在她腰上的软肉轻轻一掐，她顿时就安静了。

他满意地扬唇，攻城略地，辗转反侧，桑柔连什么时候两人的位置互换了都不知道，她只知道她的嘴里都是酒味与他的气息。

良久，他才依依不舍地松开快要窒息的她，在她嘴上啄了啄："证明你魅力大，现在整个盛京的人都在议论你，说你本事通天，拿下了首司大人。"

她又是一怔："外面真的这么议论？"

他点头："我几时哄你？"

她又气又羞，想起外面的议论，恨不得挖个洞将自己藏起来。

她正要开口，院子里忽然传来一个煞风景的声音："秦件作，你的确魅力滔天，所以朕想来想去，还是要亲自过来问你一声，若是朕封你为三品件作，你可欢喜？"

桑柔一怔，第一个想到的不是高兴，而是皇上听到他们刚才的对话了！

那他们刚才亲昵的行为，不知道有没有被看了去听了去？

桑柔这次不是想挖洞把自己藏起来那么简单，她简直想埋了自己！

她想从穆寒怀里起来，他不让，反而将她搂得紧紧的。

她挣扎得太厉害，他一手箍在她腰身，她动一下，他就捏一下她腰身的肉，她脖子很快都红透了。

穆寒拥着脸红得跟虾子一般的桑柔走出去，长眸睨着朱衍，淡淡道："三更半夜，皇上你又私自出宫，难道就不怕言官们知道了，又给皇上你唠叨上个半天？"

朱衍肩膀不着痕迹地抖了抖，却是不理他，看着桑柔笑道："秦作作，朕刚才的话，你还没有回答呢？"

桑柔一脸呆呆的："皇上说的是真的？"

朱衍点头："君无戏言，还不快谢主隆恩？"

桑柔将某人推开，跪地谢恩："桑柔谢过皇上，吾皇万岁万岁万万岁！"

朱衍故意忽视穆寒那出鞘利刃般的眼神："很好，秦爱卿，朕觉得长夜漫漫，不如我们找个地方，好好庆祝一把，你觉得……"

不等朱衍说完，穆寒将她从地上拉起来，搂在怀里，点地而起。

桑柔吓了一跳，条件反射地用手搂住他的脖子："你……皇上还没讲完话呢！还有我们这是要去哪里？"

穆寒嘴角扬起："去石河县提亲。"

"啊，这么快？"她还没有准备好，她担心她爹也没准备好。

"不快了，桑柔，我都等了你二十三年三月又十四日，你还要我再等多久？"

是啊，不快了，她也等了他十九年一月又三日，真的不快了。

桑柔头靠在他的脖子上，缓缓地闭上眼睛。

她能感受夜风轻拂，她也感觉到了岁月静谧的美好，但，还有什么比和他在一起更让人觉得美好？

朱衍看着两人相拥离去的画面，眸里流露出羡慕的光……

11.尾声

孙妍被判了死刑，秋后问斩。

孙将军想救女儿，可他有心无力，自身难保。

孙贵妃在宫中犯了错，触怒天子，皇上虽然未将她打入冷宫，却再也没有踏进她的寝宫一步。

孙贵妃失势，孙家威望一落千丈，风光不再。这些年，孙家得罪的人也不少，有些人趁机报复。

弹劾孙将军的奏章一本本被送到皇上的手里，卖官卖爵、培养自己的势力、纵容下属鱼肉百姓，一件件证据确凿。

皇上大怒，将孙将军打入大牢，几日后，孙将军被发现吞石头死在牢房里。

孙家彻底树倒猢狲散。

穆寒真的带着七八箱彩礼亲自上门提亲，把石河县十里的乡民都给惊动了，将秦家那屋子围了个水泄不通。

之前看不起她做作的人，现在一个个一脸艳羡，说生女儿当如秦桑柔，嫁得如意郎君，一下子就飞上枝头变凤凰了。

她不在意他人眼光，可是她爹却很开心，嘴巴几乎咧到耳根，笑得那样开心。看到她爹开心，她觉得一切都是值得的。

春去冬来，一年之后。

这日穆寒从宫里回来，脸色有些难看，沉着一张脸，下人吓得都大气不敢出。

桑柔有些奇怪，成亲一年来，他从来没把情绪带回府，今天这样子的确有些反常。

她将手中的参汤放在桌上，走过去抓他的手问道："最近案子很棘手吗？"

"没有。"他一把将她拉到自己腿上坐下，掐着她的脸有些疑惑，"怎么还没长肉？我去找辛大夫来给你看看。"

他说着就真的要动身去请，她赶紧拉住他，有些哭笑不得："何妈说了，不是每个人怀孩子都会发胖，有些人就只长肚子。"

他的眼睛移到她的肚子，盯着看了好久，神情却是越来越郁闷："肚子也不大啊。"

她拉着他的手放到微微隆起的肚子上："这不才五个月嘛，何妈说再过一个多月就会很明显了。"

她骨架小，长肉不明显，肚子也不显怀。

她想起那天，辛大夫确诊她有孕的情景，嘴角不觉扬起。

那天，她吃酱肘子的时候，忽然胃一阵恶心，一直干呕，他连忙让下人去请辛大夫。

辛大夫给她把脉时，一会儿蹙眉，一会儿挤眼，他看辛大夫那严肃的表情，脸色越来越苍白。

她心中也是担心不已，连问了好几次辛大夫她怎么了，辛大夫就是不说话。

辛大夫收手抬头在他们两人脸上来回看，他们两人的心也随着辛大夫的动作提到了嗓子眼。

他握住她的手，看了她一眼，对辛大夫说："没事，你说吧。"

辛大夫将他们纠结的表情欣赏够了，嘴角一扬道："恭喜大人夫人，夫人有喜了。"

她当时浑身一震，眼睛瞬间就红了，但不好意思当着众人的面哭。

何妈、卫展风等人听到辛大夫的话，都纷纷恭喜他们，大家脸上一脸雀跃，尤其是何妈，开心得不得了，说回头要赶紧去观音庙烧香还愿。

大家都一脸喜气，可有个人在听到辛大夫的话后，一直呆呆的样子，一点反应都没有，那人就是穆寒。

她当时有些吓坏了，连叫了好几声，他才动作缓慢地回过神来，看着她道："我要当父亲了？"

她这才反应过来，他是太惊喜了，以至于一下子没有反应过来，才出现了呆愣的样子。

她忍俊不禁，红着眼对他连连点头："对，你要当父亲了，我们有孩子了。"

之后，他将所有人都赶了出去，将她抱在怀里好久好久，才低低道:"桑柔,谢谢你,谢谢你给我一个家。"

她紧紧回抱住他,用带着鼻音的声音道:"我也是,我爱你。"

"我更爱你。"

之后他比任何人都紧张她的肚子,只要办完公事,他就马上赶回来陪她,宴席和外出办事的活儿都推给了萧辰羽。

萧辰羽叫苦连天,说他没人性,剥削自己这个翩翩俊公子。

他冷冷一笑:"你光棍一个,不剥削你剥削谁?"

萧辰羽气得差点吐血,叫嚷着他也要成亲生孩子。

桑柔其实也苦恼,自从她怀孕后,穆寒整天在她面前晃荡就算了,让她最郁闷的是,工作也丢了,穆寒仗着自己是首司大人,二话不说开除了她,说怕她累到。

就算是在家里他也一点活儿都不让她干,连倒水这种小事情都抢着做好,她觉得自己都快变成废物了。

桑柔回过神来,看他动作很轻柔地抚摸着她的肚子,一脸认真地叫孩子要争气快点长大,她忍俊不禁,却再次弯了眉眼。

第二日,她见到萧辰羽,问他昨日穆寒为何一脸阴沉,是不是遇到了棘手案子,没想到萧辰羽听到她的话,笑得前仰后合。

她一脸迷茫,不知道自己哪里说错话了。

萧辰羽擦着眼角的泪水,笑道:"他生气是因为皇上说要跟你们做亲家,你们生的是女儿,就让你们女儿当太子妃,要是生的是儿子,他就招来当驸马。"

她哭笑不得:"他不愿意?"

萧辰羽点头:"他说他的女儿是生来给人宠的,才不要跟一群女人分享一个男人。"

她汗颜:"皇上没大怒吗?"

萧辰羽又哈哈大笑,那样子哪有一点翩翩俊公子的样子,皇上说自己是皇上,他不从就是抗旨。

桑柔真是无语了,她也终于理解他的郁闷,遇上这么个任性的皇上，你还能怎么办？

五个月后，桑柔生下一个儿子。

穆寒坐在床边，握着她的一只手说，你辛苦了。

她还来不及回答，他另一只手笼罩下来，覆盖在她眼睛上，不让她看他，她正迷惑他想做什么，忽然手背上传来一阵濡湿的感觉。

他哭了。

她生孩子时遇到了一点点小麻烦，虽然有惊无险，但他还是被吓到了。她原以为他会说，以后我们不生了，却听他说，我们再生个女儿吧。

"我们生个女儿吧，一个跟你长得一样的女儿。"

她笑着点头："好。"

三年后，他们真的有了个女儿，穆寒把女儿宠得无法无天，有时候连桑柔都有些吃味了。

当然此是后话，在他们儿子满月的时候，皇上叫人送来了一大堆的东西，金银珠宝样样都有，东西多得她差点以为整个皇宫的东西都搬过来了。

送礼的太监一脸艳羡地对他们说，皇上说这些是提前送给他未来女婿的，叫他们帮他好生照顾着他的女婿。

穆寒气得脸都黑了，桑柔赶紧安慰他，说皇上肯定是开玩笑的，谁都知道皇上膝下并没有女儿。

他听了脸更黑了，咬牙切齿道："皇上最近天天翻后宫妃子的牌子，说谁要是先为他生下一个女儿，他就重重有赏。"

送礼的太监点头如捣蒜，附和说现在宫里的妃子都在打听生女儿的秘方，铆着劲儿想拼出一个小公主来。

她闻言一阵无语，更让她无语的是，素来不想成家的萧辰羽忽然也不知道吃错了什么药，也说要赶紧成家生个女儿，要跟皇上竞争。

他们的故事还在继续，吵吵闹闹，跌跌撞撞，但总离不开两个词——相伴和幸福。

　　人生因有你相伴而幸福。

　　为了守护这份幸福，哪怕要从此披荆斩棘半生风雨，她都不怕。

　　哦，对了，他们的孩子姓陆，儿子叫陆亦生，女儿叫陆佳期。

　　一生有你，佳期如梦。

　　　　　　　——全文完——

【官方QQ群：555047509】
每周丰富多彩的群活动，好礼不停送！
作者编辑齐驾到，访谈八卦聊不停！

扫一扫看更多图书番外，作者专访